《诗词大赛系列宝典》丛书

诗词接龙

谢兆文　杨秀芳
◆ 编著 ◆

海峡出版发行集团
海峡文艺出版社

编委会

前言

文化是民族的血脉，是人民的精神家园。2017 年，党的十九大指出：“要坚定文化自信，推动社会主义文化繁荣兴盛。”2017 年，中共中央办公厅、国务院办公厅印发的《关于实施中华优秀传统文化传承发展工程的意见》指示：“组织实施中华经典诵读工程，通过开展经典诵读、书写、讲解等文化实践活动，挖掘与诠释中华经典文化的内涵及现实意义，引领社会大众特别是广大青少年更好地熟悉诗词歌赋、亲近中华经典，更加广泛深入地领悟中华思想理念、传承中华传统美德、弘扬中华人文精神。”

2016 年以来，教育部、国家语委联合中央电视台相继举办了四届《中国诗词大会》，并在中央电视台综合频道黄金时段播出。尤其在第二届以后，活动内容逐渐升级，增设了“飞花令”“诗词接龙”等富有知识性的对抗环节。创新的方法手段，激发了全社会对古诗词情感的共鸣，使广大群众特别是广大青少年进一步熟悉诗词歌赋、亲近中华经典。

今天走进中小学校，时常会看到学生利用课余时间开展“飞花令”“诗词接龙”等文学活动。为此，一线教师迫切需要一套“接地气”的有关用书，方便指导学生阅读，提高学生古诗词的阅读量。中华诗词浩如烟海，如在唐宋诗词经典版本中，含有“人”字的就多达 5 万多句；在宋词中“东风”一词就有 1300 多句。这些名句若一一列举，既不可能，也不现实。为此，我们尝试通过“举隅”的方式精选其中一二，编写一套诗词“飞花令”“超级飞花令”“成语飞花令”与“诗词接龙”系列丛书，让诗词爱好者通过阅读，力求达到“举一反三”，拓宽视野。

福建省宁德市教育局曾根据中央电视台播出的《中国诗词大会》题库，组织人员认真研究，结合中小学实际，编写了一套诗词大会辅导资料，从 2017 年开始供本市中小学内部使用；2018 年又把它作为宁德市学生参加中央电视台第四届《中国诗词大会》“百人团”选手的辅导资料，颇有成效。2019年初，中央电视台第四届《中国诗词大会》节目播出后，有关负责同志再一次组织人员对该资料进行归类整理，并邀请福建、浙江、广东、湖北、江苏、河北、广西、重庆、新疆、山东和宁夏 11 个省 / 自治区的一线中小学教师进行充实完善，形成今天这套用书。在编写过程中，我们力求做好以下几个方面：

第一，关于寻章摘句。突出“两个重点”，兼顾“唐前宋后”。“两个重点”，即以中小学生新课标规定必背的古诗词和唐宋诗词为重点。“唐前”主要指《诗经》《楚辞》、汉魏六朝诗；“宋后”主要指元明清和少量的现代人创作的旧体诗。现代诗中毛泽东作品占有较大比例。

第二，关于“飞花令”。借鉴中央电视台第四届《中国诗词大会》“横扫千军”的模式，利用大数据库，选择唐宋诗词高频字 200 多个，每个高频字后列举的诗词不少于 24 句，与会选手只要掌握 24 句诗词就能够“绝地反击”。编入书中的诗句尽量避开艰深晦涩的语言，力求采用比较浅易的名篇名句。如“春风又绿江南岸，明月何时照我还”，就包含了“春”“月”“绿”“春风”“明月”这些高频字，在“飞花”时，记住这一句就可以回答不相同的五个高频字“飞花”。

第三，关于“超级飞花令”。“超级飞花令”一书共选择 180 多个关键词或词组，主要是唐宋诗词，其中包含灵活多样的“组合”，如：春风、杨柳、安能、江上、数字 + 年、数字 + 月、数字 + 花、反义词等，每个关键词后列举不少于 24 句诗词。为了避免个别关键词重复，有些高频词（或组合）不单独列入，而是采取“包含”列入，如：“去年”这个词，后面列举的诗句均包含“去年今日”。选手只要掌握“去年”词条下的诗句，就一并掌握了含“去”“年”“今”“日”“今日”“去年 + 今日”这些高频字词的诗句。

第四，关于“成语飞花令”。根据中央电视台第四届《中国诗词大会》“成语飞花令”的规则，只要诗句中有包含成语或含成语多数字的均可“飞花”。我们选择了 100 多个成语，分布在 60 篇古诗词中，并以《成语飞花令》单独成册，目的是通过学习这些“成语飞花令”让选手不仅掌握成语，而且理解整首古诗词。为此，我们对每个成语进行释义，对每首古诗词简单赏析。

第五，关于“诗词接龙”。根据中央电视台第四届《中国诗词大会》“诗词接龙”的规则，只要同音字均可接龙，我们根据商务印书馆出版的《古代汉语词典》（第二版）和《现代汉语词典》（第7版）音节表，每个音节下面收录1至10不等的诗词句，选手只要掌握该音节下一句古诗词，就可以无障碍接龙。但我们在诗词经典诗句收录过程中，发现1300多个音节中有30多个无该音节冠顶句。如：chào（仦）、chuái（膗）、dáo（捯）、dèn（扽）、diǎo（扚）、diū（丢）、ēng（鞥）、gùn（棍）等，这些在诗词中无冠顶句的音节不再列入。有些冠顶字整句紧承上句，缺上句难以理解。对这类情况，采取上文加括号予以补足。如以“棒”冠顶的“棒喝如今总不亲”，为了便于理解，必须引录上文“思量何物堪酬对”，并以括号标明。

由于缺乏编辑经验并限于水平，本书必有许多疏漏之处，恳请专家、学者、老师和广大读者批评指正。

编者

2019年4月

目录

H

M

A

ā 阿

阿爷无大儿，木兰无长兄，愿为市鞍马，从此替爷征。——[北朝]《乐府民歌·木兰诗》

阿娇初著淡黄衣，倚窗学画伊。——[五代]张泌《蝴蝶儿·蝴蝶儿》

阿香秋梦起娇啼，玉女传幽素。——[宋]吴文英《烛影摇红·越上霖雨应祷》

阿婆还似初笄女，头未梳成不许看。——[清]袁枚《遣兴》

á 啊

啊另如鱼鳞，土籍谁主者。——[宋]陆文圭《送杨伯可》

āi 哀

哀蝉无留响，丛雁鸣云霄。——[晋]陶渊明《己酉岁九月九日》

哀弦绕白雪，未与俗人操。——[唐]杜甫《题柏大兄弟山居屋壁》

哀哉岂独今，千载当歔欷。——[唐]韦应物《睢阳感怀》

哀荣悲往事，漂泊念多年。——[唐]郑谷《巴賨旅寓寄朝中从叔》

哀哉沮洳场，为我安乐国。——[宋]文天祥《正气歌》

ái 皑

皑如山上雪，皎若云间月。——[汉]卓文君《白头吟》

皑皑坚冰白，漫漫阴云平。——[唐]储光羲《使过弹筝峡作》

皑皑积光素，耿耿横虚碧。——[唐]欧阳詹《赋得秋河曙耿耿送郭秀才应举》

ǎi 蔼 霭 矮

蔼蔼王多吉人，维君子命，媚于庶人。——[先秦]《诗经·大雅·卷阿》

霭霭高馆暮，开轩涤烦襟。——[唐]韦应物《夏夜忆卢嵩》

霭霭眺都城，悠悠俯清澜。——[唐]韦应物《再游龙门怀旧侣》

霭霭四月初，新树叶成阴。——[唐]白居易《玩新庭树，因咏所怀》

矮纸斜行闲作草，晴窗细乳戏分茶。——[宋]陆游《临安春雨初霁》

ài 爱 暧 艾

爱而不见，搔首踟蹰。——[先秦]《诗经·邶风·静女》

爱子游燕赵，高堂有老亲。——[唐]王维《观别者》

爱君金玉句，举世谁人有。——[唐]白居易《和微之诗二十三首·和寄问刘、白》

爱君帘下唱歌人，色似芙蓉声似玉。——[唐]白居易《醉题沈子明壁》

爱上层楼，为赋新词强说愁。——[宋]辛弃疾《丑奴儿·书博山道中壁》

暧暧远人村，依依墟里烟。——[晋]陶渊明《归园田居》

艾萧太盛椒兰少，一跃冲向万里涛。——[现代]毛泽东《七绝·屈原》

ān 安 鞍

安能摧眉折腰事权贵，使我不得开心颜！——[唐]李白《梦游天姥吟留别》

安得广厦千万间，大庇天下寒士俱欢颜！风雨不动安如山。——[唐] 杜甫《茅屋为秋风所破歌》

安得倚天抽宝剑，把汝裁为三截？——[现代] 毛泽东《念奴娇·昆仑》

鞍马四边开，突如流星过。——[唐] 李白《少年子》

鞍马若浮云，送余骠骑亭。——[唐] 李白《经乱离后天恩流夜郎忆旧》

ǎn　俺

俺答黄毛不记名，犬羊无赖本轻生。——[明] 尹耕《蔚州歌》

俺只念木石前盟。（都道是金玉良姻，俺只念木石前盟。）——[清] 曹雪芹《红楼梦十二曲（其二）·终身误》

àn　黯　按

黯然秋思来，走入志士膺。——[唐] 孟郊《寄张籍》

黯黯闭宫殿，霏霏荫薜萝。——[唐] 温庭筠《巫山神女庙》

黯乡魂，追旅思。——[宋] 范仲淹《苏幕遮·怀旧》

按剑清八极，归酣歌大风。——[唐] 李白《登广武古战场怀古》

āng　肮

肮脏无敌才，磊落不世遇。——[唐] 皮日休《七爱诗·房杜二相国》

肮脏到头方是汉，娉婷更欲向何人。——[宋] 文天祥《得儿女消息》

áng 昂

昂盛于豆，于豆于登，其香始升。——[先秦]《诗经·大雅·生民》

昂昂累世士，结根在所固。——[汉]孔融《杂诗》

昂藏多古貌，哀怨有新曲。——[唐]卢照邻《赠益府群官》

昂昂气象羽毛新。(血染冠头锦做翎，昂昂气象羽毛新)。——[明]唐寅《咏鸡诗，题金鸡报晓图》

àng 盎

盎中无斗米储，还视架上无悬衣。——[汉]《乐府歌·东门行》

盎然有暖意。（旭日射车窗，盎然有暖意。）——[清]龚景瀚《正月六日安国镇道中》

āo 凹

凹凸惊前路，驱驰羡后生。——[宋]仇远《代步》

凹处移将凸处填，悠悠填满乱山颠。——[宋]释居简《何监宫云凹》

凹者为壑，神游其中，怡然自得。——[清]沈复《童趣》

áo 鳌 敖

鳌身映天黑，鱼眼射波红。——[唐]王维《送秘书晁监还日本国》

鳌碍潮无信，蛟惊浪不虞。——[唐]白居易《东南行一百韵寄通州元九侍御澧州李十一舍人》

鳌冠三山安海浪，龙盘九鼎镇皇都。——[唐]司空图《淮西》

鳌背楼台拂白榆，此中槎客亦踟蹰。——[唐]罗隐《寄窦泽处士》

敖仓转粟走天下，山积云委加蒿蓬。——[宋]罗公升《燕城读史》

ǎo 拗

拗尽青青恨未消，春风一夜长新条。——[宋]方岳《杨柳枝》

ào 奡

奡舶自吞吐，楼橹成烟墟。——[明]汤显祖《宿浴日亭因出小浪望海》

B

bā 八 巴

八月湖水平，涵虚混太清。——[唐]孟浩然《望洞庭湖赠张丞相》

八百里分麾下炙，五十弦翻塞外声。——[宋]辛弃疾《破阵子·为陈同甫赋壮词以寄之》

八重樱下廖公子，五月花中韩大哥。——[现代]毛泽东《续乔冠华诗》

巴山楚水凄凉地，二十三年弃置身。——[唐]刘禹锡《酬乐天扬州初逢席上见赠》

bá 拔

拔剑捎罗网，黄雀得飞飞。——[三国魏]曹植《野田黄雀行》

拔剑击大荒，日收胡马群。——[唐]杜甫《后出塞》

拔剑行人舞，挥戈战马驰。——[唐]苏颋《饯赵尚书摄御史大夫赴朔方军》

拔山意气今何在，犹有遗祠可乞灵。——[宋]陆游《出游》

bǎ 把

把手意难尽，前山日渐低。——[唐]钱起《山下别杜少府》

把酒仰问天，古今谁不死。——[唐]白居易《把酒》

把君诗句高声读，想得天高也合闻。——[唐]杜荀鹤《哭山友》

把酒酹滔滔，心潮逐浪高！——[现代]毛泽东《菩萨蛮·黄鹤楼》

bà 灞

灞涘望长安，河阳视京县。——[南朝]谢朓《晚登三山还望京邑》

灞岸秋草绿，却是还家时。——[唐]刘驾《送友人擢第东归》

灞原风雨定，晚见雁行频。——[唐]马戴《灞上秋居》

灞桥烟柳，曲江池馆，应待人来。——[宋]陆游《秋波媚·七月十六日晚登高兴亭望长安南山》

bāi 掰

掰钗破镜分飞。（直自凤凰城破后，掰钗破镜分飞。）——[宋]朱敦儒《临江仙·直自凤凰城破后》

bái 白

白毛浮绿水，红掌拨清波。——[唐]骆宾王《咏鹅》

白云一片去悠悠，青枫浦上不胜愁。——[唐]张若虚《春江花月夜》

白日依山尽，黄河入海流。——[唐]王之涣《登鹳雀楼》

白兔捣药成，问言与谁餐。——[唐]李白《古朗月行》

白头搔更短，浑欲不胜簪。——[唐]杜甫《春望》

白玉堂前一树梅，为谁零落为谁开。——[宋]王安石《梅花》

白云山头云欲立，白云山下呼声急，枯木朽株齐努力。——[现代]毛泽东《渔家傲·反第二次大“围剿”》

bǎi 百

百川东到海，何时复西归？——[汉]《乐府歌·长歌行》

百万工农齐踊跃，席卷江西直捣湘和鄂。——[现代]毛泽东《蝶恋花·从汀州向长沙》

bài 败

败菜不敢火，补衣亦写书。——[唐]孟郊《靖安寄居》

败槿萧疏馆，衰杨破坏城。——[唐]元稹《哭女樊四十韵》

败他成此亦何功，苏张终作多言鬼。——[唐]贯休《杂曲歌辞·行路难》

败荷零落，衰杨掩映，岸边两两三三，浣沙游女。——[宋]柳永《夜半乐·冻云黯淡天气》

败叶填溪水已冰，夕梦犹照短长亭。——[清]纳兰性德《浣溪沙·败叶填溪水已冰》

bān 斑

斑白居上列，酒酣进庶羞。——[唐]杜甫《横吹曲辞·后出塞》

斑白霜侵鬓，苍黄日下山。——[唐]白居易《闲忙》

斑竹初成二妃庙，碧莲遥耸九疑峰。——[唐]元稹《奉和窦容州》

斑竹枝，斑竹枝，泪痕点点寄相思。——[唐]刘禹锡《潇湘神·斑竹枝》

斑竹一枝千滴泪，红霞万朵百重衣。——[现代]毛泽东《七律·答友人》

bǎn 板 阪

板屋春多雨，山城昼欲阴。——[唐]王维《送李太守赴上洛》

板桥人渡泉声，茅檐日午鸡鸣。——[唐]张继《山家》

板亭坐垂钓，烦苦稍已平。——[唐]张籍《祭退之》

阪峻身频偃，崖深首屡回。——[宋]范成大《金山岭》

bàn 半

半壁见海日，空中闻天鸡。——[唐]李白《梦游天姥吟留别》

半匹红绡一丈绫，系向牛头充炭直。——[唐]白居易《卖炭翁》

半卷红旗临易水，霜重鼓寒声不起。——[唐]李贺《雁门太守行》

半亩方塘一鉴开，天光云影共徘徊。——[宋]朱熹《观书有感》

bāng 邦

邦畿千里，维民所止，肇域彼四海。——[先秦]《诗经·商颂·玄鸟》

邦家用祀典，在德非馨香。——[唐]杜甫《望岳》

邦以民为本，鱼饥费香饵。——[唐]杜甫《送顾八分文学适洪吉州》

邦君采菊地，近接旅人居。——[唐]戴叔伦《奉陪李大夫九日宴龙沙》

bǎng 绑

绑翠鄂君舟上去，浣纱西子网中归。——[宋]魏庭坚《越中怀古》

bàng 棒

棒喝如今总不亲。（思量何物堪酬对，棒喝如今总不亲。）——[宋]王安石《答张奉议》

棒头敲出小厮儿，却向大愚言下瞥。——[宋]释法薰《赞黄檗和尚》

bāo 包

包涵动植兮顺荣枯，长贻宝觋兮赞璇图。——[唐] 武则天《唐大飨拜洛乐章·归和》

包胥心独许，连夜哭秦兵。——[唐]元稹《楚歌》

包胥不动咸阳哭，争得秦兵出武关。——[唐]胡曾《咏史诗·秦庭》

包举中原势。（下临全楚地，包举中原势。）——[宋]康与之《菩萨蛮令·金陵怀古》

báo 薄

薄衾孤枕，梦回人静，彻晓潇潇雨。——[宋]惠洪《青玉案·丝槐烟柳长亭路》

薄衾小枕重门闭，孤烟照著人无寐。——[宋]晁端礼《菩萨蛮·薄衾小枕重

门闭》

薄衾小枕天气，乍觉别离滋味。——[宋]柳永《忆帝京·薄衾小枕天气》

薄衾无奈五更寒，杜鹃叫落西楼月。——[宋]朱淑真《春宵》

bǎo 保 宝

保厥美以骄傲兮，日康娱以淫游。——[战国]屈原《离骚》

保厘东宅静，守护北门牢。——[唐]白居易《寄献北都留守裴令公》

保重更求装钿匣，闲将濡染寄知音。——[唐]齐己《谢人惠端溪砚》

宝马雕车香满路。（东风夜放花千树。更吹落、星如雨。宝马雕车香满路。）——[宋]辛弃疾《青玉案·元夕》

bào 报 暴 爆

报之以微寒，共给酒一斛。——[唐]杜甫《课伐木》

报君黄金台上意，提携玉龙为君死。——[唐]李贺《相和歌辞·雁门太守行》

报德兼明道，长留识者知。——[唐]殷潜之《题筹笔驿》

暴虎入门，懦夫奋臂。——[现代]毛泽东《懦夫奋臂》

爆竹声中一岁除，春风送暖入屠苏。——[宋]王安石《元日》

bēi 悲

悲歌可以当泣，远望可以当归。——[汉]《乐府歌·悲歌》

悲啼上车女，骨肉不可分。——[唐]韩愈《送陆畅归江南》

悲风惨惨雨修修，岘北山低草木愁。——[唐]戎昱《收襄阳城》

悲莫悲生离别，乐莫乐新相识，儿女古今情。——[宋]辛弃疾《水调歌头·壬子三山被召陈端仁给事饮饯席上作》

悲歌痛哭终何补，义士纷纷说帝秦。——[现代]郁达夫《钓台题壁》

běi 北

北风卷地白草折，胡天八月即飞雪。——[唐]岑参《白雪歌送武判官归京》

北里有贤兄，东邻有小姑。——[唐]李贺《箜篌引》

北斗星移银汉低，班姬愁思凤城西。——[唐]王偃《夜夜曲》

北国风光，千里冰封，万里雪飘。——[现代]毛泽东《沁园春·雪》

bèi 背

背绳墨以追曲兮，竞周容以为度。——[战国]屈原《离骚》

背风振六翮，对舞临山阁。——[唐]李白《宣州长史弟昭赠余琴谿中双舞鹤诗以见志》

背手抽金镞，翻身控角弓。——[唐]张祜《观徐州李司空猎》

背灯和月就花阴，已是十年踪迹十年心。——[清]纳兰性德《虞美人·银床淅沥青梧老》

背负青天朝下看，都是人间城郭。——[现代]毛泽东《念奴娇·鸟儿问答》

bēn 奔

奔龙争度日，飞鹊乱填河。——[唐]沈佺期《牛女》

奔鲸夹黄河，凿齿屯洛阳。——[唐]李白《相和歌辞·北上行》

奔星乱下花场里，初月飞来画杖头。——[唐]蔡孚《打球篇》

奔腾急，万马战犹酣。——[现代]毛泽东《十六字令》

奔霆飞熛歼人子，败井残垣剩饿鸠。—[现代]鲁迅《题三义塔》

běn 本

本是同根生，相煎何太急？——[三国魏]曹植《七步诗》

本与鹪鹩群，不随凤凰族。——[唐]李白《空城雀》

本是多愁人，复此风波夕。——[唐]白居易《襄阳舟夜》

本欲醉中轻远别，不知翻引酒悲来。——[唐]刘禹锡《洛中送韩七中丞之吴兴口号》

本在沧江阔，移来碧沼圆。——[唐]齐己《荆州新秋病起杂题一十五首·病起见庭莲》

bèn 倴

倴僜将军约早回，楚材相国更频催。——[宋]刘克庄《端嘉杂诗》

bēng 崩

崩腾戎马际，往往杀长吏。——［唐］杜甫《送顾八分文学适洪吉州》

崩壑方见射，回流忽已舒。——［唐］韦应物《往云门郊居途经回流作》

崩崖欲相触，呀豁断行迹。——［唐］王建《温门山》

崩云下漓水，劈箭上浔江。——［唐］柳宗元《答刘连州邦字》

崩腾成大瀑，落托出深沟。——［唐］贯休《东西二林寺流水》

béng 甭

甭于仙李月梁上，瘦似神苏雪窖中。——［宋］陈著《次韵梅山弟咏梅》

甭坐钩帘对篆烟。（杨花一任雪漫天，甭坐钩帘对篆烟。）——［宋］杨公远《再韵奉酬》

běng 菶

菶茸何年值，间关几日吟。——［唐］周渭《赋得花发上林》

菶菶复萋萋，居然古人风。——［宋］司马光《和利州鲜于转运公剧八咏·桐轩》

bèng 迸

迸水惊愁鹭，腾沙起狎鸥。——［唐］卢照邻《晚渡渭桥寄示京邑游好》

迸火烧闲地，红星堕青天。——[唐] 孟郊《酬郑毗踯躅咏》
迸点时穿牖，浮沤欲上阶。——[唐] 张籍《和李仆射雨中寄卢、严二给事》
迸玉闲抽上钓矶，翠苗番次脱霞衣。——[唐] 陈陶《竹》
迸笋穿行径，饥雏出坏巢。——[唐] 罗隐《杜处士新居》

bī 逼

逼迫迁旧邦，拥主以自强。——[汉] 蔡文姬《悲愤诗》
逼仄何逼仄，我居巷南子巷北。——[唐] 杜甫《逼仄行，赠毕曜》
逼逼仆仆春冰裂，磊磊落落桃花结。——[唐] 王建《两头纤纤》
逼夏摇孤锡，离城入乱峰。——[唐] 齐己《送乾康禅师入山过夏》
逼脸横颐咽复匀，也曾谗毁也伤神。——[唐] 罗隐《泪》

bí 鼻

鼻香茶熟后，腰暖日阳中。——[唐] 白居易《闲卧寄刘同州》
鼻息吼春雷，蹄声裂寒瓦。——[唐] 元稹《八骏图诗》
鼻观既得趣，就枕便清熟。——[宋] 郑刚中《茉莉》

bǐ 彼

彼采萧兮，一日不见，如三秋兮！——[先秦]《诗经 · 王风 · 采葛》
彼尧舜之耿介兮，既遵道而得路。——[战国] 屈原《离骚》

彼宁可隳，此不可干。——[唐]韩愈《剥啄行》

彼蔚者竹，萧其森矣。——[唐]萧颖士《有竹》

彼此见会异，对面成别离。——[唐]姚合《赠卢沙弥小师》

bì 毕碧壁

毕竟拟何求，随缘去住休。——[唐]齐己《渚宫自勉》

毕竟西湖六月中，风光不与四时同。——[宋]杨万里《晓出净慈寺送林子方》

碧玉妆成一树高，万条垂下绿丝绦。——[唐]贺知章《咏柳》

碧云天，黄花地，西风紧，北雁南飞。——[元]王实甫《长亭送别》

壁上红旗飘落照，西风漫卷孤城。——[现代]毛泽东《临江仙·给丁玲同志》

biān 边

边兵尽东征，城内空荆杞。——[唐]杜甫《塞芦子》

边城细草出，客馆梨花飞。——[唐]岑参《河西春暮忆秦中》

边庭飘飖那可度，绝域苍茫更何有。——[唐]高适《燕歌行》

边士不好礼，全家住军城。——[唐]曹邺《送进士李殷下第游汾河》

边兵索衣食，此物同泥土。——[唐]姚合《庄居野行》

biǎn 贬

贬如市朝挞，褒若华衮好。——[宋]梅尧臣《和景彝西阁独直》

贬削村夫子，褒崇笑夜叉。——[宋]刘克庄《杂记》

biàn 便遍

便寄柴桑隐，何劳访剡东。——[唐]皎然《春日会韩武康章后亭联句》

便是屏风样，何劳画古贤。——[唐]白居易《偶眠》

便住双林寺，仍开一草堂。——[唐]白居易《郡斋暇日忆庐山草堂兼寄二林僧社三十韵多叙》

便欲忘归路，方知隐易招。——[唐]元稹《和友封题开善寺十韵》

遍地哀鸿满城血，无非一念救苍生。——[现代]毛泽东《七律·忆重庆谈判》

biāo 标

标格谁当犯，风谣信可听。——[唐]高適《送蔡少府赴登州推事》

标随绿云动，船逆清波来。——[唐]储光羲《观竞渡》

标奇耸峻壮长安，影入千门万户寒。——[唐]林宽《终南山》

标指若示，古人同风。——[宋]释清远《标指六偈》

biǎo 表

表瑞良在兹，庶几可怡悦。——[唐]李隆基《温汤对雪》

表请回军掩尘骨，莫教士卒哭龙荒。——[唐]李益《回军行》

表墓双碑立，尊名一字褒。——[唐]刘禹锡《河南观察使故相国袁公挽歌》

表里通明不假雕，冷于春雪白于瑶。——[唐]薛逢《石膏枕》

表里山河犹往日，变迁朝市已多年。——[明]马中锡《晚渡咸阳》

biào 摽

摽梅诗有赠，羔雁礼将行。——[唐]孟浩然《送桓子之郢成礼》

摽梅既落行有时。（韶光日日看渐迟，摽梅既落行有时。）——[唐]权德舆《薄命篇》

摽彼无梅漫有花。（阴机谁使弄哗哗，摽彼无梅漫有花。）——[宋]胡寅《二十八日快晴》

biē 鳖

鳖解称从事，松堪作大夫。——[唐]元稹《春分投简阳明洞天作》

鳖灵时共尽，龙女事同迁。——[唐]苏颋《武担山寺》

鳖鳝蟹蛤杀无数，而反康豫无纤疴。——[明]莲池律师《跛法师歌》

bié 别

别君去兮何时还？且放白鹿青崖间，须行即骑访名山。——[唐]李白《梦游天姥吟留别》

别有幽愁暗恨生，此时无声胜有声。——[唐]白居易《琵琶行》

别来二十年，唯余两心在。——[唐]刘禹锡《敬酬微公见寄》

别有洞天三十六，水晶台殿冷层层。——[唐]章碣《对月》

别梦依稀咒逝川，故园三十二年前。——[现代]毛泽东《七律·到韶山》

biè 彆

彆捩象齿愁肓贲，山玄水苍琮琥瑞。——[明]刘基《为韩克铭题画石鼎联句图》

bīn 斌

斌斌硕人，贻我以文。——[汉]蔡邕《答卜元嗣诗》

斌驳溪石枕，凝滑水纹簟。——[元]李复《同刘君俞城西寺避暑》

bìn 鬓

鬓发三分白，交亲一半无。——[唐]白居易《郢州赠别王八使君》

鬓发争禁得，孤舟往复愁。——[唐]裴说《赠宾贡》

鬓丝饶镜色，隙雪夺灯辉。——[唐]李京《除夜长安作》

鬓雪飞来成废料，彩云长在有新天。——[现代]毛泽东《七律·洪都》

bīng 冰

冰霜正惨凄，终岁常端正。——[三国魏]刘桢《赠从弟》

冰消出镜水，梅散入风香。——[唐]李世民《除夜》
冰合井泉月入闺，金缸青凝照悲啼。——[唐]李白《夜坐吟》
冰霜肌骨称童年，羽驾何由到俗间。——[唐]王起《赠毛仙翁》
冰泉冷涩弦凝绝，凝绝不通声暂歇。——[唐]白居易《琵琶行》

bǐng 丙

丙枕或思前夜席，庚邮宁肯后锋车。——[宋]邹登龙《送表兄赵奏院赴南外知宗》
丙丁躔次光相烛。（南极老人呈瑞处，丙丁躔次光相烛。）——[宋]姜特立《满江红·辛酉生朝》

bìng 病

病深理方悟，悔至心自烧。——[唐]孟郊《寿安西渡奉别郑相公》
病知心力减，老觉光阴速。——[唐]白居易《六十六》
病应无处避，老更不宜忙。——[唐]白居易《重咏》
病树前头万木春。（沉舟侧畔千帆过，病树前头万木春。）——[唐]刘禹锡《酬乐天扬州初逢席上见赠》
病久欢情薄，乡遥客思孤。——[唐]李群玉《九日越台》

bō 波

波泛含风影，流摇防露枝。——[唐]虞世南《赋得临池竹应制》

波翻八滩雪，堰护一潭油。——[唐] 白居易《重修香山寺毕，题二十二韵以纪之》

波上旅愁起，天边归路长。——[唐] 温庭筠《旅次盱眙县》

波起轻摇绿，鳞游乍跃红。——[唐] 徐夤《东风解冻省试》

波动疑钗落，风生觉袖轻。——[唐] 张敬徽《采莲曲》

波心精舍好，那岸是繁华。——[唐] 齐己《题真州精舍》

bó 薄 博

薄田失锄耨，生苗安可任。——[唐] 韦应物《答冯鲁秀才》

薄暮香尘起，长杨落照明。——[唐] 温庭筠《太子西池》

薄雾浓云愁永昼，瑞脑消金兽。——[宋] 李清照《醉花阴·薄雾浓云愁永昼》

博大胆识铁石坚，刀光剑影任翔旋。——[现代] 毛泽东《纪念鲁迅八十寿辰》

bǒ 跛

跛鳖难随骐骥足，伤禽莫趁凤凰飞。——[唐] 白居易《履道西门》

跛鳖虽迟骐骥疾，何妨中路亦相逢。——[唐] 白居易《喜与韦左丞同入南省因叙旧以赠之》

bò 擘

擘波得潜鱼，一点翠光去。——[唐] 钱起《蓝田溪杂咏·衔鱼翠鸟》

擘开苍峡吼奔雷，万斛飞泉涌出来。——[宋] 朱熹《偶题》

bū 逋

逋客多南渡，征鸿自北飞。——[唐]刘长卿《送李二十四移家之江州》

逋客殊未去，芳时已再来。——[唐]灵一《春日山斋》

逋客未能忘野兴，辟书翻遣脱荷衣。——[唐]秦系《献薛仆射》

逋仙宅近梅应古，坡老祠空竹自秋。——[宋]范晞文《题江湖伟观》

bú 醭

醭醭红尘，炎炎火聚。——[宋]释绍昙《偈颂一百零四首》

醭生唇上满，泥踯鼻头余。——[宋]释正觉《禅人并化主写真求赞》

bǔ 捕

捕蝗归来守空屋，囊无寸帛瓶无粟。——[唐]戴叔伦《屯田词》

捕蝗捕蝗谁家子，天热日长饥欲死。——[唐]白居易《捕蝗—刺长吏也》

捕多勿夸能，能在不犯兵。——[宋]梅尧臣《送万州武宁段尉》

bù 不布步

不抚壮而弃秽兮，何不改乎此度？——[战国]屈原《离骚》

不闻机杼声，惟闻女叹息。——[北朝]《乐府民歌·木兰诗》

不知江月待何人，但见长江送流水。——[唐]张若虚《春江花月夜》

不敢高声语，恐惊天上人。——[唐]李白《夜宿山寺》

不知细叶谁裁出，二月春风似剪刀。——[唐]贺知章《咏柳》

不知何处吹芦管，一夜征人尽望乡。——[唐]李益《夜上受降城闻笛》

不论平地与山尖，无限风光尽被占。——[唐]罗隐《蜂》

不识庐山真面目，只缘身在此山中。——[宋]苏轼《题西林壁》

不畏浮云遮望眼，自缘身在最高层。——[宋]王安石《登飞来峰》

不要人夸颜色好，只留清气满乾坤。——[元]王冕《墨梅》

不到长城非好汉，屈指行程二万。——[现代]毛泽东《清平乐·六盘山》

不管风吹浪打，胜似闲庭信步，今日得宽余。——[现代]毛泽东《水调歌头·游泳》

布衾多年冷似铁，娇儿恶卧踏里裂。——[唐]杜甫《茅屋为秋风所破歌》

步余马于兰皋兮，驰椒丘且焉止息。——[战国]屈原《离骚》

李思训《江帆楼阁图》

C

cāi 猜

猜嫌成谪宦，正直不防身。——[唐]司空曙《送郑明府贬岭南》

猜鹰虑奋迅，惊鹿时踢跳。——[唐]刘禹锡《连州腊日观莫徭猎西山》

猜贰谁先致，三朝事始平。——[唐]李商隐《淮阳路》

猜祸皆及身，何复至如是。——[唐]皮日休《奉献致政裴秘监》

cái 才

才见吴洲百草春，已闻燕雁一声新。——[唐]皇甫冉《送陆澧郭郧》

才大无不备，出入为时须。——[唐]韦应物《送雷监赴阙庭》

才华推独步，声气幸相亲。——[唐]权德舆《哭刘四尚书》

才薄知无用，安贫不自危。——[唐]牟融《题朱庆馀闲居四首》

才下眉头，却上心头。——[宋]李清照《一剪梅·红藕香残玉簟秋》

才饮长江水，又食武昌鱼。——[现代]毛泽东《水调歌头·游泳》

cǎi 采 彩

采之欲遗谁？所思在远道。——[汉]《古诗十九首·涉江采芙蓉》

采菊东篱下，悠然见南山。——[晋]陶渊明《饮酒》

采得百花成蜜后，为谁辛苦为谁甜。——[唐]罗隐《蜂》

采桑知蚕饥，投梭惜夜迟。——[唐]王周《采桑女》

采采余孤景，日落衡云西。——[现代]毛泽东《挽易昌陶》

彩舟云淡，星河鹭起，画图难足。——[宋]王安石《桂枝香·金陵怀古》

cài 蔡 菜

蔡女昔造胡笳声，一弹一十有八拍。——[唐]李颀《听董大弹胡笳声兼寄语弄房给事》

蔡侯静者意有余，清夜置酒临前除。——[唐]杜甫《送孔巢父谢病归游江东兼呈李白》

蔡女菱歌移锦缆，燕姬春望上琼钩。——[唐]上官仪《咏画障》

菜实萦小园，稻花绕山屋。——[唐]皎然《冬日山行过薛征君》

菜园篱落短，遥见桔槔斜。——[唐]刘禹锡《同乐天和微之深春》

cān 参 餐

参军春思乱如云，白发题诗愁送春。——[宋]欧阳修《春日西湖寄谢法曹歌》

参天引风挺苍玉，匝地印月筛黄金。——[宋]谢枋得《书林十景诗》

参透诗三昧，何须契一乘。——[宋]真山民《孤标上人留宿》

参天万木，千百里，飞上南天奇岳。——[现代]毛泽东《念奴娇·井冈山》

餐霞卧旧壑，散发谢远游。——[唐]李白《江上秋怀》

餐霞楼上动仙乐，嘈然宛似鸾凤鸣。——[唐]李白《忆旧游寄谯郡元参军》

cán 蚕 残

蚕丛及鱼凫，开国何茫然！——[唐] 李白《蜀道难》

蚕饥妾欲去，五马莫留连。——[唐] 李白《相和歌辞·子夜四时歌四首·春歌》

蚕老客未归，白田已缫丝。——[唐] 李白《白田马上闻莺》

蚕娘洗茧前溪渌，牧童吹笛和衣浴。——[唐] 贯休《春晚书山家屋壁》

残固不堪残，何须自寻烦？——[现代] 毛泽东《卜算子·悼国际共产主义战士艾地同志》

cǎn 惨

惨惨时节尽，兰叶复凋零。——[三国魏] 徐干《室思》

惨日映峰沉，愁云随盖转。——[唐] 李世民《望送魏徵葬》

惨戚冰雪里，悲号绝中肠。——[唐] 李白《北上行》

惨然游子寒，风露将萧瑟。——[唐] 苏颋《晓济胶川南入密界》

惨惨柴门风雪夜，此时有子不如无。——[清] 黄景仁《别老母》

càn 灿

灿灿辰角曙，亭亭寒露朝。——[唐] 韩愈《和李相公摄事南郊，览物兴怀，呈一二知旧》

灿烂金舆侧，玲珑玉殿隈。——[唐] 李峤《珠》

灿灿萱草花，罗生北堂下。——[元] 王冕《墨萱图》

灿灿光中腾野马，遥山历历孤云下。——[现代]秦鸿《自题履错集赠袁灿兴》

cāng 沧

沧洲趣不远，何必问蓬莱。——[唐]孟浩然《韩大使东斋会岳上人、诸学士》

沧洲不可涯，孤帆去无迹。——[唐]刘长卿《湖上遇郑田》

沧溟无旧路，何处问前期。——[唐]李益《送归中丞使新罗册立吊祭》

沧海月明珠有泪，蓝田日暖玉生烟。——[唐]李商隐《锦瑟》

沧海横流安足虑，世事纷纭从君理。——[现代]毛泽东《送纵宇一郎东行》

cáng 藏

藏书闻禹穴，读记忆仇池。——[唐]杜甫《秦州杂诗》

藏书壁中苔半侵，洗药泉中月还在。——[唐]韦应物《送褚校书归旧山歌》

藏得宝刀求主带，调成骏马乞人骑。——[唐]张籍《赠王司马》

藏雨并栖红杏密，避人双入绿杨深。——[唐]齐己《早莺》

cāo 操

操吴戈兮被犀甲，车错毂兮短兵接。——[战国]屈原《九歌·国殇》

操持纪纲地，喜见朱丝直。——[唐]杜甫《送韦讽上阆州录事参军》

操纸终夕酣，时物集遐想。——[唐]杜甫《八哀诗·故著作郎贬台州司户荥阳郑公虔》

操筑无昔老，采薇有遗歌。——[唐]薛稷《秋日还京陕西十里作》

操环昔闻迎夏启，发匣先来瑞有虞。——[唐]崔日用《郊庙歌辞·享龙池乐章》

cáo 嘈

嘈嘈鸱枭动，好鸟徒绵蛮。——[唐]李华《杂诗》

嘈嘈切切错杂弹，大珠小珠落玉盘。——[唐]白居易《琵琶行》

嘈嘈弦吹匝天开，洪崖箫声绕天来。——[唐]李贺《荣华乐》

嘈嘈战国极纷纭，朝为盾对莫为亲。——[现代]卢青山《嘈嘈》

cǎo 草

草木知贱微，所贵寒不易。——[唐]韦应物《拟古诗》

草树知春不久归，百般红紫斗芳菲。——[唐]韩愈《晚春》

草径虫鸣急，沙渠水下迟。——[唐]李商隐《归来》

草心并柳眼，长是被恩先。——[唐]李中《早春》

草长莺飞二月天，拂堤杨柳醉春烟。——[清]高鼎《村居》

草木也知愁，韶华竟白头。——[清]曹雪芹《唐多令·柳絮》

cào 鼜

鼜鼓冬冬声凯献，羌儿稽首送将军。——[清]爱新觉罗·弘历《高宗纯皇帝御制平定两金川凯歌三十章乾隆四十一年》

cè 策

策勋十二转，赏赐百千强。——[北朝]《乐府民歌·木兰诗》

策马摇凉月，通宵出郊圻。——[唐]李白《感时留别从兄徐王延年、从弟延陵》

策马雨中去，逢人关外稀。——[唐]韦应物《送榆次林明府》

策蹇秋尘里，吟诗黄叶前。——[唐]张籍《赠殷山人》

策杖临霞岫，危步下霜蹊。——[唐]上官昭容《游长宁公主流杯池》

cēn 参

参差荇菜，左右采之。窈窕淑女，琴瑟友之。——[先秦]《诗经·周南·关雎》

参差凌倒影，潇洒轶浮埃。——[唐]杨炯《和刘侍郎入隆唐观》

参差随暮雨，前路湿人衣。——[唐]宋之问《广州朱长史座观妓》

参差绿蒲短，摇艳云塘满。——[唐]温庭筠《黄昙子歌》

参差天汉雾，嘹唳月明风。——[唐]李群玉《早鸿》

cén 岑

岑霞渐渐落，溪阴寸寸生。——[唐]李世民《赋得白日半西山》

岑寂罕人至，幽深获我思。——[唐]张九龄《骊山下逍遥公旧居游集》

岑家双琼树，腾光难为俦。——[唐]王昌龄《留别岑参兄弟》

岑夫子，丹丘生，将进酒，杯莫停。——[唐]李白《将进酒》

岑生多新诗，性亦嗜醇酎。——[唐]杜甫《九日寄岑参》

岑寂，高柳晚蝉，说西风消息。——[宋]姜夔《惜红衣·吴兴荷花》

cēng 噌

噌吰宫夜辟，嘈嗽鼓晨挝。——[唐]韩愈《奉和杜相公太清宫纪事陈诚上李相公十六韵》

噌吰铛鞳盈虚空，老树作风山作雨。——[清]成鹫《石钟鼓歌》

céng 曾

曾歔欷余郁邑兮，哀朕时之不当。——[战国]屈原《离骚》

曾经沧海难为水，除却巫山不是云。——[唐]元稹《离思》

曾向人间拜节旄，乍疑因梦到仙曹。——[唐]陆龟蒙《寄茅山何威仪》

曾当月照还无影，若许风吹合有声。——[唐]徐夤《画松》

曾记否，到中流击水，浪遏飞舟？——[现代]毛泽东《沁园春·长沙》

cèng 蹭

蹭蹬鬓毛斑，盛时难再还。——[唐]李白《送赵判官赴黔府中丞叔幕》

蹭蹬多拙为，安得不皓首。——[唐]杜甫《上水遣怀》

蹭蹬疮痍今不平，干戈南北常纵横。——[唐]李涉《寄河阳从事杨潜》

蹭蹬三千里，蹉跎二十秋。——[唐]齐己《忆别匡山寄彭泽乾昼上人》

chā 插

插秧适云已，引溜加溉灌。——[唐]杜甫《行官张望补稻畦水归》

插以青竹簳，羽之赤雁翎。——[唐]白居易《和答诗十首·答箭镞》

插柳作高林，种桃成老树。——[唐]白居易《重到渭上旧居》

插天翠柳，被何人，推上一轮明月。——[宋]朱敦儒《念奴娇·插天翠柳》

插脚红尘已是颠，更求平地上青天。——[宋]陆游《鹧鸪天·七之五》

chá 茶

茶香飘紫笋，脍缕落红鳞。——[唐]白居易《题周皓大夫新亭子二十二韵》

茶炉天姥客，棋席剡溪僧。——[唐]温庭筠《宿一公精舍》

茶影中残月，松声里落泉。——[唐]齐己《寄江西幕中孙鲂员外》

茶烹绿乳花映帘，撑沙苦笋银纤纤。——[唐]贯休《书倪氏屋壁》

茶碗嫩汤初得乳，香篝微火未成灰。——[宋]陆游《五月十一日睡起》

chǎ 叉

叉手者谁，合掌者谁，击拳者谁。——[元]李道纯《沁园春·叉手者谁》

叉手问官名。（江边逢野叟，叉手问官名。）——[明]陈献章《南归寄乡旧》

chà 姹

姹女矜容色，为花不让春。——[唐] 张九龄《剪彩》

姹女临波日，神光照夜年。——[唐] 杜甫《覆舟》

姹女妆梳艳，游童衣服鲜。——[唐] 白居易《会昌春连宴即事》

姹女精神似月孤，敢将容易入洪炉。——[唐] 陆龟蒙《自遣诗》

姹女住瑶台，仙花满地开。——[唐] 吕岩《五言》

chāi 钗

钗留一股合一扇，钗擘黄金合分钿。——[唐] 白居易《长恨歌》

钗上翠禽应不返，镜中红艳岂重芳。——[唐] 韦庄《宫怨》

钗斜穿彩燕，罗薄剪春虫。——[唐] 李远《立春日》

钗重髻盘珊，一枝红牡丹。——[唐] 牛峤《菩萨蛮》

钗符金胜，又见一家春。——[清] 李慈铭《临江仙·癸未除夕作》

chái 柴

柴门何萧条，狐兔翔我宇。——[三国魏] 曹植《梁甫行》

柴门鸟雀噪，归客千里至。——[唐] 杜甫《羌村三首》

柴翁携童儿，聚观于岸傍。——[唐] 张籍《祭退之》

柴门反关无俗客，纱帽笼头自煎吃。——[唐] 卢仝《走笔谢孟谏议寄新茶》
柴扉日暮随风掩，落尽闲花不见人。——[唐] 元稹《晚春》
柴门寂寂黍饭馨，山家烟火春雨晴。——[唐] 贯休《春晚书山家屋壁》

chǎi 茝

茝兰桂树，郁弥路只。——[战国] 屈原《大招》
茝茝兰春渚满，桃李绿阴成。——[宋] 赵蕃《明日复出城》

chài 虿

虿毒久萌牙，狼顾非日夕。——[唐] 杨乘《甲子岁书事》
虿尾银钩写珠玉，剡藤蜀茧照松烟。——[宋] 黄庭坚《再次韵奉答子由》

chān 搀

搀枪堕九宵，列缺乱阡陌。——[宋] 木待问《火后寄诠老》
搀星熠熠扇通明，九宇戈旗辇下惊。——[现代] 李永镇《搀星》

chán 蝉

蝉噪林逾静，鸟鸣山更幽。——[南朝]王籍《入若耶溪》

蝉声集古寺，鸟影度寒塘。——[唐]杜甫《和裴迪登新津寺寄王侍郎》

蝉老悲鸣抛蜕后，龙眠惊觉失珠时。——[唐]白居易《初丧崔儿报微之晦叔》

蝉吟秋色树，鸦噪夕阳沙。——[唐]杜牧《秋晚江上遣怀》

蝉见木叶落，雷将雨气寒。——[唐]贯休《怀薛尚书兼呈东阳王使君》

蝉声当槛急，虹影向檐垂。——[宋]徐铉《奉和右省仆射西亭高卧作》

chǎn 刬

刬却君山好，平铺湘水流。——[唐]李白《陪侍郎叔游洞庭醉后》

刬土壅其本，引泉溉其枯。——[唐]白居易《东坡种花》

刬袜步香阶，手提金缕鞋。——[五代]李煜《菩萨蛮·花明月暗笼轻雾》

刬然长啸，起来秋满庭户。——[宋]黄升《酹江月·夜凉》

chàn 忏

忏除绮语从居易，悔作雕虫似子云。——[清]康有为《澹如楼读书》

忏情是、一片沧桑影，带风絮愁臬。——[清]朱祖谋《眉妩·题河东君妆镜》

忏除结习我知勉，不作苏俄叶赛宁。——[现代]柳亚子《口号答云彬》

忏除犯上无君罪，齐到金刚法会来。——[现代]陈独秀《金粉泪》

chāng 昌

昌谷五月稻，细青满平水。——[唐]李贺《昌谷诗》

昌朝有知己，好作谏垣臣。——[唐]贯休《送卢瞻罢庐陵幕归阌乡》

昌年虽共偶，欢会此难并。——[唐]韦嗣立《酬崔光禄冬日述怀赠答》

昌年赏丰陌，暇日悦林塘。——[唐]崔泰之《同光禄弟冬日述怀》

昌国卫，今日屯兵昔置吏。——[明]陈瑚《昌国卫》

cháng 常 长

常恐秋节至，焜黄华叶衰。——[汉]《乐府歌·长歌行》

常记溪亭日暮，沉醉不知归路。——[宋]李清照《如梦令》

常恨世人新意少，爱说南朝狂客。——[宋]刘克庄《贺新郎·九日》

长太息以掩涕兮，哀民生之多艰。——[战国]屈原《离骚》

长风破浪会有时，直挂云帆济沧海。——[唐]李白《行路难》

长沟流月去无声。杏花疏影里，吹笛到天明。——[宋]陈与义《临江仙·夜登小阁忆洛中旧游》

长夜难明赤县天，百年魔怪舞翩跹，人民五亿不团圆。——[现代]毛泽东《浣溪沙·和柳亚子先生》

chǎng 敞

敞朗东方彻，阑干北斗斜。——[唐] 杨炯《早行》

敞千门万户，瞰沧海、烂银盘。——[金] 吴激《木兰花慢 中秋 吴礼部诗话》

敞裘针线高堂梦，霜冷吴天有断鸿。——[清] 秦仁《生日潼关述怀》

chàng 怅

怅望城阙遥，幽居时序永。——[唐] 韦应物《寄柳州韩司户郎中》

怅望西溪水，潺湲奈尔何。——[唐] 李商隐《西溪》

怅望送春杯，殷勤扫花帚。——[唐] 杜牧《惜春》

怅望云天暮，佳人何处归。——[唐] 李端《山中期张芬不至》

怅秋风、连营画角，故宫离黍。——[宋] 张元干《贺新郎》

怅寥廓，问苍茫大地，谁主沉浮？——[现代] 毛泽东《沁园春 · 长沙》

chāo 抄

抄诗上彩笺。（避路来华省，抄诗上彩笺。）——[唐] 贾岛《原居即事言怀赠孙员外》

抄手向前咨大使，这回不敢恼儿郎。——[唐] 张保嗣《戏示诸妓》

抄诗夜然烛。（不知破砚冰，抄诗夜然烛。）——[元] 贝琼《钱彦彬抄诗为赋》

抄诗裨国史，选佛挂儒冠。——[清] 全祖望《故太仆陈皇士木渎别业》

cháo 潮

潮平两岸阔，风正一帆悬。——[唐]王湾《次北固山下》

潮落江平未有风，扁舟共济与君同。——[唐]孟浩然《渡浙江问舟中人》

潮水无情亦解归，自怜长在新安住。——[唐]刘长卿《新安送陆澧归江阴》

潮信催客帆，春光变江树。——[唐]权德舆《祗役江西路上以诗代书寄内》

潮平犹倚棹，月上更登楼。——[唐]许浑《将赴京师蒜山津送客还荆渚》

潮打三更瓜步月，雨荒十里红桥火。——[清]郑燮《满江红·思家》

chǎo 炒

炒沙作糜终不饱，缕冰文章费工巧。——[宋]黄庭坚《送王郎》

炒米团边笑语亲。（蓼花散畔轻盈意，炒米团边笑语亲。）——[宋]晁说之《谢乾明滋老送炒团》

chē 车

车遥遥兮马洋洋，追思君兮不可忘。——[晋]傅玄《车遥遥篇》

车辚辚，马萧萧，行人弓箭各在腰。——[唐]杜甫《兵车行》

车前齐唱薤露歌，高坟新起白峨峨。——[唐]张籍《北邙行》

车马交驰往复来，钟鼓相催天又晓。——[唐]雍裕之《不了语》

车舆终日别，草树一城新。——[唐]刘得仁《春日雨后作》

车尘马足贵者趣，酒盏花枝贫者缘。——[明]唐寅《桃花庵歌》

chě 撦

撦衣蝴蝶飘。（掷履仙凫起，撦衣蝴蝶飘。）——[唐]段成式《句》

撦破云门一柄扇，拗折乾峰一条棒。——[宋]释宗杲《颂古》

chè 坼 澈

坼桐风送杨花老。（画梁语透帘栊晓，坼桐风送杨花老。）——[宋]刘辰翁《菩萨蛮（春晓）》

澈师何处觅遗踪，坐听云门寺里钟。——[宋]牟巘五《送恩上人还云门》

chēn 郴

郴土群山高，耆老如中州。——[唐]王昌龄《出郴山口至叠石湾野人室中寄张十一》

郴州颇凉冷，橘井尚凄清。——[唐]杜甫《奉送二十三舅录事之摄郴州》

郴江幸自绕郴山，为谁流下潇湘去？——[宋]秦观《踏莎行·郴州旅舍》

chén 尘 晨 陈 沉

尘愁老来颜，久与江山隔。——[唐]李群玉《洞庭遇秋》

晨起动征铎，客行悲故乡。——[唐]温庭筠《商山早行》

陈王昔时宴平乐，斗酒十千恣欢谑。——[唐]李白《将进酒》

沉舟侧畔千帆过，病树前头万木春。——[唐]刘禹锡《酬乐天扬州初逢席上见赠》

chěn 踸

踸踔踸踔裴山人，破帽麻衣被埃尘。——[宋] 郭祥正《踸踔行送裴山人》

踸踔无潜迹，蒙茸有怒生。——[宋] 刘子翚《烧》

chèn 衬

衬舞台荒，浣妆池冷，凄凉市朝轻换。——[宋] 周密《献仙音 · 吊雪香亭梅》

衬月中、金粟香浮。（围腰御仙花底，衬月中、金粟香浮。）——[宋] 吴文英《声声慢 · 寿魏方泉》

chēng 琤

琤琤晓漏喧秦禁，漠漠秋烟起汉陵。——[唐] 李郢《长安夜访澈上人》

琤琤初集霰，粲粲纷葳蕤。——[宋] 卫宗武《北山值雪偶成》

琤琤白玉佩，烨烨紫云裘。——[元] 舒頔《梦仙》

琤琤石水鸣，忽洗人世听。——[元] 刘诜《雨晴门外独坐》

chéng 乘 城 丞

乘骐骥以驰骋兮，来吾道夫先路！——[战国] 屈原《离骚》

乘兴南游不戒严，九重谁省谏书函。——[唐] 李商隐《隋宫》

乘醉听箫鼓，吟赏烟霞。——[宋] 柳永《望海潮》

乘风好去，长空万里，直下看山河。——[宋]辛弃疾《太常引·建康中秋夜为吕叔潜赋》

城阙辅三秦，风烟望五津。——[唐]王勃《送杜少府之任蜀州》

城隈草萋萋，涔泪侵双题。——[现代]毛泽东《五古·挽易昌陶》

丞相祠堂何处寻，锦官城外柏森森。——[唐]杜甫《蜀相》

chěng 骋

骋我径寸翰，流藻垂华芬。——[三国魏]曹植《薤露》

骋巧先投隙，潜光半入池。——[唐]韩愈《喜雪献裴尚书》

骋望羡游云，振衣若秋蓬。——[唐]刘禹锡《送僧方及南谒柳员外》

骋望傲千古，当歌遗四愁。——[唐]独孤及《同徐侍郎五云溪新庭重阳宴集作》

骋望登香阁，争高下砌台。——[唐]张仲素《杂曲歌辞·春游曲》

chèng 秤

秤锤落东海，到底始知休。——[唐]寒山《人生不满百》

chī 痴

痴儿不知父子礼，叫怒索饭啼门东。——[唐]杜甫《百忧集行》

痴女饥咬我，啼畏虎狼闻。——[唐]杜甫《彭衙行》

痴坐直视听，戆行失踪蹊。——[唐]孟郊《寒溪》

痴顽终日美人闲，却喜因官得近山。——[唐]王建《昭应官舍》

痴冻顽冰如铁坚，重重锁到槎牙颠。——[唐]齐己《灵松歌》

痴儿了却公家事，快阁东西倚晚晴。——[宋]黄庭坚《登快阁》

chí 踟迟持

踟蹰复踟蹰，世路今悠悠。——[唐]戴叔伦《感怀》

踟蹰立马缘何事，认得张家歌吹声。——[唐]白居易《利仁北街作》

踟蹰张冠道，恍若塞上行。——[现代]毛泽东《五律·张冠道中》

迟日江山丽，春风花草香。——[唐]杜甫《绝句》

持节云中，何日遣冯唐？——[宋]苏轼《江城子·密州出猎》

chǐ 齿

齿发老未衰，何如且求己。——[唐]曹邺《山中效陶》

齿发恰同知命岁，官衔俱是客曹郎。——[唐]白居易《闻行简恩赐章服喜成长句寄之》

齿落未是无心人，舌存耻作穷途哭。——[唐]杜甫《暮秋枉裴道州手札，率尔遣兴，寄近呈苏涣侍》

chì 赤敕

赤精斩白帝，叱咤入关中。——[唐]李白《登广武古战场怀古

赤霞动金光，日足森海峤。——[唐]李白《经乱后将避地剡中，留赠崔宣城》

赤波千万里，涌出黄金轮。——[唐]刘禹锡《有僧言罗浮事，因为诗以写之》

赤白徒自许，幽芳谁与论。——[唐]李商隐《赋得桃李无言》

赤叶黄花随野岸，青山白水映江枫。——[唐]李端《送濮阳录事赴忠州》

赤橙黄绿青蓝紫，谁持彩练当空舞？——[现代]毛泽东《菩萨蛮·大柏地》

敕勒川，阴山下，天似穹庐，笼盖四野。——[北朝]民歌《敕勒歌》

chōng 舂冲

舂谷持作饭，采葵持作羹。——[汉]《古诗·十五从军征》

舂陵气初发，渐台首未传。——[唐]刘希夷《谒汉世祖庙》

舂容时未歇，摇曳夜方深。——[唐]郑絪《寒夜闻霜钟》

舂莩作饭藜作羹，吁嗟荆益方用兵。——[清]王士祯《舂不雨》

冲融标世业，磊落映时贤。——[唐]杜甫《哭韦大夫之晋》

冲街不避将军令，跋敕兼题宰相名。——[唐]元稹《内状诗寄杨、白二员外》

冲波突出人齐譀，跃浪争先鸟退飞。——[唐]卢肇《竞渡诗》

冲天香阵透长安，满城尽带黄金甲。——[唐]黄巢《不第后赋菊》

冲气以为和，阳春散晴旭。——[宋]卫宗武《再和易后韵为前韵》

冲霜怜羽白，催叶渡江黄。——[明]姚旅《赋得秋鸿送客》

冲破黑夜，奋迅行军。——[现代]陈毅《雪夜行军》

chóng 重

重见太平身已老，桃源久住不能归。——[唐]刘长卿《会赦后酬主簿所问》

重对秦箫发，俱过阮宅来。——[唐]杜甫《郑驸马池台喜遇郑广文同饮》

重上凤楼追故事，几多愁思向青春。——[唐]李频《太和公主还宫》

重入帝城何寂寞，共回迁客半轻肥。——[唐]张蠙《喜友人日南回》

重比翼，和云翥。——[现代]毛泽东《贺新郎·别友》

重庆有官皆墨吏，延安无屎不黄金。——[现代]毛泽东《七律·忆重庆谈判》

chǒng 宠

宠锡从仙禁，光华出汉京。——[唐]张九龄《奉和圣制送尚书燕国公赴朔方》

宠儒名可尚，论秩官犹欺。——[唐]沈佺期《伤王学士》

宠极爱还歇，妒深情却疏。——[唐]李白《杂曲歌辞·妾薄命》

宠柳娇花寒食近，种种恼人天气。——[宋]李清照《念奴娇·春情》

宠辱无休变万端，阿谁能向静中看。——[宋]胡宏《宠辱》

chòng 铳

铳炮震惊，雷轰电光。——[明]霍韬《汪宪副诚斋平山海戎十章（其六章）》

铳不中人中营树，何至析骸薪材充。——[清]爱新觉罗·弘历《黑水行》

chōu 抽

抽刀断水水更流，举杯消愁愁更愁。——[唐]李白《宣州谢朓楼饯别校书叔云》

抽剑步霜月，夜行空庭遍。——[唐]李白《江夏寄汉阳辅录事》

抽肝在郢匠，叹息何踟蹰。——[唐]孟郊《和宣州钱判官使院厅前石楠树》

抽赠王将军，勿使虚白首。——[唐] 卢仝《送王储詹事西游献兵书》

抽弦促柱听秦筝，无限秦人悲怨声。——[唐] 柳中庸《听筝》

chóu 惆 愁

惆怅回头听，踌蹰立马看。——[唐] 白居易《魏堤有怀》

惆怅空知思后会，艰难不敢料前期。——[唐] 朱放《江上送别》

惆怅此生闲里过，洛桥愁听杜鹃鸣。——[现代] 郁达夫《梦醒枕上作》

惆怅中何寄，江天水一泓。——[现代] 毛泽东《五古·挽易昌陶》

愁杀芳年友，悲叹有余哀。——[现代] 毛泽东《五古·挽易昌陶》

chǒu 丑

丑虏安足纪，可贻帼与巾。——[唐] 李白《赠张相镐》

丑妇竞簪花，花多映愈丑。——[唐] 司空图《效陈拾遗子昂》

丑虽有足，甲不全身。——[唐] 苏颋《句》

丑妍巨细千万殊，竟莫见以何雕锼。——[宋] 王安石《杜甫画像》

chòu 臭

臭帘世界终须出，香火因缘久愿同。——[唐] 白居易《喜照密闲实四上人见过》

臭腐鱼鳖死，不植菰与蒲。——[唐] 元稹《后湖》

臭以达旨，声以求阳。——[唐] 张说《唐享太庙乐章·肃和》

chū 初出

初既与余成言兮，后悔遁而有他。——[战国]屈原《离骚》

出门东向看，泪落沾我衣。——[汉]《古诗·十五从军征》

出门看火伴，火伴皆惊忙。——[北朝]民歌《木兰诗》

出师未捷身先死，长使英雄泪满襟。——[唐]杜甫《蜀相》

出师一表真名世，千载谁堪伯仲间！——[宋]陆游《书愤》

出岭谁同出？归乡如不归！——[宋]文天祥《南安军》

chú 锄

锄艾恐伤兰，溉兰恐滋艾。——[唐]白居易《问友》

锄禾日当午，汗滴禾下土。——[唐]李绅《悯农》

锄食难满腹，叶衣多丑躬。——[唐]孟郊《秋怀》

锄草留丛药，寻山上石梯。——[唐]贾岛《寄武功姚主簿》

锄药顾老叟，焚香呼小青。——[唐]施肩吾《句》

锄荒培薄寺东偎，一种风光百样栽。——[宋]叶适《锄荒》

chǔ 楚

楚塞三湘接，荆门九派通。——[唐]王维《汉江临眺》

楚关望秦国，相去千里余。——[唐]孟浩然《送卢少府使入秦》

楚客怨逢秋，闲吟兴非一。——[唐]皇甫冉《送窦叔向》

楚水巴山江雨多，巴人能唱本乡歌。——[唐] 刘禹锡《竹枝词》

楚子畋郊野，布罟笼天涯。——[唐] 马戴《校猎曲》

楚江湄，湘娥乍见，无言洒清泪。——[宋] 周密《绣鸾凤花犯·赋水仙》

chù 处

处处得相随，人那不如月。——[唐] 孟郊《古别曲》

处处伤心心始悟，多情不及少情人。——[唐] 白居易《重到城七绝句·刘家花》

处处兵戈路不通，却从山北去江东。——[唐] 韦庄《壶关道中作》

处处春光遍，游人亦不稀。——[唐] 姚合《游春》

chuǎi 揣

揣摩惭黠吏，栖隐谢愚公。——[唐] 高适《封丘作》

揣情摩意已无功，只把篇章助国风。——[唐] 李咸用《和友人喜相遇》

chuài 嘬

嘬啮竟保得，馋吻亦及之。——[宋] 李流谦《虱叹》

嘬肤来汗血，播腹去朱樱。——[宋] 项安世《燎蚊》

chuān 川

川原绕毒雾，溪谷多淫雨。——[唐]骆宾王《从军中行路难》

川途去无限，客思坐何穷。——[唐]陈子昂《白帝城怀古》

川为静其波，鸟亦罢其鸣。——[唐]李颀《听董大弹胡笳声兼寄语弄房给事》

川口雨晴风复止，蜻蜓上下鱼东西。——[唐]王建《野池》

川原晚结阴沈气，草树秋生索漠风。——[唐]杜荀鹤《途中有作》

chuán 传

传语后来者，斯路诚独难。——[唐]卢照邻《早度分水岭》

传灯已悟无为理，濡露犹怀罔极情。——[唐]刘禹锡《送僧元暠东游》

传屐朝寻药，分灯夜读书。——[唐]于鹄《题邻居》

传语龙王并水府，钱塘借与筑钱城。——[唐]钱镠《句》

chuǎn 舛

舛运明生疾，忠怀语绝偷。——[宋]宋庠《赠司徒兼侍中宋宣献挽词》

舛运频年见，忧时百虑灰。——[宋]戴炳《己亥十月晦大雷雨》

chuàn 串 钏

串玉一声歌，占断多情风调。——[宋]辛弃疾《如梦令·赠歌者》

钏金寒，钗玉冷。——[宋] 许棐《喜迁莺 · 鸠雨细》

chuāng 窗 摐

窗含西岭千秋雪，门泊东吴万里船。——[唐] 杜甫《绝句》

窗风不举袖，但觉罗衣轻。——[唐] 刘长卿《观李凑所画美人障子》

窗中聊取笔，架上独留书。——[唐] 李频《寻华阳隐者》

窗户长含碧萝色，溪流时带蛟龙腥。——[唐] 殷尧藩《李舍人席上感遇》

窗外寒鸡天欲曙，香印成灰，坐起浑无绪。——[五代] 冯延巳《蝶恋花》

摐金伐鼓下榆关，旌旆逶迤碣石间。——[唐] 高适《燕歌行》

chuáng 床

床上无毡卧，镉中有粥否。——[唐] 王维《胡居士卧病遗米因赠》

床前磨镜客，树下灌园人。——[唐] 王维《郑果州相过》

床中绣被卷不寝，至今三载犹闻香。——[唐] 李白《杂曲歌辞 · 长相思》

床前明月光，疑是地上霜。——[唐] 李白《静夜思》

床头屋漏无干处，雨脚如麻未断绝。——[唐] 杜甫《茅屋为秋风所破歌》

chuǎng 闯

闯然入其户，三称天之言。——[唐] 韩愈《孟东野失子》

闯蜀眉嚬游海岛，扶桑椹熟金乌饱。——[唐] 贯休《偶作》

闯檐迎过雁，无语立斜晖。——[宋] 陈起《寄刘茂实》

闯然见幽禽，百啭深拔隙。——[宋]朱松《三月十日游报国院小轩颇幽胜为名曰双清仍书此诗》

chuàng 怆

怆怆履霜，中多蒺藜。——[汉]《乐府歌·孤儿行》

怆兹江海去，谁惜杜蘅芳。——[唐]钱起《送褚十一澡擢第归吴觐省》

怆怀非外至，沉郁自中肠。——[唐]李益《城西竹园送裴佶王达》

怆然惜春去，似与故人别。——[唐]刘驾《山中夜坐》

怆恨极浦外，隐映青山连。——[唐]独孤及《下弋阳江舟中代书寄裴侍御》

chuī 吹

吹角出塞门，前瞻即胡地。——[唐]皇甫冉《横吹曲辞·出塞》

吹沙复喷石，曲折仍圆旋。——[唐]顾况《石窦泉》

吹笳暮归野帐，雪压青毡。——[宋]陆游《汉宫春·初自南郑来成都作》

吹伤了那家，只吹的水尽鹅飞罢！——[明]王磐《朝天子·咏喇叭》

吹灯窗更明，月照一天雪。——[清]袁枚《十二月十五夜》

chuí 垂

垂钓甘成白首翁，负薪何处逢知己。——[唐]骆宾王《畴昔篇》

垂死病中惊坐起，暗风吹雨入寒窗。——[唐]元稹《闻乐天授江州司马》

垂阴千树少，送别一枝多。——[唐]文丙《柳》

垂头自惜千金骨，伏枥仍存万里心。——[元]郝经《老马》

垂钓板桥东，雪压蓑衣冷。——[现代]释敬安《题寒江钓雪图》

chūn 春

春眠不觉晓，处处闻啼鸟。——[唐]孟浩然《春晓》

春去花还在，人来鸟不惊。——[唐]王维《画》

春蚕到死丝方尽，蜡炬成灰泪始干。——[唐]李商隐《无题》

春潮带雨晚来急，野渡无人舟自横。——[唐]韦应物《滁州西涧》

春江潮水连海平，海上明月共潮生。——[唐]张若虚《春江花月夜》

春种一粒粟，秋收万颗子。——[唐]李绅《悯农》

春花秋月何时了？往事知多少。——[五代]李煜《虞美人》

春风又绿江南岸，明月何时照我还。——[宋]王安石《泊船瓜洲》

春色满园关不住，一枝红杏出墙来。——[宋]叶绍翁《游园不值》

春风杨柳万千条，六亿神州尽舜尧。——[现代]毛泽东《七律·送瘟神》

chún 唇 淳

唇齿标形胜，关河壮邑居。——[唐]杨炯《和酬虢州李司法》

唇焦口燥呼不得，归来倚杖自叹息。——[唐]杜甫《茅屋为秋风所破歌》

唇齿幸相依，危亡故远归。——[唐]耿湋《代宋州将淮上乞师》

唇舌既已闲，心脾亦散摅。——[唐]齐己《荆渚病中，因思匡庐，遂成三百字，寄梁先辈》

淳于前行酒，雍门坐相和。——[晋]张华《轻薄篇》

淳于免诏狱，汉主为缇萦。——[唐] 李白《东海有勇妇》

chǔn 蠢

蠢尔蛮荆，大邦为仇。——[先秦]《诗经 · 小雅 · 采芑》

蠢蠢水族中，无用者虾蟆。——[唐] 白居易《虾蟆》

蠢尔树间虫，形质一何微。——[唐] 白居易《寓意诗》

蠢蠢荼蓼虫，薨薨避葵荠。——[唐] 李咸用《放歌行》

chuō 逴 趠

逴绝垠乎寒门。（舒并节以驰骛兮，逴绝垠乎寒门。）——[战国] 屈原《远游》

趠泊飞来不作难，红尘一骑笑长安。——[宋] 范成大《新荔枝》

chuò 龊

龊龊当世士，所忧在饥寒。——[唐] 韩愈《龊龊》

龊龊藏闺房。（岂若彼妇女，龊龊藏闺房。）——[宋] 陆游《鹅湖夜坐书怀》

cí 慈

慈母手中线，游子身上衣。——[唐] 孟郊《游子吟》

慈亲倚堂门，不见萱草花。——[唐] 孟郊《游子》

慈乌不远飞，孝子念先归。——[唐]孟郊《远游》

慈竹不外长，密比青瑶华。——[唐]元稹《和东川李相公慈竹十二韵》

慈恩塔下曲江边，别后多应梦到仙。——[唐]齐己《寄梁先辈》

cǐ 此

此物何足贵，但感别经时。——[汉]《古诗十九首·庭中有奇树》

此中有真意，欲辨已忘言。——[晋]陶渊明《饮酒》

此夜曲中闻折柳，何人不起故园情。——[唐]李白《春夜洛城闻笛》

此情可待成追忆，只是当时已惘然。——[唐]李商隐《锦瑟》

此情无计可消除，才下眉头，却上心头。——[宋]李清照《一剪梅·红藕香残玉簟秋》

此行何去？赣江风雪迷漫处。——[现代]毛泽东《减字木兰花·广昌路上》

cì 次

次问最少年，虬髯十八九。——[唐]杜甫《送重表侄王砅评事使南海》

次舍山郭近，解鞍鸣钟时。——[唐]岑参《宿华阴东郭客舍忆阎防》

次第各分茅土贵，殊勋并在一门中。——[唐]王建《赠李愬仆射》

次第头皆白，齐年人已残。——[唐]王建《惜欢》

次韵千言曾报答，直词三道共经纶。——[唐]元稹《酬乐天馀思不尽加为六韵之作》

次第牡丹开，一樽留待，相与醉寒食。——[宋]张榘《摸鱼儿·送邵瓜坡赴含山尉且坚后约》

cōng 匆

匆匆何处去，车马冒风尘。——[唐]韦应物《赠崔员外》

匆匆出九衢，僮仆颜色异。——[唐]曹邺《杏园即席上同年》

匆匆鬼方路，不许辞双阙。——[唐]曹邺《续幽愤》

匆匆去日多于发，不独悲君亦自伤。——[宋]陆游《读胡基仲旧诗有感》

cóng 从

从此他山千古重，殷勤曾是奉徽音。——[唐]柳宗元《李西川荐琴石》

从今隐去应难觅，深入芦花作钓翁。——[唐]韦庄《将卜兰芷村居留别郡中在仕》

从此渐知光景异，锦都回首尽愁吟。——[唐]薛能《西县作》

从此天台约，来兹未得还。——[唐]贯休《题友人山居》

从今若许闲乘月，拄杖无时夜叩门。——[宋]陆游《游山西村》

从头越，苍山如海，残阳如血。——[现代]毛泽东《忆秦娥·娄山关》

còu 凑

凑入方池一脉泉，泥沙不杂性中天。——[宋]陈岩《源清庄》

cū 粗

粗令有鱼菽，岂复求轻肥。——[唐]权德舆《丙寅岁苦贫戏题》

粗饭依他日，穷愁怪此辰。——[唐]杜甫《赠王二十四侍御契四十韵》

粗酬珍重意，工拙定相悬。——[唐]元稹《酬窦校书二十韵》

粗官寄与真抛却，赖有诗情合得尝。——[唐]薛能《谢刘相寄天柱茶》

粗缯大布裹生涯，腹有诗书气自华。——[宋]苏轼《和董传留别》

cú 殂

殂殁多拱木，宿草凌寒烟。——[南朝]江淹《陆平原机羁宦》

殂没委荒榛。（平生游城郭，殂没委荒榛。）——[唐]朱均《贻常夷诗》

cù 促

促促朝露期，荣乐遽几何？——[晋]张华《轻薄篇》

促节萦红袖，清音满翠帷。——[唐]李世民《琵琶》

促织甚微细，哀音何动人。——[唐]杜甫《促织》

促织声尖尖似针，更深刺著旅人心。——[唐]贾岛《客思》

促坐宴回塘，送君归洛阳。——[唐]裴度《西池送白二十二东归兼寄令狐相公联句》

促促复促促，家贫夫妇欢不足。——[唐]张籍《促促词》

cuān 撺

撺掇花枝，趱那天气，一半春休。——[宋] 魏了翁《柳梢青·郡圃新开云月湖约客试小舫》

cuán 菆

菆舍一卮真永诀，老无脚力拜翁坟。——[宋] 刘克庄《挽潘柄》

菆涂龙輴礼本杀，矧乃劫火经樵苏。——[清] 王士禛《故明景帝陵怀古》

cuàn 窜

窜逐勿复哀，惭君问寒灰。——[唐] 李白《赠别郑判官》

窜逐蛮荒幸不死，衣食才足甘长终。——[唐] 韩愈《谒衡岳庙遂宿岳寺题门楼》

窜伏常战栗，怀故逾悲辛。——[唐] 柳宗元《种白蘘荷》

窜身楚南极，山水穷险艰。——[唐] 柳宗元《构法华寺西亭》

cuī 催

催客闻山响，归房逐水流。——[唐] 王维《过感化寺昙兴上人山院》

催弦拂柱与君饮，看朱成碧颜始红。——[唐]李白《前有一樽酒行》

催身易老缘多事，报主深恩在几时。——[唐]元稹《郡务稍简因得整比旧诗并连缀焚削封章繁委箧》

催榜渡乌江，神骓泣向风。——[唐]李贺《马诗》

催成清泪，惊残孤梦，又拣深枝飞去。——[宋]陆游《鹊桥仙·夜闻杜鹃》

cuǐ 漼

漼漼雪花滋。（冉冉露痕重，漼漼雪花滋。）——[宋]高似孙《石桥纹蕈》

漼然似冰释，亦复在一言。——[宋]苏轼《和陶饮酒》

cuì 翠

翠帐绿窗寒寂寂，锦茵罗荐夜凄凄。——[唐]顾况《瑶草春》

翠影红霞映朝日，鸟飞不到吴天长。——[唐]李白《庐山谣，寄卢侍御虚舟》

翠深开断壁，红远结飞楼。——[唐]杜甫《晓望白帝城盐山》

翠幕雕笼非所慕，珠丸柘弹莫相猜。——[唐]刘禹锡《吐绶鸟词》

翠辇不归来，幽恨将谁说？——[唐]孙光宪《生查子》

翠葆参差竹径成。新荷跳雨泪珠倾。——[宋]周邦彦《浣沙溪·翠葆参差竹径成》

cūn 村

村童店女仰头笑，今日使君真是愚。——[唐]白居易《过敷水》

村胥与里吏，无乃求取繁。——[唐]元稹《旱灾自咎，贻七县宰同州时》

村中田舍娘，贵贱不敢争。——[唐]元稹《估客乐》

村南寂寞时回望，一只鸳鸯下渡船。——[唐]司空图《华上》

村路雨晴鸠妇喜，射场草绿雉媒娇。——[宋]陆游《数日暄妍颇有春意予闲居无日不出游戏作》

村喜禾花实，峰看岭岫重。——[宋]赵汝愚《雨后送李将军还祠偕同寅饮一杯亭》

cún 存

存亡永乖隔，不忍与之辞。——[汉]蔡琰《悲愤诗》

存贞期历试，佐贰伫昭融。——[唐]李隆基《巡省途次上党旧宫赋》

存者且偷生，死者长已矣。——[唐]杜甫《石壕吏》

存没恻私怀，迁变伤里闾。——[唐]韦应物《休沐东还胄贵里示端》

存者邈难见，去者已冥冥。——[唐]韦应物《四禅精舍登览悲旧，寄朝宗、巨川兄弟》

存亡感月一潸然，月色今宵似往年。——[唐]白居易《感月悲逝者》

cǔn 忖

忖许新恩那久要。（闻道艳歌时易调，忖许新恩那久要。）——[隋]江总《秋日新宠美人应令诗》

忖度大为防，涵容宽作量。——[唐]陆龟蒙《记事》

忖晴量雨，莫把小园花事误。——[现代]寇梦碧《减兰·吟窝》

cùn 寸

寸步千里兮不相闻，思公子兮日将曛。——[唐]卢照邻《狱中学骚体》

寸心无疑事，所向非徒然。——[唐]李白《留别广陵诸公》

寸心言不尽，前路日将斜。——[唐]钱起《逢侠者》

寸步曲江头，难为一相就。——[唐]杜甫《九日寄岑参》

寸心不可限，淇水长悠悠。——[唐]韦应物《拟古诗》

寸心修未了，长命欲何为。——[唐]齐己《渚宫莫问诗》

寸寸微云，丝丝残照，有无明灭难消。——[清]贺双卿《凤凰台上忆吹箫·寸寸微云》

cuō 搓 磋

搓得鹅儿黄欲就，天气清明时候。——[宋]赵令畤《清平乐·春风依旧》

磋跎五十余，生世苦不谐。——[唐]白居易《效陶潜体诗》

cuó 嵯

嵯峨对秦国，合沓藏荆关。——[唐]王维《崔濮阳兄季重前山兴》

嵯峨三角髻，余发散垂腰。——[唐]李白《上元夫人》

嵯峨白帝城东西，南有龙湫北虎溪。——[唐]杜甫《寄从孙崇简》

嵯峨天姥峰，翠色春更碧。——[唐]皇甫冉《曾东游以诗寄之》

嵯峨夏云起，迢递山川永。——[唐] 韦应物《送苏评事》

嵯峨犹有当时色，半蘸波中水鸟栖。——[唐] 刘禹锡《杨柳枝》

cuǒ 脞

脞说多不经。（百步走魑魅，脞说多不经。）——[元] 杨弘道《狮子石》

cuò 错 挫

错落北斗星，照耀黑水湄。——[唐] 岑参《过梁州奉赠张尚书大夫公》

错落千丈松，虬龙盘古根。——[唐] 李白《赠宣城赵太守悦》

错落石上松，无为秋霜折。——[唐] 李白《别鲁颂》

错挥铁如意，莫避珊瑚枝。——[唐] 杜甫《奉送魏六丈佑少府之交广》

错莫过门栏，分明识行路。——[唐] 李端《慈恩寺怀旧》

错怨狂风飏落花，无边春色来天地。——[清] 吴伟业《圆圆曲》

挫锐和光为妙。因甚不听他，强要争工巧。——[宋] 朱敦儒《忆帝京·元来老子曾垂教》

高克恭《夏山过雨》

D

dā 搭

搭柳栏干倚伫频，杏帘胡蝶绣床春。——[宋]史达祖《鹧鸪天·搭柳栏干倚伫频》

搭飒短蓑何太轻。（支离病骨闲行，搭飒短蓑何太轻。）——[明]陈献章《再和示子长》

dá 达

达是酒中趣，琴上偶然音。——[唐]孟浩然《洗然弟竹亭》

达亦不足贵，穷亦不足悲。——[唐]李白《答王十二寒夜独酌有怀》

达士遗天地，东门有二疏。——[唐]李白《拟古》

达人不宝药，所保在闲情。——[唐]孟郊《酬李侍御书记秋夕雨中病假见寄》

达人识元化，变愁为高歌。——[唐]孟郊《达士》

达人有常志，愚夫劳所营。——[唐]张籍《南归》

dǎ 打

打破蜘蛛千道网，总为鹡鸰两个严。——[唐]韦应物《寄二严》

打起黄莺儿，莫教枝上啼。——[唐]金昌绪《春怨》

打鼓泊船何处客，捣衣隔竹是谁家。——[唐]殷尧藩《夜酌溪楼》

打起精神，护持诗府，推出诗城障山边。——[宋]李君行《沁园春·刘山春新居》

打鲥鱼，暮不休。——[清]吴嘉纪《打鲥鱼》

dà 大

大风起兮云飞扬，威加海内兮归故乡，安得猛士兮守四方！——[汉] 刘邦《大风歌》

大漠孤烟直，长河落日圆。——[唐] 王维《使至塞上》

大漠穷秋塞草腓，孤城落日斗兵稀。——[唐] 高适《燕歌行》

大弦嘈嘈如急雨，小弦切切如私语。——[唐] 白居易《琵琶行》

大江东去，浪淘尽，千古风流人物。——[宋] 苏轼《念奴娇 · 赤壁怀古》

大河上下，顿失滔滔。——[现代] 毛泽东《沁园春 · 雪》

大雨落幽燕，白浪滔天，秦皇岛外打鱼船。——[现代] 毛泽东《浪淘沙 · 北戴河》

dài 待 岱

待我适东越，相携上白楼。——[唐] 李白《赠僧行融》

待月月未出，望江江自流。——[唐] 李白《挂席江上待月有怀》

待君公事有闲日，此地春风应过时。——[唐] 张籍《寄府吏》

待到山花烂漫时，她在丛中笑。——[现代] 毛泽东《卜算子 · 咏梅》

岱宗夫如何？齐鲁青未了。——[唐] 杜甫《望岳》

岱谷谢巧妙，匡山徒有名。——[唐] 李华《云母泉诗》

dān 单

单车欲问边，属国过居延。——[唐] 王维《使至塞上》

单车我当前，暮雪子独归。——[唐]韦应物《留别洛京亲友》

单栖应分定，辞疾索谁忧。——[唐]李商隐《即目》李商隐

dǎn 胆

胆大欲期姜伯约，功多不让李轻车。——[唐]韩翃《送刘将军》

胆销豺虎窟，泪入犬羊天。——[唐]杜甫《览镜呈柏中丞》

胆壮还增气，机忘反自冥。——[唐]元稹《饮致用神麹酒三十韵》

胆壮乱须白，金疮蠹百骸。——[唐]贾岛《老将》

胆样银瓶玉样梅，此枝折得未全开。——[宋]杨万里《瓶里梅花》

dàn 旦 但

旦辞黄河去，暮至黑山头。——[北朝]《乐府民歌·木兰诗》

但为君故，沉吟至今。——[三国魏]曹操《短歌行》

但使龙城飞将在，不教胡马度阴山。——[唐]王昌龄《出塞》

但见悲鸟号古木，雄飞雌从绕林间。——[唐]李白《蜀道难》

但愿人长久，千里共婵娟。——[宋]苏轼《水调歌头·明月几时有》

dāng 当

当窗理云鬓，对镜贴花黄。——[北朝]《乐府民歌·木兰诗》

当时一旦擅豪华，自言千载长骄奢。——[唐] 骆宾王《帝京篇》

当时初入君怀袖，岂念寒炉有死灰。——[唐] 刘禹锡《秋扇词》

当其贯日月，生死安足论。——[宋] 文天祥《正气歌》

当年鏖战急，弹洞前村壁。——[现代] 毛泽东《菩萨蛮·大柏地》

dǎng 党

党议连诛不可闻，直臣高士去纷纷。——[唐] 戴叔伦《敬酬陆山人》

党家风味足肥羊，绮阁留人漫较量。——[唐] 史凤《八分羊》

党论喧哝有旧新，时衰鲁道自断断。——[清] 李希圣《党论》

dàng 荡

荡胸生层云，决眦入归鸟。——[唐] 杜甫《望岳》

荡荡万斛船，影若扬白虹。——[唐] 杜甫《三韵三篇》

荡子守边戍，佳人莫相从。——[唐] 孟郊《古意》

荡漾木兰船，中有双少年。——[唐] 张籍《春水曲》

荡涤谁氏子，安得辞浮贱。——[现代] 毛泽东《五古·挽易昌陶》

dāo 刀

刀州重入梦，剑阁再题词。——[唐] 岑参《送严黄门拜御史大夫再镇蜀川兼觐省》

刀尺钝拙制未毕，出亦不独裹一身。——[唐]白居易《醉后狂言，酬赠萧、殷二协律》

刀剑作锄犁，耕田古城下。——[唐]刘驾《唐乐府十首·田西边》

刀剪良苗出水齐。（丝缫细雨沾衣润，刀剪良苗出水齐。）——[清]查慎行《自湘东驿遵陆至芦溪》

刀头百万英雄泣，腕底乾坤杀劫操。——[清]秋瑾《红毛刀歌》

dǎo 倒

倒海索明月，凌山采芳荪。——[唐]李白《书情题蔡舍人雄》

倒苇沙闲，枯兰溆冷，寥落寒江秋晚。——[宋]高观国《齐天乐·碧云阙处无多雨》

倒扫青蛇挂一梢。（长笺白白墨焦焦，倒扫青蛇挂一梢。）——[明]徐渭《倒竹》

dào 到 道 盗

到而今、春华落尽，满怀萧瑟。——[宋]刘克庄《贺新郎·九日》

到处莺歌燕舞，更有潺潺流水，高路入云端。——[现代]毛泽东《水调歌头·重上井冈山》

道逢乡里人，家中有阿谁？——[汉]《古诗·十五从军征》

道逢麴车口流涎，恨不移封向酒泉。——[唐]杜甫《饮中八仙歌》

盗跖庄屩流誉后，更陈王奋起挥黄钺。——[现代]毛泽东《贺新郎·读史》

dé 得德

得欢当作乐，斗酒聚比邻。——[晋] 陶渊明《杂诗》

得成比目何辞死，愿作鸳鸯不羡仙。——[唐] 卢照邻《长安古意》

得罪台州去，时危弃硕儒。——[唐] 杜甫《哭台州郑司户苏少监》

得病不呻唤，泯默至死休。——[唐] 韩愈《双鸟诗》

得相能开国，生儿不象贤。——[唐] 刘禹锡《蜀先主庙》

德星降人福，时雨助岁功。——[唐] 白居易《旅次华州，赠袁右丞》

德尊一代常轗轲，名垂万古知何用。——[唐] 杜甫《醉时歌》

德星常有会，相望在文昌。——[唐] 孙逖《和韦兄春日南亭宴兄弟》

德厚者流光，此言良不欺。——[宋] 李处权《陪张巨山谒清献公祠》

德耀归来虽富贵，忍弃平生荆布。——[宋] 张孝祥《念奴娇 · 风帆更起》

dēng 灯登

灯火穿村市，笙歌上驿楼。——[唐] 白居易《望亭驿酬别周判官》

灯火稍可亲，简编可卷舒。——[唐] 韩愈《符读书城南》

登崖独立望九州，阳春欲奏谁相和。——[唐] 李白《答杜秀才五松见赠》

登临日暮归，置酒湖上亭。——[唐] 元结《夜宴石鱼湖作》

登山与临水，犹未要人扶。——[唐] 白居易《醉题候仙亭》

登临送目，正故国晚秋，天气初肃。——[宋] 王安石《桂枝香 · 金陵怀古》

děng 等

等闲消一日，不觉过三年。——[唐] 白居易《晚兴》

等闲眠片石，不觉到斜阳。——[唐] 贯休《桐江闲居作》

等闲老去年华促，只有江梅伴幽独。——[宋] 孙道绚《滴滴金·梅》

等闲识得东风面，万紫千红总是春。——[宋] 朱熹《春日》

dèng 邓

邓生何感激，千里来相求。——[晋] 刘琨《重赠卢谌》

邓公马癖人共知，初得花骢大宛种。——[唐] 杜甫《骢马行》

邓禹功成三纪事，孔融书就八年多。——[唐] 刘禹锡《和乐天耳顺吟兼寄敦诗》

邓禹笑人无限也，冷落不堪惆怅。——[宋] 陈亮《念奴娇·至金陵》

dī 低

低眉信手续续弹，说尽心中无限事。——[唐] 白居易《琵琶行》

低花树映小妆楼，春入眉心两点愁。——[唐] 白居易《春词》

低头独长叹，此叹无人喻。——[唐] 白居易《秦中吟十首·买花》

低迷笼树烟，明净当霞日。——[唐] 元稹《遣春》

低回一寸心，不敢怨春风。——[唐] 曹邺《庭草》

dí 敌

敌可摧，旄头灭，履胡之肠涉胡血。——[唐]李白《胡无人》

敌国军营漂木柹，前朝神庙锁烟煤。——[唐]李商隐《南朝》

敌怨不在弦，一哀尚能继。——[唐]鲍溶《子规》

敌军围困万千重，我自岿然不动。——[现代]毛泽东《西江月·井冈山》

dǐ 底

底事洪泽壁，空留黄绢词。——[唐]皇甫冉《洪泽馆壁见故礼部尚书题诗》

底事征西将，年年戌洛阳。——[唐]韦庄《重围中逢萧校书》

底物最牵吟，秋苔独自寻。——[唐]孙鲂《春苔》

底虚难驻足，岸阔怯回身。——[唐]张萧远《履春冰》

底处凭阑思眇然，孤山塔后阁西偏。——[宋]林逋《孤山寺端上人房写望》

底事昆仑倾砥柱，九地黄流乱注。——[宋]张元干《贺新郎·送胡邦衡待制赴新州》

dì 地帝

地崩山摧壮士死，然后天梯石栈相钩连。——[唐]李白《蜀道难》

地上春色生，眼前诗彩明。——[唐]孟郊《同昼上人送郭秀才江南寻兄弟》

地是佛国土，人非俗交亲。——[唐]白居易《题天竺南院赠闲元旻清四上人》

地倾流水疾，山叠过云迟。——[唐]张乔《送三传赴长城尉》

地广身难束，时平道独穷。——[唐]李频《长安书怀投知己》

帝高阳之苗裔兮，朕皇考曰伯庸。——[战国]屈原《离骚》

帝城富高门，京路绕胜居。——[唐]孟郊《初于洛中选》

帝命诗书将，登坛礼乐卿。——[唐]杜牧《夏州崔常侍自少常亚列出领麾幢十韵》

帝谓神武师，往征靖皇家。——[唐]柳宗元《乐府杂曲·鼓吹铙歌·吐谷浑》

帝子影堂香漠漠，真人丹涧水潺潺。——[唐]杜光庭《题本竹观》

diān 颠

颠覆厥德，荒湛于酒。——[先秦]《诗经·大雅·抑》

颠狂柳絮随风去，轻薄桃花逐水流。——[唐]杜甫《绝句·漫兴》

颠狂绕树猿离锁，跳踯缘冈马断羁。——[唐]王建《寒食日看花》

颠倒世人心，纷纷乏公是。——[唐]元稹《杨子华画》

颠风暴雨电雷狂，晴被阴暗，月夺日光。——[唐]元稹《人道短》

diǎn 典

典郡终微眇，治中实弃捐。——[唐]杜甫《寄岳州贾司马六丈、巴州严八使君两阁老五十》

典桑卖地纳官租，明年衣食将何如。——[唐]白居易《杜陵叟—伤农夫之困也》

典籍将蠡测，文章若管窥。——[唐]李商隐《咏怀寄秘阁旧僚二十六韵》

典衣酬土价，择日运工时。——[唐]齐己《假山》

典故无所考，礼义何所拘？——[元]王冕《冀州道中》

diàn 钿 阽

钿头银篦击节碎，血色罗裙翻酒污。——[唐] 白居易《琵琶行》

钿晕罗衫色似烟，几回欲著即潸然。——[唐] 白居易《燕子楼》

钿镜飞孤鹊，江图画水荇。——[唐] 李贺《恼公》

钿蝉金雁今零落，一曲伊州泪万行。——[唐] 温庭筠《弹筝人》

阽余身而危死兮，览余初其犹未悔。——[战国] 屈原《离骚》

diāo 雕 凋 刁 叼

雕弓写明月，骏马疑流电。——[唐] 李世民《帝京篇》

雕虫蒙记忆，烹鲤问沈绵。——[唐] 杜甫《秋日夔府咏怀奉寄郑监李宾客一百韵》

雕笼长惨淡，兰畹谩芳菲。——[唐] 杜牧《为人题赠》

雕龙心已切，画虎意何成。——[唐] 李商隐《五言述德抒情诗一首四十韵献上杜七兄仆射相公》

雕栏玉砌应犹在，只是朱颜改。——[五代] 李煜《虞美人》

凋弊惜邦本，哀矜存事常。——[唐] 杜甫《入衡州》

凋氓积逋税，华鬓集新秋。——[唐] 韦应物《月晦忆去年与亲友曲水游宴》

凋散民里阔，摧翳众木衰。——[唐] 韦应物《重九登滁城楼忆前岁九日归沣上赴崔都水及诸》

刁斗严更军耳目，戈鋋长控国咽喉。——[唐] 许浑《中秋夕寄大梁刘尚书》

刁斗鸣不息，羽书日夜传。——[唐] 陶翰《出萧关怀古》

叼斗声声动碧波，此身纵跨千金骡。——[清] 陈虔安《戏拟禽言六首（其一）》

diào　钓

钓罢归来不系船，江村月落正堪眠。——[唐] 司空曙《江村即事》

钓艇同琴酒，良宵背水滨。——[唐] 朱庆馀《湖中闲夜遣兴》

钓筑乘时用，芝兰在处芳。——[唐] 杜牧《华清宫三十韵》

钓客坐风临岛屿，牧牛当雨食菰蒲。——[唐] 薛能《题褒城驿池》

钓台渔父褐为裘，两两三三舴艋舟。——[唐] 张志和《渔父歌》

diē　爹

爹爹与奶奶，无日不思尔。——[宋] 孔平仲《代小子广孙寄翁翁》

爹爹来密州，再岁得两子。——[宋] 孔平仲《代小子广孙寄翁翁》

dié　蝶

蝶戏绿苔前，莺歌白云上。——[唐] 卢照邻《奉使益州至长安发钟阳驿》

蝶舞袖香新，歌分落素尘。——[唐] 李治《太子纳妃太平公主出降》

蝶舞梨园雪，莺啼柳带烟。——[唐] 李晔《巫山一段云》

蝶飞窗纸碎，龟坼壁泥乾。——[宋] 陆游《村舍》

蝶化彩衣金缕尽，虫衔画粉玉楼空。——[明] 陈子龙《山花子·春愁》

dīng 叮

叮咛堕泪碑前过，写取斯文寄我来。——[唐] 齐己《送惠空北游》

叮咛记取儿家。碧云隐映红霞。——[宋] 李从周《清平乐·美人娇小》

叮叮点点，萧萧瑟瑟。——[明] 张娴倩《忆秦娥·秋夜听雨》

dǐng 鼎

鼎湖流水清且闲，轩辕去时有弓剑，古人传道留其间。——[唐] 李白《飞龙引》

鼎臣今有问，河伯且应留。——[唐] 苏颋《扈从温泉奉和姚令公喜雪》

鼎臣休浣隙，方外结遥心。——[唐] 徐彦伯《侍宴韦嗣立山庄应制》

鼎镬甘如饴，求之不可得。——[宋] 文天祥《正气歌》

dìng 定

定知一日帆，使得千里风。——[唐] 孟郊《送崔爽之湖南》

定知玄象今春后，柳宿光中添两星。——[唐] 白居易《诏取永丰柳植禁苑感赋》

定知新岁御楼后，从此不名长庆年。——[唐] 元稹《题长庆四年历日尾》

定定住天涯，依依向物华。——[唐] 李商隐《忆梅》

定知玉兔十分圆，化作霜风九月寒。——[宋] 苏轼《八月十五日看潮》

dōng 东

东临碣石，以观沧海。——[三国魏]曹操《观沧海》

东市买骏马，西市买鞍鞯，南市买辔头，北市买长鞭。——[北朝]民歌《木兰诗》

东下齐城七十二，指挥楚汉如旋蓬。——[唐]李白《梁甫吟》

东船西舫悄无言，唯见江心秋月白。——[唐]白居易《琵琶行》

东风不与周郎便，铜雀春深锁二乔。——[唐]杜牧《赤壁》

东南形胜，三吴都会，钱塘自古繁华。——[宋]柳永《望海潮》

东风夜放花千树。更吹落、星如雨。——[宋]辛弃疾《青玉案·元夕》

东方欲晓，莫道君行早。——[现代]毛泽东《清平乐·会昌》

dǒng 董

董夫子，通神明，深山窃听来妖精。——[唐]李颀《听董大弹胡笳声兼寄语弄房给事》

董奉杏成林，陶潜菊盈把。——[唐]王维《送张舍人佐江州同薛璩十韵》

董逃董逃董卓逃，揩铿戈甲声劳嘈。——[唐]元稹《董逃行》

董双成一妙，历历韵风篁。——[唐]张祜《笙》

dòng 洞

洞天石扉，訇然中开。——[唐]李白《梦游天姥吟留别》

洞庭青草，近中秋，更无一点风色。——[宋]张孝祥《念奴娇·过洞庭》

洞庭波涌连天雪，长岛人歌动地诗。——[现代]毛泽东《七律·答友人》

dōu 兜 都

兜率知名寺，真如会法堂。——[唐]杜甫《上兜率寺》

兜率寺高宜望月，嘉陵江近好游春。——[唐]白居易《寒食日寄杨东川》

都把一襟芳思，与空阶榆荚。——[宋]姜夔《琵琶仙》

都缘自有离恨，故画作远山长。——[宋]欧阳修《诉衷情·眉意》

dǒu 斗

斗斜人更望，月细鹊休飞。——[唐]杜甫《夜》

斗草阶前初见，穿针楼上曾逢。——[宋]晏几道《临江仙·斗草阶前初见》

斗酒只鸡人笑乐，十风五雨岁丰穰。——[宋]陆游《村居初夏》

dū 都

都门且尽醉，此别数年期。——[唐]韦应物《送宣城路录事》

都门帐饮无绪，留恋处，兰舟催发。——[宋]柳永《雨霖铃·寒蝉凄切》

都道无人愁似我，今夜雪，有梅花，似我愁。——[宋]蒋捷《梅花引·荆溪阻雪》

都门花月蹉跎住，恰做了白发伧父。——[元]冯子振《鹦鹉曲·都门感旧》

dú 独

独在异乡为异客，每逢佳节倍思亲。——[唐]王维《九月九日忆山东兄弟》

独坐幽篁里，弹琴复长啸。——[唐]王维《竹里馆》

独怜幽草涧边生，上有黄鹂深树鸣。——[唐]韦应物《滁州西涧》

独立寒秋，湘江北去，橘子洲头。——[现代]毛泽东《沁园春·长沙》

独有豪情，天际悬明月，风雷磅礴。——[现代]毛泽东《念奴娇·井冈山》

dǔ 赌

赌胜马蹄下，由来轻七尺。——[唐]李颀《古意》

赌棋招敌手，沽酒自扶头。——[唐]姚合《答友人招游》

赌将金带惊寰海，留得耕衣诫子孙。——[唐]徐夤《宋二首》

dù 杜 渡

杜陵往往逢秋暮，望月临风攀古树。——[唐]戴叔伦《赠康老人洽》

杜鹃花与鸟，怨艳两何赊。——[唐]成彦雄《杜鹃花》

杜郎俊赏，算而今、重到须惊。——[宋]姜夔《扬州慢》

渡头烟火起，处处采菱归。——[唐]王维《山居即事》

渡远荆门外，来从楚国游。——[唐]李白《渡荆门送别》

渡水傍山寻石壁，白云飞处洞门开。——[唐]刘商《题潘师房》

duān 端

端午临中夏，时清日复长。——[唐]李隆基《端午》

端居念往事，倏忽苦惊飙。——[唐]韦应物《闲斋对雨》

端州江口连云处，始信哀猿伤客心。——[唐]李绅《闻猿》

duǎn 短

短歌可咏，长夜无荒。——[晋]陆机《短歌行》

短蓑不怕雨，白鹭相争飞。——[唐]孟郊《送淡公》

短鞭不可施，疾步无由致。——[唐]元稹《野节鞭》

短发萧骚襟袖冷，稳泛沧浪空阔。——[宋]张孝祥《念奴娇·过洞庭》

短篱残菊一枝黄。正是乱山深处、过重阳。——[宋]吕本中《南歌子·驿路侵斜月》

duàn 断

断云无定处，归雁不成行。——[唐]戴叔伦《和河南罗主簿送校书兄归江南》

断肠佳赏固难期，昨夜销魂更不疑。——[唐]唐彦谦《八月十六日夜月》

断肠四隅天四绝，清泉绿蒿无恐疑。——[唐]陈陶《空城雀》

断无蜂蝶慕幽香，红衣脱尽芳心苦。——[宋]贺铸《芳心苦·杨柳回塘》

断送一生憔悴，只销几个黄昏。——[宋]赵令畤《清平乐·春风依旧》

duī 堆

堆案绕床君莫怪，已经愁思古时人。——[唐]戴叔伦《酬骆侍御答诗》

堆土渐高山意出，终南移入户庭间。——[唐]白居易《和元八侍御升平新居四绝句·累土山》

堆金买骏骨，将送楚襄王。——[唐]李贺《马诗》

堆时过北斗，积处满西园。——[唐]杜牧《昔事文皇帝三十二韵》

堆来枕上愁何状，江海翻波浪。——[现代]毛泽东《虞美人·枕上》

duì 对

对酒当歌，人生几何！——[三国魏]曹操《短歌行》

对酒不觉暝，落花盈我衣。——[唐]李白《自遣》

对酒落日后，还家飞雪时。——[唐]岑参《送张直公归南郑拜省》

对酒卷帘邀明月，风露透窗纱。——[宋]苏轼《少年游·润州作》

对此怀素心，千里共明月。——[清]德隐《新秋晚眺》

dūn 吨

吨城南池沟隍古，海寨东西径遂新。——[宋]项安世《过上海寨昔人于此潴水以限北方》

dǔn 趸

趸尾亦足娱。（寒具久不设，趸尾亦足娱。）——[宋] 周紫芝《次韵苏如圭乞猫》

趸锋摇，螳臂振，旧盟寒。——[元] 刘昂《上平西·泰和南征作》

dùn 钝

钝工磨白璧，凡石砺青萍。——[唐] 温庭筠《过孔北海墓二十韵》

钝碧顽青几万秋，直无天地始应休。——[唐] 李山甫《南山》

钝庵来问钝何如，真个能参钝也无？——[宋] 陆游《仰首座求钝庵诗》

duō 多

多君秉古节，岳立冠人曹。——[唐] 李白《叙旧赠江阳宰陆调》

多谢蓝田王少府，人间诗酒最关情。——[唐] 施肩吾《寄王少府》

多愧龙门重招引，即抛田舍棹舟行。——[唐] 李郢《和湖州杜员外冬至日白蘋洲见忆》

多情自古伤离别，更那堪冷落清秋节！——[宋] 柳永《雨霖铃·寒蝉凄切》

多少事，从来急；天地转，光阴迫。——[现代] 毛泽东《满江红·和郭沫若同志》

duó 夺

夺马悲公主，登车泣贵嫔。——[唐]杜甫《伤春》

夺我席上酒，掣我盘中飧。——[唐]白居易《宿紫阁山北村》

夺宠心那惯，寻思倚殿门。——[唐]白居易《相和歌辞·怨诗》

夺晴纷剑履，喧听杂歌钟。——[唐]苏颋《奉和恩赐乐游园宴应制》

夺归永巷闭良家，教就新声倾坐客。——[清]吴伟业《圆圆曲》

duǒ 躲

躲进小楼成一统，管他冬夏与春秋。——[现代]鲁迅《自嘲》

duò 堕

堕蝉翻败叶，栖鸟定寒枝。——[唐]李商隐《五月六日夜忆往岁秋与彻师同宿》

堕石樵儿拾，敲林宿鸟惊。——[唐]陆龟蒙《四明山诗·青棂子》

堕露垂丛药，残星间薄云。——[唐]马戴《中秋夜坐有怀》

堕泪羊公却姓杨。(今夜送归灯火冷，河塘。堕泪羊公却姓杨。)——[宋]苏轼《南乡子·和杨元素时移守密州》

堕地如炮声，引响久未已。——[明]沈周《星堕》

E

ē 婀

婀娜绿杨阴，深於夏屋深。——[宋] 释文珦《柳下吟》

é 鹅 蛾 俄

鹅，鹅，鹅，曲项向天歌。——[唐] 骆宾王《咏鹅》

蛾儿雪柳黄金缕。笑语盈盈暗香去。——[宋] 辛弃疾《青玉案·元夕》

俄顷风定云墨色，秋天漠漠向昏黑。——[唐] 杜甫《茅屋为秋风所破歌》

è 恶 扼 饿 阨

恶酒如恶人，相攻剧刀箭。——[宋] 苏轼《金山寺与柳子玉饮大醉卧宝觉禅榻夜分方醒书》

恶煞腐心兴鼓吹，凶神张口吐烟霞。——[现代] 毛泽东《七律·读报有感》

扼喉莫讶无遗力，应记当年骨醉时。——[宋] 罗大经《猫捕鼠》

饿死沟中人不识，可怜今古几何人。——[宋] 司马光《夷齐》

阨此嫚秦。耒耜以耕。——[汉] 韦孟《讽谏诗》

阨虎射命中，相从愿深讨。——[宋] 郑元祐《出塞·效少陵》

ēn 恩

恩疏宠不及，桃李伤春风。——[唐]李白《上之回》

恩重娇多情易伤，漏更长，解鸳鸯。——[唐]韦庄《江城子》

恩冤尔汝来去，弹指泪和声。——[宋]苏轼《水调歌头·昵昵儿女语》

ér 而 儿

而今识尽愁滋味，欲说还休。——[宋]辛弃疾《丑奴儿·书博山道中壁》

而今我谓昆仑，不要这高，不要这多雪。——[现代]毛泽东《念奴娇·昆仑》

儿童相见不相识，笑问客从何处来。——[唐]贺知章《回乡偶书》

儿童散学归来早，忙趁东风放纸鸢。——[清]高鼎《村居》

ěr 尔

尔来四万八千岁，不与秦塞通人烟。——[唐]李白《蜀道难》

尔曹身与名俱灭，不废江河万古流。——[唐]杜甫《戏为六绝句》

尔辈苦无恃，抚念益慈柔。——[唐]韦应物《送杨氏女》

èr 二

二十四桥仍在，波心荡、冷月无声。——[宋]姜夔《扬州慢》

二十余年如一梦，此身虽在堪惊。——[宋]陈与义《临江仙·夜登小阁，忆洛中旧游》

二十万军重入赣，风烟滚滚来天半。——[现代]毛泽东《渔家傲·反第一次大“围剿”》

F

fā 发

发彼小豝，殪此大兕。——[先秦]《诗经·小雅·吉日》

发彼有的，以祈尔爵。——[先秦]《诗经·小雅·宾之初筵》

fá 乏伐

乏者德，莫能享。——[唐]柳宗元《乐府杂曲·鼓吹铙歌·兽之穷》

乏才叨八使，徇禄非三顾。——[唐]元晦《越亭二十韵》

乏地堪置锥，仰天频击缶。——[宋]五迈《代简奉寄三山方时父遇游几叟明复》

乏力我又代民耕，民流过门给炊烹。——[元]杨维桢《彭义士歌》

伐木伤心易，维桑归去难。——[唐]骆宾王《寒夜独坐游子多怀简知己》

伐鼓撞钟惊海上，新妆袨服照江东。——[唐]杜审言《大酺》

伐竹者谁子，悲歌上云梯。——[唐]杜甫《石龛》

伐竹岁亦深，深林隔深谷。——[唐]元稹《竹部》

伐木梁清浅，扶藤日几回。——[宋]曾几《驾月桥》

伐丝比簧，庶永忧伤。——[明]唐寅《短歌行》

fǎ 法

法向空林说，心随宝地平。——[唐]王维《与苏卢二员外期游方丈寺而苏不至，因有是作》

法酒调神气，清琴入性灵。——[唐]刘禹锡《昼居池上亭独吟》

法妙不知归，独此抱冲襟。——[唐]韦应物《善福精舍示诸生》

法法法元无法，空空空亦非空。——[宋]张伯端《西江月》

fà 发

发改河阳鬓，衣余京洛尘。——[隋]吕让《和入京》

发少何劳白，颜衰肯更红。——[唐]杜甫《寄司马山人十二韵》

发白每惭清鉴启，酒醒长怯子规啼。——[五代]李中《海上春夕旅怀寄左偃》

发短愁催白，颜衰酒借红。——[宋]陈师道《除夜对酒赠少章》

fān 翻

翻身入破如有神，前见后见回回新。——[唐]岑参《田使君美人舞如莲花北鋋歌》

翻翻走驿马，春尽是归期。——[唐]韩愈《奉使常山，早次太原，呈副使吴郎中》

翻空白鸟时时见，照水红蕖细细香。——[宋]苏轼《鹧鸪天·林断山明竹隐墙》

翻身复进七人房，回首峰峦入莽苍。——[现代]毛泽东《七绝·莫干山》

fán 烦 凡

烦恼不可欺，古剑涩亦雄。——[唐]孟郊《劝善吟》

烦君前致词，哀我老更狂。——[唐]孟郊《答卢仝》

烦君玉指分明语，知是琴心佯不闻。——[唐]白居易《酬钱员外雪中见寄》

烦虑渐消虚白长，一年心胜一年心。——[唐]白居易《老来生计》

烦君远寄相思曲，慰问天南一逐臣。——[唐]刘禹锡《酬国子崔博士立之见寄》

烦子指间风雨。置我肠中冰炭，起坐不能平。——[宋]苏轼《水调歌头·昵昵儿女语》

凡此十五载，有诗千余章。——[唐]白居易《洛中偶作》

凡有水竹处，我曹长先行。——[唐]卢仝《萧宅二三子赠答诗》

凡事有兴废，诗名无古今。——[唐]杜荀鹤《赠李蒙叟》

凡人种园花，但取红紫丽。——[宋]庞谦孺《古诗》

凡我同盟鸥鹭，今日既盟之后，来往莫相猜。——[宋]辛弃疾《水调歌头·盟鸥》

凡我同志兮，携手同行，晚餐之后兮，游泳一场。——[现代]毛泽东《游泳启示》

fǎn 返

返景入深林，复照青苔上。——[唐]王维《鹿柴》

返照斜初彻，浮云薄未归。——[唐]杜甫《晚晴》

返照入江翻石壁，归云拥树失山村。——[唐]杜甫《返照》

返潮千涧落，啼鸟半空闻。——[唐]张祜《登金山寺》

返驾归尘里，留情向此中。——[宋]徐铉《题画石山》

fàn 泛

泛彼柏舟，亦泛其流。——[先秦]《诗经·邶风·柏舟》

泛楼船兮济汾河，横中流兮扬素波。——[汉]刘彻《秋风辞》

泛水虽云美，劳歌谁复知。——[唐]王勃《泥谿》

泛舟江上别，谁不仰神仙。——[唐]孟浩然《送张参明经举，兼向泾州觐省》

泛舟巨石横，登陆草露滋。——[唐]杜甫《送殿中杨监赴蜀见相公》

泛菊杯深，吹梅角远，同在京城。——[宋]刘过《柳梢青·送卢梅坡》

fāng 方芳

方宅十余亩，草屋八九间。——[晋]陶渊明《归园田居》

方伯恩弥重，苍生咏已苏。——[唐]高適《真定即事，奉赠韦使君二十八韵》

方思结茅地，归息期暮年。——[唐]韦应物《经少林精舍，寄都邑亲友》

方含去国愁，且羡从军乐。——[唐]白居易《寄王质夫》

方期沆养游，零落匪所思。——[现代]毛泽东《五古·挽易昌陶》

芳菲菲而难亏兮，芬至今犹未沬。——[战国]屈原《离骚》

芳香销掌握，怅望生怀抱。——[唐]白居易《寄情》

芳朽自为别，无心乃玄功。——[唐]柳宗元《酬贾鹏山人郡内新栽松寓兴见赠》

芳径春归花半开，碧山波暖雁初回。——[唐]罗邺《春夕寄友人时有与歌者南北》

芳树无人花自落，春山一路鸟空啼。——[唐]李华《春行寄兴》

fáng 防

防身岂乏智，殉命有余忠。——[唐]李世民《伤辽东战亡》

防身一长剑，将欲倚崆峒。——[唐]杜甫《投赠哥舒开府二十韵》

防河赴沧海，奉诏发金微。——[唐]杜甫《秦州杂诗》

防深不防露，此意古所箴。——[唐]孟郊《秋怀》

fǎng 仿

仿佛弦指外，遂见初古人。——[唐] 王昌龄《琴》

仿佛明窗尘，死灰同至寂。——[唐] 李白《草创大还，赠柳官迪》

仿佛金紫色，分明冰玉容。——[唐] 白居易《梦裴相公》

仿佛梦魂归帝所，闻天语，殷勤问我归何处。——[宋] 李清照《渔家傲》

仿佛扁舟适吴越。（山川历历百里开，仿佛扁舟适吴越。）——[明] 吴宽《沈石田追仿黄大痴长卷为林御史舜举题》

fàng 放

放鹤登云壁，浇花绕石坛。——[唐] 卢纶《虢州逢侯钊同寻南观因赠别》

放慵长饱睡，闻健且闲行。——[唐] 白居易《晚起》

放旷书里终，逍遥醉中死。——[唐] 皮日休《七爱诗 · 卢征君》

放眼暮江千顷，中有离愁万斛，无处落征鸿。——[宋] 杨炎正《水调歌头 · 把酒对斜日》

放臣万里忧国泪，戍客白首怀乡情。——[宋] 陆游《夜闻湖中渔歌》

fēi 飞

飞流直下三千尺，疑是银河落九天。——[唐] 李白《望庐山瀑布》

飞湍瀑流争喧豗，砯崖转石万壑雷。——[唐] 李白《蜀道难》

飞来峰上千寻塔，闻说鸡鸣见日升。——[宋] 王安石《登飞来峰》

飞凤亭边树，桃花岭上风。——[现代]毛泽东《五律·看山》

飞起玉龙三百万，搅得周天寒彻。——[现代]毛泽东《念奴娇·昆仑》

féi 肥

肥男有母送，瘦男独伶俜。——[唐]杜甫《新安吏》

肥羊甘醴心闷闷，饮此莹然何所思。——[唐]韦应物《夏冰歌》

肥者不禁热，喘急汗如浆。——[唐]白居易《旱热》

肥马王孙定相笑，不知岐路厌樵渔。——[唐]李昌符《客恨》

肥水东流无尽期。当初不合种相思。——[宋]姜夔《鹧鸪天·元夕有所梦》

fěi 匪

匪女之为美，美人之贻。——[先秦]《诗经·邶风·静女》

匪惟在人利，曾是扶天意。——[唐]张九龄《奉和圣制瑞雪篇》

匪唯帝老大，皆是王忠勤。——[唐]杜甫《八哀诗·赠太子太师汝阳郡王琎》

匪人等鸿毛，斯道何由宣。——[唐]韦应物《酬张协律》

fèi 吠

吠声嗾国猘，公议怯膺门。——[唐]杜牧《昔事文皇帝三十二韵》

吠犬鸣鸡村远近，乳鹅新鸭岸东西。——[清]查慎行《自湘东驿遵陆至芦溪》

吠犬杂鸣鸡，灯火荧荧归路迷。——[清]纳兰性德《南乡子·秋暮村居》

fēn 纷

纷吾既有此内美兮，又重之以修能。——[战国]屈原《离骚》

纷纷暮雪下辕门，风掣红旗冻不翻。——[唐]岑参《白雪歌送武判官归京》

纷吾何屑屑，未能脱尘鞅。——[唐]白居易《登香炉峰顶》

纷纷红紫已成尘，布谷声中夏令新。——[宋]陆游《初夏绝句》

纷纷坠叶飘香砌。夜寂静，寒声碎。——[宋]范仲淹《御街行·秋日怀旧》

fén 汾

汾川花鸟意，并奉属车尘。——[唐]张九龄《奉和圣制同二相南出雀鼠谷》

汾阳旧宅今为寺，犹有当时歌舞楼。——[唐]张籍《法雄寺东楼》

汾川三月雨，晋水百花春。——[唐]鱼玄机《寄刘尚书》》

汾水腾凌金鼓震，西山宛转旆旌回。——[宋]司马光《从始平公城西大阅》

fěn 粉

粉墨形似间，识者一惆怅。——[唐]杜甫《杨监又出画鹰十二扇》

粉片妆梅朵，金丝刷柳条。——[唐]白居易《新春江次》

粉色全无饥色加，岂知人世有荣华。——[唐]杜荀鹤《蚕妇》

粉壁摇晴光，素屏凝晓霜，待君挥洒兮不可弥忘。——[唐]任华《怀素上人草书歌》

粉骨碎身全不怕，要留清白在人间。——[明]于谦《石灰吟》

fèn 奋

奋迅碧沙前，长怀白云上。——[唐] 卢照邻《浴浪鸟》

奋翼笼中鸟，归心海上鸥。——[唐] 张九龄《登乐游原春望书怀》

奋飞既胡越，局促伤樊笼。——[唐] 杜甫《苦雨奉寄陇西公兼呈王征士》

奋飞超等级，容易失沈沦。——[唐] 杜甫《奉赠鲜于京兆二十韵》

奋迹登弘阁，摧心对董帷。——[唐] 李商隐《咏怀寄秘阁旧僚二十六韵》

fēng 风 烽 峰

风声一何盛，松枝一何劲！——[三国魏] 刘桢《赠从弟》

风急天高猿啸哀，渚清沙白鸟飞回。——[唐] 杜甫《登高》

风雨不动安如山。——[唐] 杜甫《茅屋为秋风所破歌》

风住尘香花已尽，日晚倦梳头。——[宋] 李清照《武陵春・春晚》

风一更，雪一更，聒碎乡心梦不成，故园无此声。——[清] 纳兰性德《长相思・山一程》

风樯动，龟蛇静，起宏图。——[现代] 毛泽东《水调歌头・游泳》

风雨送春归，飞雪迎春到。——[现代] 毛泽东《卜算子・咏梅》

烽火夜似月，兵气晓成虹。——[唐] 卢照邻《杂曲歌辞・结客少年场行》

烽火城西百尺楼，黄昏独上海风秋。——[唐] 王昌龄《从军行》

烽火燃不息，征战无已时。——[唐] 李白《乐府杂曲・鼓吹曲辞・战城南》

烽火动沙漠，连照甘泉云。——[唐] 李白《塞下曲》

烽火连三月，家书抵万金。——[唐] 杜甫《春望》

峰翠美闲步，松声入遥思。——[唐] 皎然《遥酬袁使君高春暮行县，过报德寺见怀》

峰峦从地碧，宫观倚天红。——[唐]窦庠《东都嘉量亭献留守韩仆射》

峰转暂无当户影，雉飞时有隔林声。——[唐]崔涂《夏日书怀寄道友》

峰峦如聚，波涛如怒，山河表里潼关路。——[元]张养浩《山坡羊·潼关怀古》

峰奇石奇松更奇，云飞水飞山亦飞。——[清]魏源《黄山绝顶题文殊院》

féng 逢

逢君发花萼，若与青云齐。——[唐]李白《赠从弟冽》

逢人但敛手，问道亦颔颐。——[唐]白居易《同微之赠别郭虚舟炼师五十韵》

逢郎欲语低头笑，碧玉搔头落水中。——[唐]白居易《采莲曲》

逢霜作朴樕，得气为春柳。——[唐]李贺《赠陈商》

逢君别有伤心在，且看寒梅未落花。——[现代]苏曼殊《憩平原别邸赠玄玄》

fěng 讽

讽谏欣然纳，奇觚率尔操。——[唐]刘禹锡《浙西李大夫述梦四十韵并浙东元相公酬和斐然》

讽咏《紫霞篇》，驰情华阳馆。——[元]倪瓒《春日云林斋居》

fèng 凤

凤皇翼其承旗兮，高翱翔之翼翼。——[战国]屈原《离骚》

凤历轩辕纪，龙飞四十春。——[唐] 杜甫《上韦左相二十韵》

凤凰城头日欲斜，门前高树鸣春鸦。——[唐] 岑参《感遇》

凤姿既出世，天意嘱在我。——[唐] 贯休《闻知己入翰林》

凤箫声动，玉壶光转，一夜鱼龙舞。——[宋] 辛弃疾《青玉案·元夕》

fó 佛

佛时仔肩，示我显德行。——[先秦]《诗经·周颂·敬之》

佛火不烧物，净香空徘徊。——[唐] 孟郊《溧阳唐兴寺观蔷薇花，同诸公饯陈明府》

佛寺连野水，池幽夏景清。——[唐] 张籍《野寺后池寄友》

佛手遮不得，人心似等闲。——[唐] 贯休《观地狱图》

佛性常清净，何处有尘埃！——[唐] 惠能《菩提偈》

fǒu 缶

缶击何分秦胜负，璧还不是赵存亡。——[宋] 徐钧《蔺相如》

缶中生意亦流通，盆池江湖非局促。——[明] 于谦《暇日命仆于盆池养鱼瓦缶种谷以观生意》

fū 夫

夫子今管乐，英才冠三军。——[唐] 李白《赠何七判官昌浩》

夫子华阴居，开门对玉莲。——[唐] 李白《送杨燕之东鲁》

夫死战场子在腹，妾身虽存如昼烛。——[唐] 元稹《征妇怨》

fú 扶伏浮

扶风豪士天下奇，意气相倾山可移。——[唐] 李白《扶风豪士歌》

扶摇应借力，桃李愿成阴。——[唐] 李白《赠崔侍郎》

扶桑寒日薄，不照万丈心。——[唐] 元稹《谕宝》

扶持社稷似齐桓，百万雄师贵可观。——[唐] 贯休《大蜀皇帝潜龙日述圣德诗》

扶桑正是秋光好，枫叶如丹照嫩寒。——[现代] 鲁迅《送增田涉君归国》

伏清白以死直兮，固前圣之所厚。——[战国] 屈原《离骚》

伏炼九丹成，方随五云去。——[唐] 李白《姑孰十咏 · 灵墟山》

伏枕君寂寂，折腰我营营。——[唐] 白居易《酬杨九弘贞长安病中见寄》

伏波故道风烟在，翁仲遗墟草树平。——[唐] 柳宗元《衡阳与梦得分路赠别》

伏愿陛下鸿名终不歇，子孙绵如石上葛。——[唐] 李贺《相劝酒》

伏波古庙占好风，武昌白帝在眼中。——[宋] 陆游《荆州歌》

浮云游子意，落日故人情。——[唐] 李白《送友人》

浮云自高闲，明月常空净。——[唐] 孟郊《忆周秀才、素上人，时闻各在一方》

浮屠西来何施为，扰扰四海争奔驰。——[唐] 韩愈《送僧澄观》

浮萍飘泊三千里，列宿参差十五人。——[唐] 白居易《京使回，累得南省诸公书因以长句诗寄谢萧五》

浮名如纵得，沧海亦终归。——[唐] 崔涂《与友人同怀江南别业》

浮生只如此，强进欲何为。——[唐] 刘得仁《送车涛罢举归山》

浮名浮利何济，堪留恋处，轮回仓猝。——[宋] 王安石《雨霖铃 · 孜孜矻矻》

fǔ 俯

俯仰岁将暮，荣耀难久恃。——[三国魏]曹植《杂诗》

俯视但一气，焉能辨皇州。——[唐]杜甫《同诸公登慈恩寺塔》

俯地呼天终不会，曲成调变当如何。——[唐]元稹《和李校书新题乐府》

俯仰天地间，能为几时客。——[唐]卢象《叹白发》

俯仰不能去，如逢旧友同。——[唐]于武陵《友人亭松》

fù 复父

复有青楼大道中，绣户文窗雕绮栊。——[唐]王勃《乐府杂曲·鼓吹曲辞·临高台》

复此新秋夜，高阁正沉沉。——[唐]韦应物《雨夜宿清都观》

复恐匆匆说不尽，行人临发又开封。——[唐]张籍《秋思》

复见离别处，虫声阴雨秋。——[唐]王建《江南杂体》

复壁交青琐，重帘挂紫绳。——[唐]李商隐《楚宫》

父老四五人，问我久远行。——[唐]杜甫《羌村》

父母养我时，日夜令我藏。——[唐]杜甫《新婚别》

父怜母惜掴不得，却生痴笑令人嗟。——[唐]卢仝《示添丁》

父兄若一处，任向边头老。——[唐]刘驾《唐乐府十首·乐边人》

父归坟兮未朝夕，已分黄金争田宅。——[唐]贯休《行路难》

父子情深苦亦深，盖天神武一沾襟。——[宋]范成大《重读唐太宗记》

父老得书知我在，小轩临水为君开。——[宋]苏轼《送贾讷倅眉》

父母忠贞为国酬，何曾怕断头。——[现代]毛泽东《诉衷情·赠人》

荣阳《竹图》

G

gā 嘎

嘎然而长鸣，已愧鸿在云。——[宋]张耒《寄中山鹤》

gāi 该

该秉季德，厥父是臧。——[战国]屈原《天问》

该胡圣典通今古，发启冲年晓典常。——[宋]赵恒《句》

gǎi 改

改席台能迥，留门月复光。——[唐]杜甫《台上》

改序念芳辰，烦襟倦日永。——[唐]韦应物《立夏日忆京师诸弟》

改张思妇锦，腾跃贾人笺。——[唐]元稹《酬乐天江楼夜吟稹诗，因成三十韵》

改号齐云楼，重开武丘路。——[唐]白居易《吴中好风景二首》

改邑不改井，此是井卦辞。——[唐]卢仝《萧宅二三子赠答诗》

gài 丐

丐汝将死命，浴以清水池。——[唐]韩愈《病鸱》

丐行端取丛林饱，耕缛不嫌泥水深。——[宋]释正觉《和禅人发心丐开海田》

gān 甘

甘泽不犹愈，且耕今未赊。——[唐] 杜甫《喜晴》

甘为舌上露，暖作腹中春。——[唐] 白居易《与沈、杨二舍人阁老同食敕赐樱桃玩物感恩因》

甘鲜新饼果，稳暖旧衣裳。——[唐] 白居易《斋居偶作》

甘泉将避暑，台殿晓光凝。——[唐] 张仲素《杂曲歌辞·宫中乐》

甘旨日以疏，音问日以阻。——[元] 王冕《墨萱图》

甘露洒瑶池，洗出新妆换旧姿。——[清] 高鹗《南乡子·戊申秋隽喜晤故人》

gǎn 感 敢

感激一然诺，纵横两无疑。——[唐] 李白《宣城送刘副使入秦》

感时花溅泪，恨别鸟惊心。——[唐] 杜甫《春望》

感恩义不小，怀旧礼无违。——[唐] 杜甫《送卢十四弟侍御护韦尚书灵榇归上都二十韵》

感君此曲有深意，昨日乌啼桐叶坠。——[唐] 元稹《听庾及之弹乌夜啼引》

感物念所欢，踯躅南城隈。——[现代] 毛泽东《五古·挽易昌陶》

敢向邻居试螳臂，只缘自己是狂蜂。——[现代] 毛泽东《七律·读报有感》

gàn 赣

赣石三百里，沿洄千嶂间。——[唐] 孟浩然《下赣石》

赣水那边红一角，偏师借重黄公略。——[现代] 毛泽东《蝶恋花 · 从汀州向长沙》

gāng 刚

刚有下水船，白日留不得。——[唐] 孟郊《留弟郢不得送之江南》

刚恋水云归不得，前身应是太湖公。——[唐] 皮日休《奉酬鲁望醉中戏赠》

刚肠成绕指，玄发转垂丝。——[唐] 韩偓《向隅》

刚被时流借拳势，不知身自是泥人。——[唐] 蒋贻恭《咏金刚》

刚被太阳收拾去，却教明月送将来。——[宋] 苏轼《花影》

刚待不思量，吹一片、箫声过墙。——[清] 项鸿祚《太常引 · 客中闻歌》

gǎng 港

港汊自相见，去来元一风。——[宋] 赵蕃《成父有诗怀斯远次韵》

港口晴朗点翠螺，船头风力动纤萝。——[清] 柯培元《石港春帆》

gàng 戆

戆兽鲜猜惧，罗人巧罝罘，幽驰异处所，忍虑多端倪。——[唐] 孟郊《石淙》

戆叟戆不足，贤人贤有余。——[唐] 孟郊《靖安寄居》

戆人年六十，每月请三千。——[唐]孟郊《寄陕府邓给事》

戆直撩忌讳，科仪惩傲顽。——[唐]元稹《酬东川李相公十六韵》

戆愚兼抱疾，权纪不相应。——[唐]贾岛《让纠曹上乐使君》

戆呆千百种，秀敏几多员。——[明]徐威《中秋咏怀借杜子美秋日述怀一百韵和寄柳州假鸣桑先生》

gāo 高

高余冠之岌岌兮，长余佩之陆离。——[战国]屈原《离骚》

高堂明镜悲白发，朝如青丝暮成雪。——[唐]李白《将进酒》

高风不借便，何处得迁乔。——[唐]郑绾《莺》

高据襄阳播盛名，问人人道是诗星。——[唐]卢延让《句》

高天滚滚寒流急，大地微微暖气吹。——[现代]毛泽东《七律·冬云》

高卧不须窥石镜，秋风怒在叛徒颜。——[现代]毛泽东《戏改李攀龙<怀明卿>》

gǎo 缟

缟衣茹藘，聊可与娱。——[先秦]《诗经·郑风·出其东门》

缟服纷相送，玄扃翳不开。——[唐]张九龄《故荥阳君苏氏挽歌词》

缟带与纶巾，轻舟漾赤门。——[唐]皮日休《赤门堰白莲花》

缟裙夜诉玉皇殿，乞得天花来作伴。——[宋]杨万里《雪后寻梅》

gào 告

告劳伊何，来参卿事。——[唐] 王勃《倬彼我系》

告急清宪台，脱余北门厄。——[唐] 李白《叙旧赠江阳宰陆调》

告别无淹晷，百忧复相袭。——[唐] 杜甫《送率府程录事还乡》

告诸吴子弟，文学为何如。——[唐] 韦应物《赠丘员外》

告归应未得，荣宦又知疏。——[唐] 韦应物《任洛阳丞，答前长安田少府问》

gē 歌

歌罢仰天叹，四座泪纵横。——[唐] 杜甫《羌村》

歌未竟，东方白。——[现代] 毛泽东《贺新郎·读史》

gé 隔

隔牖风惊竹，开门雪满山。——[唐] 王维《冬晚对雪忆胡居士家》

隔河见胡骑，倏忽数百群。——[唐] 杜甫《前出塞》

隔窗知夜雨，芭蕉先有声。——[唐] 白居易《夜雨》

隔帘惟见中庭草，一树山榴依旧开。——[唐] 刘禹锡《伤愚溪》

隔座送钩春酒暖，分曹射覆蜡灯红。——[唐] 李商隐《无题》

gě 舸

舸艤大艑起危檣，淮颍耕田岁收米。——[宋]张耒《美哉》

舸艤大艑来何州，翩翩五两在船头。——[宋]张耒《离泗州有作》

gè 个

个时无数并妖妍，个里无穷总可怜。——[唐]骆宾王《代女道士王灵妃赠道士李荣》

个身恰似笼中鹤，东望沧溟叫数声。——[唐]顾况《酬柳相公》

个里愁人肠自断，由来不是此声悲。——[唐]刘禹锡《竹枝词》

个个觅长生，根元不易寻。——[唐]吕岩《五言》

个是仙家事，何人合用心。——[唐]齐己《和郑谷郎中看棋》

gēn 根

根柯洒芳津，采服润肌骨。——[唐]李白《答族侄僧中孚赠玉泉仙人掌茶》

根生无地如仙桂，疑是姮娥月里栽。——[唐]罗隐《扇上画牡丹》

根盘潜岳半，顶逼日轮边。——[唐]齐己《浣口泊舟晓望天柱峰》

根盘惊院窄，顶耸讶檐卑。——[唐]齐己《假山》

根并荷花一茎香，平生遭际实堪伤。——[清]曹雪芹《金陵十二钗副册——香菱》

gèn 亘

亘壑蹑丹虹，排云弄清影。——[唐]羊滔《游烂柯山》

亘古岭旁冬不到，从今湖外岁无饥。——[宋]陈傅良《戊申腊桂阳喜雪》

亘古成如斯，昼夜将安憩。——[清]李钦文《海》

亘古男儿一放翁。（集中什九从军乐，亘古男儿一放翁。）——[现代]梁启超《读陆放翁集》

gēng 羹

羹饭一时熟，不知贻阿谁？——[汉]《古诗·十五从军征》

羹煮秋莼滑，杯迎露菊新。——[唐]杜甫《秋日寄题郑监湖上亭》

羹饭东西蜥白发，功勋远迩负丹心。——[宋]晁说之《伏蒙三十丈六大夫宠视长句辄次韵和》

gěng 耿

耿耿离忧积，空令星鬓侵。——[唐]卢照邻《赠益府裴录事》

耿耿忆琼树，天涯寄一欢。——[唐]李白《三山望金陵，寄殷淑》

耿耿抱私戚，寥寥独掩扉。——[唐]韦应物《赠别河南李功曹》

耿耿残灯背壁影，萧萧暗雨打窗声。——[唐]白居易《上阳白发人》

耿斜河、疏星淡月，断云微度。——[宋]张元干《贺新郎·送胡邦衡待制赴新州》

gèng 更

更从赵壁艺成来，二十五弦不如五。——[唐]白居易《五弦弹—恶郑之夺雅也》

更为他夜约，方尽昔年心。——[唐]许棠《春夜同厉文学先辈会宿》

更种明年花，春风自相识。——[唐]唐彦谦《春风》

更那堪、斜风细雨，乱愁如织。——[宋]刘克庄《贺新郎·九日》

更喜岷山千里雪，三军过后尽开颜。——[现代]毛泽东《七律·长征》

gōng 公攻

公然抱茅入竹去，唇焦口燥呼不得，归来倚杖自叹息。——[唐]杜甫《茅屋为秋风所破歌》

公子华筵势最高，秦川对酒平如掌。——[唐]杜甫《乐游园歌》

公方庇苍生，又如斯阁乎。——[唐]元结《题孟中丞茅阁》

公卿虽贵不曾酬，说著仙乡便去游。——[唐]吕岩《七言》

公子厌花繁，买药栽庭内。——[唐]曹邺《贵宅》

攻文枯若木，处世钝如锤。——[唐]李商隐《咏怀寄秘阁旧僚二十六韵》

gǒng 巩

巩树先春雪满枝，上阳宫柳啭黄鹂。——[唐]温庭筠《洛阳》

巩言良是已。（采句贵自然，巩言良是已。）——[宋]赵汝谈《翠蛟亭和巩丰韵》

gòng 共

共将缨上尘，来问雪山人。——[唐]武元衡《夏与熊王二秀才同宿僧院》

共知浸润同雷泽，何虑川源有旱苗。——[唐]朱庆馀《送唐中丞开淘西湖夏日游泛因书示郡人》

共扣哀玉音，皆舒文绣段。——[唐]李德裕《追和太师颜公同清远道士游虎丘寺》

共说才高世所珍，诸贤谁敢望光尘。——[宋]王安石《上西垣舍人》

gōu 钩

钩帘宿鹭起，丸药流莺啭。——[唐]杜甫《水阁朝霁，奉简严云安》

钩距不敢下，下则牙齿横。——[唐]元稹《相和歌辞·估客乐》

钩陈裹岩谷，文陛压青苍。——[唐]杜牧《华清宫三十韵》

钩陈侍帷扆，环卫奉旌麾。——[唐]崔融《哭蒋詹事俨》

钩爪锯牙也，宵行昼伏无以当。——[唐]阎朝隐《鹦鹉猫儿篇》

gǒu 苟 狗

苟中情其好修兮，又何必用夫行媒？——[战国]屈原《离骚》

苟无济代心，独善亦何益。——[唐]李白《赠韦秘书子春》

苟含天地秀，皆是天地身。——[唐]孟郊《吊元鲁山》

苟无新衣裳，曷用光我身。——[唐]张籍《哭于鹄》

狗吠深巷中，鸡鸣桑树颠。——[晋]陶渊明《归园田居》

gòu 构 诟

构厦岂云缺。（当今廊庙具，构厦岂云缺。）——[唐]杜甫《自京赴奉先县咏怀五百字》

构楼架阁切星汉，夸雄斗丽止者谁。——[唐]韩愈《送僧澄观》

构林青及竹，茆屋暖于云。——[唐]贯休《赠晦公禅人》

诟病君子儒，于今作文弊。——[宋]叶清臣《累日前伏蒙袖书临访并小文编及明堂图披玩寻》

gū 孤 姑

孤帆远影碧空尽，唯见长江天际流。——[唐]李白《黄鹤楼送孟浩然之广陵》

孤吟屡阕莫与和，寸恨至短谁能裁。——[唐]韩愈《感春》

孤山寺北贾亭西，水面初平云脚低。——[唐]白居易《钱塘湖春行》

孤舟蓑笠翁，独钓寒江雪。——[唐]柳宗元《江雪》

孤鸿铩羽悲鸣镝，万马齐喑叫一声。——[现代]毛泽东《七绝·刘蕡》

姑苏城外寒山寺，夜半钟声到客船。——[唐]张继《枫桥夜泊》

gǔ 古

古来圣贤皆寂寞，惟有饮者留其名。——[唐]李白《将进酒》

古木千寻雪，寒山万丈云。——[唐]郑谷《终南白鹤观》

古庙阴风地，寒钟暮雨天。——[唐]许浑《晚投慈恩寺呈俊上人》

古今多少事，渔唱起三更。——[宋]陈与义《临江仙·夜登小阁，忆洛中旧游》

古人学问无遗力，少壮工夫老始成。——[宋]陆游《冬夜读书示子聿》

gù 固 故

固乱流其鲜终兮，浞又贪夫厥家。——[战国]屈原《离骚》

固时俗之流从兮，又孰能无变化？——[战国]屈原《离骚》

故人西辞黄鹤楼，烟花三月下扬州。——[唐]李白《黄鹤楼送孟浩然之广陵》

故园东望路漫漫，双袖龙钟泪不干。——[唐]岑参《逢入京使》

故垒西边，人道是，三国周郎赤壁。——[宋]苏轼《念奴娇·赤壁怀古》

故地重来何所见，多了楼台亭阁。——[现代]毛泽东《念奴娇·井冈山》

故里鸿音绝，妻儿信未通。——[现代]毛泽东《五律·喜闻捷报》

guā 瓜

瓜时犹旅寓，萍泛苦夤缘。——[唐]杜甫《秋日夔府咏怀奉寄郑监李宾客一百韵》

瓜步寒潮送客，杨柳暮雨沾衣。——[唐]刘长卿《送陆澧还吴中》

瓜步逢潮信，台城过雁音。——[唐]杜牧《金陵》

瓜沙旧戍犹传檄，吴楚新春已废耕。——[唐]崔涂《己亥岁感事》

瓜果几度凄凉，寂寞罗池客。——[宋]吴文英《六么令·夷则宫·七夕》

瓜田不纳履，李下不整冠。——[元]杨维桢《屈妇词》

guǎ 寡

寡妻群盗非今日，天下车书正一家。——[唐]杜甫《题桃树》

寡德荷天贶，顺时休百工。——[唐]李适《重阳日即事》

寡鹤连天叫，寒雏彻夜惊。——[唐]元稹《独夜伤怀赠呈张侍御》

寡妻稚子应寒食，遥望江陵一泪流。——[唐]罗隐《清明日曲江怀友》

寡鹄诗成亘古今。（宜人费尽一生心，寡鹄诗成亘古今。）——[清]谢高育《题沈节母寡鹄轩遗草》

guà 卦挂

卦逢大壮羝羊困，乡入无何蛱蝶飞。——[宋]王禹偁《放言》

卦山交山阳，孤峰独崔嵬。——[清]潘耒《卦山》

挂壁移筐果，呼儿问煮鱼。——[唐]杜甫《过客相寻》

挂席逐归流，依依望虎丘。——[唐]韩翃《赠长洲何主簿》

挂弓问所往，趫捷超峥嵘。——[唐]柳宗元《韦道安》

挂影怜红壁，倾心向绿杯。——[唐]郑审《酒席赋得匏瓢》

guāi 乖

乖阙意方弭，安知忽来翔。——[唐]韦应物《宴别幼遐与君贶兄弟》

乖龙藏在牛领中，雷击龙来牛枉死。——[唐]白居易《偶然》

乖慵遣傲僻，渐染生弊性。——[唐]韩愈《东都遇春》

乖慵居竹里，凉冷卧池东。——[唐]郑谷《乖慵》

guǎi 罫

罫布畦堪数，枝分水莫寻。——[唐]韩愈《奉和虢州刘给事使君三堂新题二十一咏·稻畦》

罫布畦垄对。（五州风土宜，罫布畦垄对。）——[金]刘迎《再次前韵》

guài 怪

怪石不易跻，急湍那可溯。——[唐]权德舆《祗役江西路上以诗代书寄内》

怪来马上诗情好，印破青山白鹭飞。——[唐]韦庄《题吉涧卢拾遗庄》

怪得仙郎诗句好，断霞残照远山西。——[宋]徐铉《和太常萧少卿近郊马上偶吟》

怪生无雨都张伞，不是遮头是使风。——[宋]杨万里《舟过安仁》

怪来一夜蛙声歇，又作东风十日寒。——[宋]吴涛《绝句》

guān 官

官拙自悲头白尽，不如岩下偃荆扉。——[唐]岑参《西掖省即事》

官家利薄私家厚，盐铁尚书远不知。——[唐]白居易《盐商妇—恶幸人也》

官虽小大殊，同立白玉墀。——[唐]白居易《同微之赠别郭虚舟炼师五十韵》

官闲每喜江山静，道在宁忧雨露偏。——[唐]许浑《赠桐庐房明府先辈》

官清仍齿壮，儿小复家贫。——[唐]刘得仁《哭翰林丁侍郎》

官船来往乱如麻，全仗你抬声价。——[明]王磐《朝天子·咏喇叭》

guǎn 管

管弦遥辨曲，罗绮暗闻香。——[唐]沈佺期《夜游》

管鲍久已死，何人继其踪。——[唐]李白《杂歌谣辞·箜篌谣》

管宁纱帽净，江令锦袍鲜。——[唐]杜甫《秋日夔府咏怀奉寄郑监李宾客一百韵》

管弦凄欲罢，城郭望依然。——[唐]元稹《代杭民答乐天》

管乐有才原不忝，关张无命欲何如？——[唐]李商隐《筹笔驿》

管却自家身与心，胸中日月常新美。——[现代]毛泽东《七古·送纵宇一郎东行》

guàn 惯

惯习元从众，全生或用奇。——[唐]杜甫《猿》

惯听梨园歌管声，不识旗枪与弓箭。——[唐]白居易《新丰折臂翁·戒边功也》

惯将喉舌传军好，马迹铃声遍两河。——[唐]张祜《送走马使》

惯习干戈事鞍马，初从少小在边城。——[唐]耿湋《塞上曲》

惯于长夜过春时，挈妇将雏鬓有丝。——[现代]鲁迅《无题》

guāng 光

光楼皎若粉，映幕集疑沙。——[唐]李世民《喜雪》

光连虚象白，气与风露寒。——[唐]王昌龄《东溪玩月》

光景不待人，须臾发成丝。——[唐]李白《相逢行》

光添曙色连天远，轻逐春风绕玉楼。——[唐]陈羽《喜雪上窦相公》

光随九华出，影共百枝新。——[唐]韩仲宣《上元夜效小庾体》

光景不胜闺阁恨，行行坐坐黛眉攒。——[五代]阎选《八拍蛮·云锁嫩黄烟柳细》

guǎng 广 犷

广陵相遇罢，彭蠡泛舟还。——[唐]孟浩然《广陵别薛八》

广狭八九丈，湾环有涯涘。——[唐]白居易《玩止水》

广筵歌舞散，书号夕阳斜。——[唐]刘禹锡《同乐天和微之深春》

广陵寒食天，无雾复无烟。——[唐]姚合《扬州春词三首》

广泽生明月，苍山夹乱流。——[唐]马戴《楚江怀古》

犷兽血涂地，巨人声沸天。——[唐]刘希夷《谒汉世祖庙》

guàng 桄

桄榔面碜槟榔涩，海气常昏海日微。——[唐]元稹《送岭南崔侍御》

guī 闺归

闺中既以邃远兮，哲王又不寤。——[战国]屈原《离骚》

归来见天子，天子坐明堂。——[北朝]《乐府民歌·木兰诗》

归飞未忍去，流泪谢鸳鸿。——[唐]李白《赠任城卢主簿》

归人乘野艇，带月过江村。——[唐]刘长卿《送张十八归桐庐》

归情春伴雁，愁泣夜随猿。——[唐]王泠然《淮南寄舍弟》

归去也，波浩渺，路入蓬莱山杳杳。——[唐]吕岩《题四明金鹅寺壁》

归帆去棹残阳里，背西风，酒旗斜矗。——[宋]王安石《桂枝香·金陵怀古》

guǐ 鬼轨

鬼门应苦夜，瘴浦不宜秋。——[唐]沈佺期《从驩州廨宅移住山间水亭赠苏使君》

鬼谷上窈窕，龙潭下奔潨。——[唐]李白《送王屋山人魏万还王屋》

鬼因巫祝传移社，神见天人请施山。——[唐]李端《题觉公新兰若》

鬼神满衰听，恍惚难自分。——[唐]孟郊《秋怀》

鬼神迷去处，风日背吟时。——[唐]齐己《览清尚卷》

轨息陆途初，枻鼓川路始。——[南朝]谢惠连《泛南湖至石帆诗》

轨文龃龉二百载，豪杰疏违几十年。——[宋]王奕《和叠山到山阳郡学四诗》

guì 跪贵

跪敷衽以陈辞兮，耿吾既得此中正。——[战国]屈原《离骚》

跪进雕胡饭，月光明素盘。——[唐]李白《宿五松山下荀媪家》

跪伸霜素剖琅玕，身堕瑶池魄暗寒。——[唐]章孝标《览杨校书文卷》

跪到玉阶犹带露，一时宣赐与宫娃。——[五代]花蕊夫人《宫词》

贵游意多味，贱别情易消。——[唐]孟郊《寿安西渡奉别郑相公》

gǔn 滚衮

滚滚长江东逝水，浪花淘尽英雄。——[明]杨慎《临江仙·滚滚长江东逝水》

衮职曾无一字补，许身愧比双南金。——[唐]杜甫《题省中院壁》

衮服相天下，倘来非我通。——[唐]白居易《闻庾七左降，因咏所怀》

衮衣将锡命，泉路有光华。——[唐]张说《韦谯公挽歌》

衮旒垂翰墨，缨蕤迭赋诗。——[唐]胡皓《奉和圣制送张尚书巡边》

衮衮利名役，常嗟聚会稀。——[唐]李中《春晚招鲁从事》

guō 聒郭

聒碎乡心梦不成，故园无此声。——[清]纳兰性德《长相思·山一程》

郭隗池台处，昭王尊酒前。——[唐]卢照邻《送幽州陈参军赴任寄呈乡曲父老》

郭侯未相识，策马伊川来。——[唐]王昌龄《留别伊阙张少府郭大都尉》

郭南处士宅，门外罗群峰。——[唐]岑参《春半与群公同游元处士别业》

郭中时有仙人住，城内应多药草生。——[唐]张籍《寄陆浑赵明府》

郭尚父休夸塞北，裴中令莫说淮西。——[唐]贯休《句》

郭老从韩退，不及柳宗元。——[现代]毛泽东《呈郭老》

guó 国

国无人莫我知兮，又何怀乎故都！——[战国]屈原《离骚》

国门遥天外，乡路远山隔。——[唐]李白《淮南卧病书怀，寄蜀中赵征君蕤》

国破山河在，城春草木深。——[唐]杜甫《春望》

国用资戎事，臣劳为主忧。——[唐]钱起《奉送刘相公江淮催转运》

国门税征驾，旅食谋归旋。——[唐]祖咏《送丘为下第》

国人久倚东关望，拟筑沙堤到广陵。——[唐]李嵘《献淮南师》

国际悲歌歌一曲，狂飙为我从天落。——[现代]毛泽东《蝶恋花·从汀州向长沙》

guǒ 果

果菜始复生，惊鸟尚未还。——[晋]陶渊明《戊申岁六月中遇火》

果以浮名误，深贻达士羞。——[唐]皇甫冉《落第后东游留别》

果园新雨后，香台照日初。——[唐]韦应物《游开元精舍》

果擘洞庭橘，脍切天池鳞。——[唐]白居易《轻肥》

果枝低罯罯，花雨泽雰雰。——[唐]元稹《大云寺二十韵》

果熟无低枝，芳香入屏帷。——[唐]贯休《闲居拟齐梁四首》

guò 过

过午方始饭，经时旋及瓜。——[唐]岑参《与鲜于庶子自梓州成都少尹自褒城

同行至利州》

过江千尺浪，入竹万竿斜。——[唐]李峤《风》

过水象浮蛮境见，隔江猿叫汉州闻。——[唐]李洞《送友罢举赴边职》

过尽少年日，尚如长转蓬。——[唐]于武陵《别故人》

过春风十里，尽荠麦青青。——[宋]姜夔《扬州慢》

过了黄洋界，险处不须看。——[现代]毛泽东《水调歌头·重上井冈山》

过眼滔滔云共雾，算人间知己吾和汝。——[现代]毛泽东《贺新郎·别友》

H

há 蛤

蛤即是虾蟆，同实浪异名。——[唐]韩愈《初南食贻元十八协律》

蛤蟆陵下洒倾酒。（科斗店前山积铁，蛤蟆陵下洒倾酒。）——[明]唐寅《函关雪霁图》

hǎ 哈

哈达纷垂旒。（绝顶矗鄂博，哈达纷垂旒。）——[清]和瑛《东俄洛至卧龙石》

哈达江噶如缥缃，花球霞氍兜罗黄。——[清]和瑛《班禅额尔德尼燕毕款留精舍茶话》

hāi 咍

咍乎抃悦。（不日不月，咍乎抃悦。）——[唐]卢肇《汉堤诗》

咍台到天明，从人笑列宿。——[宋]朱翌《初直省宿》

hái 孩 还

孩提万里何时见，狼藉家书满卧床。——[唐]元稹《夜坐》

孩儿立志出乡关，学不成名誓不还。——[现代]毛泽东《七绝·改诗赠父亲》

还瞻九霄上，来往五云车。——[唐]王维《奉和圣制幸玉真公主山庄因题石壁十韵之作应》

还弹乐府曲，别占阮家名。——[唐]白居易《和令狐仆射小饮听阮咸》

还将膝下爱，特副域中欢。——[唐]武平一《送金城公主适西蕃》

hǎi 海

海内存知己，天涯若比邻。——[唐]王勃《送杜少府之任蜀州》

海气侵南部，边风扫北平。——[唐]陈子昂《送著作佐郎崔融等从梁王东征》

海客谈瀛洲，烟涛微茫信难求。——[唐]李白《梦游天姥吟留别》

海水尚有涯，相思渺无畔。——[唐]李冶《相思怨》

海内无烟夜，天涯有月时。——[唐]雍陶《寒食夜池上对月怀友》

海酿千种酒，山栽万仞葱。——[现代]毛泽东《五律·西行》

hài 亥 害

亥为屠肆鼓刀人，嬴乃夷门抱关者。——[唐]王维《夷门歌》

亥市风烟接，隋宫草路深。——[唐]顾况《历阳苦雨》

亥茶阗小市，渔父隔深芦。——[唐]元稹《春分投简阳明洞天作》

害群应自慑，持法固须平。——[唐]岑参《饯王岑判官赴襄阳道》

害心俱毒螫，妖焰两吹嘘。——[唐]元稹《虫豸诗·蛒蜂》

害物伤生性岂驯，且宜笼罩待知人。——[唐]徐夤《鹰》

hān 憨

憨子能思我，申儿更忆渠。——[宋] 赵蕃《九月一日晨起风物凄然不胜怀远之思作五首寄》

憨憨与世共儿嬉，兀兀从人笑我痴。——[宋] 范成大《睡起》

hán 寒

寒雨连江夜入吴，平明送客楚山孤。——[唐] 王昌龄《芙蓉楼送辛渐》

寒山转苍翠，秋水日潺湲。——[唐] 王维《辋川闲居赠裴秀才迪》

寒天暮雪空山里，几处蛮家是主人。——[唐] 韩翃《送客贬五溪》

寒禽与衰草，处处伴愁颜。——[唐] 司空曙《贼平后送人北归》

寒光垂静夜，皓彩满重城。——[唐] 杜牧《长安夜月》

寒涧渡头芳草色，新梅岭外鹧鸪声。——[唐] 李郢《送刘谷》

寒风生玉树，凉气下瑶池。——[唐] 魏元忠《银潢宫侍宴应制》

hǎn 罕

罕有知音者，空劳流水声。——[隋] 江总《侍宴赋得起坐弹鸣琴诗》

罕玉藏无映，嵇松画不成。——[唐] 贯休《送卢舍人朝觐》

hàn 汉 瀚

汉家烟尘在东北，汉将辞家破残贼。——[唐] 高适《燕歌行》

汉文有道恩犹薄，湘水无情吊岂知。——[唐] 刘长卿《长沙过贾谊宅》

汉家正离乱，王粲别荆蛮。——[唐] 孟郊《感怀》

汉代金为屋，吴宫绮作寮。——[唐] 唐彦谦《汉代》

瀚海阑干百丈冰，愁云惨淡万里凝。——[唐] 岑参《白雪歌送武判官归京》

hāng 夯

夯担不担柴，通经不识字。——[宋] 释了惠《五祖栽松六祖担柴赞》

夯风涛，脊梁上轻负着蓬莱岛。（胜神鳌，夯风涛，脊梁上轻负着蓬莱岛。）——[元] 王和卿《拨不断·大鱼》

háng 杭

杭土丽且康，苏民富而庶。——[唐] 白居易《和微之诗》

杭州暮醉连床卧，吴郡春游并马行。——[唐] 白居易《奉送三兄》

杭苇岸才登，行入乱峰层碧。——[清] 周之琦《好事近·杭苇岸才登》

hàng 沆

沆瀣楼头紫凤歌，三株树下青牛饭。——[唐] 陈陶《飞龙引》

沆瀣饮兮芝餐，盍轻举兮蜕蝉。——[宋] 陈炳《泛秋浦辞》

沆瀣不足吞，正一知所归。——[宋] 陈洵直《九锁步虚词·第七洞微锁》

沆瀣挹朝味，冰雪留童颜。——[宋] 陈尧叟《送张无梦归天台》

hāo 蒿 薅

蒿里衣冠送，松门印绶迎。——[唐]宋之问《范阳王挽词》

蒿里埋双剑，松门闭万春。——[唐]岑参《河西太守杜公挽歌》

蒿粒无人争，食之足为珍。——[唐]孟郊《黄雀吟》

蒿藜不生地，恶鸟弓已藏。——[唐]陈陶《种兰》

蒿莱讵报生成德，犬马空怀感恋心。——[唐]姚鹄《将归蜀留献恩地仆射》

薅来露未曦，荷去月初上。——[宋]梅尧臣《和孙端叟寺丞农具》

háo 豪

豪士无所用，弹弦醉金罍。——[唐]李白《金陵凤凰台置酒》

豪俊何人在，文章扫地无。——[唐]杜甫《哭台州郑司户苏少监》

豪人饫鲜肥，鲁山饭蒿蓬。——[唐]孟郊《吊元鲁山》

豪家沽酒长安陌，一旦起楼高百尺。——[唐]韦应物《酒肆行》

豪华肥壮虽无分，饱暖安闲即有余。——[唐]白居易《履道西门》

豪家捏为兽，红迸锦茵焦。——[唐]齐己《谢炭》

hǎo 好

好鸟迎春歌后院，飞花送酒舞前檐。——[唐]李白《题东谿公幽居》

好雨知时节，当春乃发生。——[唐]杜甫《春夜喜雨》

好是主人无事日，应持小酒按新歌。——[唐]王建《江楼对雨寄杜书记》

好花生木末，衰蕙愁空园。——[唐]李贺《七月》

好生本是君王德，忍死何妨壮士心。——[唐]杨巨源《圣恩洗雪镇州寄献裴相公》

好去长江千万里，不须辛苦上龙门。——[唐]窦巩《放鱼》

hào 浩昊号

浩浩风起波，冥冥日沉夕。——[唐]韦应物《夕次盱眙县》

浩浩流珠走百关，绵绵若存有深致。——[唐]卢仝《赠金鹅山人沈师鲁》

浩浩歌谣闻禁掖，重重襦袴满樵渔。——[唐]贯休《大蜀皇帝潜龙日述圣德诗》

浩气抱天和，闲园载酒过。——[唐]杨巨源《和权相公南园闲涉寄广宣上人》

浩荡离愁白日斜，吟鞭东指即天涯。——[清]龚自珍《己亥杂诗》

昊天出华月，茂林延疏光。——[唐]杜甫《夏夜叹》

号令风霆迅，天声动地陬。——[宋]岳飞《送紫岩张先生北伐》

hē 诃呵

诃陵国分界，交趾郡为邻。——[唐]白居易《送客春游岭南二十韵》

诃卒窥其旁，执衣来叩楹。——[宋]王珪《和景彝诮扶出者》

呵予官非屈，曲有怨词多。——[唐]卢纶《与张擢对酌》

呵叱潘陆鄙琐屑，提挈扬孟归孔门。——[唐]顾云《池阳醉歌赠匡庐处士姚岩杰》

呵笔难临帖，敲床且煮茶。——[清]大须《暮雪》

hé 何 河 和

何方圜之能周兮，夫孰异道而相安？——[战国]屈原《离骚》

何以解忧？唯有杜康。——[三国魏]曹操《短歌行》

何当共剪西窗烛，却话巴山夜雨时。——[唐]李商隐《夜雨寄北》

何处望神州？满眼风光北固楼。——[宋]辛弃疾《南乡子·登京口北固亭有怀》

河流大野犹嫌束，山入潼关解不平。——[清]谭嗣同《潼关》

和调度以自娱兮，聊浮游而求女。——[战国]屈原《离骚》

hè 鹤

鹤禁通宵凤辇备，鸡鸣问寝龙楼晓。——[唐]杜甫《洗兵马》

鹤侣正疑芳景引，玉人那为簿书沈。——[唐]卢纶《酬金部王郎中省中春日见寄》

鹤恋故巢云恋岫，比君犹自不逍遥。——[唐]刘禹锡《送霄韵上人游天台》

鹤鸣山苦雨，鱼跃水多风。——[唐]杜牧《吴宫词》

鹤屏怜掩扇，乌帽爱垂檐。——[唐]陆龟蒙《秋日遣怀十六韵寄道侣》

鹤发不堪言此世，峨嵋空约在他生。——[唐]齐己《酬蜀国欧阳学士》

hēi 黑

黑如湾澴底，清见光炯碎。——[唐]杜甫《万丈潭》

黑纱方帽君边得，称对山前坐竹床。——[唐]张籍《答元八遗纱帽》

黑云压城城欲摧，甲光向日金鳞开。——[唐]李贺《雁门太守行》

黑气腾蛟窟，秋云入战城。——[唐]贯休《秋过钱塘江》

黑云翻墨未遮山，白雨跳珠乱入船。——[宋]苏轼《六月二十七日望湖楼醉书》

hén 痕

痕沾珠箔重，点落玉盘空。——[唐]雍陶《秋露》

痕多开镜照还悲，绿鬓青蛾尚未衰。——[唐]长孙佐辅《相和歌辞·宫怨》

痕留很石传千古，望断中原知几州。——[宋]傅梦得《多景楼》

hěn 很 狠

很傍索传马，偬动出安徽。——[唐]梁载言《咏傅岩监祠》

很禽忘所倚，翻身拿鸟雀。——[宋]宋伯仁《梅花喜神谱·烂熳二十八枝》

狠石苍顽岁月遥，几人触境想英标。——[宋]倪应渊《多景楼》

hèn 恨

恨不逢君出荷蓑，青松白屋更无他。——[唐]裴迪《春日与王右丞过新昌里访吕逸人不遇》

恨容偏落泪，低态定思人。——[唐]温庭筠《咏嚬》

恨寄朱弦上，含情意不任。——[唐]鱼玄机《感怀寄人》

恨无优俸买，来得暂时闲。——[唐]薛能《蔡州蒋亭》

恨无长剑一千仞，划断顽云看晴碧。——[唐]李沇《秋霖歌》

恨亦不能通，言亦不足听。——[唐]孟迟《发蕙风馆遇阴不见九华山有作》

恨君不似江楼月，南北东西。——[宋]吕本中《采桑子·恨君不似江楼月》

hēng 亨 哼

亨衢自有横飞势，便到西垣视训辞。——[唐]许浑《送人之任邛州》

亨通与否闭，物理相沉浮。——[唐]李群玉《将之京国赠薛员外》

亨衢如可待，莫厌小淹留。——[宋]陈宓《往行都至严州乌驻馆阻水留二日》

哼尔诸缙耆，我前当嗫嚅。——[清]袁梓贵《读元次山舂陵贼退二诗有作》

héng 衡 横

衡山苍苍入紫冥，下看南极老人星。——[唐]李白《与诸公送陈郎将归衡阳》

衡门相逢迎，不具带与冠。——[唐]白居易《赠元稹》

衡阳寺前雁，今日到长安。——[唐]张祜《赠僧云栖》

衡岳去都忘，清吟恋省郎。——[唐]齐己《寄孙辟呈郑谷郎中》

横看成岭侧成峰，远近高低各不同。——[宋]苏轼《题西林壁》

横空出世，莽昆仑，阅尽人间春色。——[现代]毛泽东《念奴娇·昆仑》

hèng 横

横暴九州狂螫噬。（坐令屈律裹头人，横暴九州狂螫噬。）——[宋]范浚《读王建射虎行》

横暴遭恶族，惨掠如仇雠。——[现代]唐鼎元《名山夫子鬻书犒军歌》

hōng 轰

轰轰紫陌上，蔼蔼红尘飞。——[隋]江总《长安道》

轰如鞭石矻且摇，亘空欲驾鼋鼍桥。——[唐]刘禹锡《踏潮歌》

轰然自天坠，乃信神武功。——[唐]柳宗元《乐府杂曲·鼓吹铙歌·东蛮》

轰轰混混乾坤动，万马雷声从地涌。——[唐]韦庄《秦妇吟》

轰霆搅破蛟龙窟，也被狂风卷出山。——[唐]司空图《狂题》

轰轰砢砢雷车转，霹雳一声天地战。——[唐]顾云《天威行》

hóng 鸿 红

鸿雁长飞光不度，鱼龙潜跃水成文。——[唐]张若虚《春江花月夜》

红霞似绮河如带，白露团珠菊散金。——[唐]卢纶《九日奉陪侍郎登白楼》

红芳照水荷，白颈观鱼鸟。——[唐]白居易《过骆山人野居小池》

红楼日暮莺飞去，愁杀深宫落砌花。——[唐]广利王女《寄张无颇》

红军不怕远征难，万水千山只等闲。——[现代]毛泽东《七律·长征》

红旗卷起农奴戟，黑手高悬霸主鞭。——[现代]毛泽东《七律·到韶山》

hǒng 唝

唝唝买鱼肉，担归喂妻子。——[唐] 寒山《诗三百》

hòng 澒

澒涌同波浪，铮鏦过管弦。——[唐] 白居易《江楼夜吟元九律诗，成三十韵》

澒声少得似雷吼，缠弦不敢弹羊皮。——[唐] 元稹《琵琶歌》

澒洞吞百谷，周流无四垠。——[唐] 独孤及《观海》

澒洞镇河朔，嵯峨冠嵩丘。——[唐] 李敻《恒岳晨望有怀》

澒洞风埃昏九有。（汉家七叶钟阳九，澒洞风埃昏九有。）——[现代] 王国维《颐和园词》

hōu 齁

齁齁自成腔，兀兀更有味。——[宋] 罗椅《瞌睡诗》

齁齁休遣莺唤醒，妙处只令儿辈听。——[宋] 吴则礼《北湖饱饭径寝颓然甘甚殆畴昔所未有也作此以示阿垌》

hóu 侯

侯伯知何等，文章实致身。——[唐] 杜甫《奉赠鲜于京兆二十韵》

侯门辞必服，忍位取悲增。——[唐] 柳宗元《送元暠师诗》

侯家与主第，点缀无不精。——[唐] 元稹《相和歌辞·估客乐》

侯印不闻封李广，他人丘垄似天山。——[唐] 温庭筠《伤温德彝》

侯门叨月俸，斋食剩年储。——[唐] 齐己《渚宫莫问诗一十五首》

hǒu 吼

吼沫跳急浪，合流环峻滩。——[唐] 宋之问《下桂江县黎壁》

吼风泣雨萦愁剧，负燕冠雅受侮多。——[明] 杨文卿《旧沧州铁狮》

hòu 后

后辛之菹醢兮，殷宗用而不长。——[战国] 屈原《离骚》

后代无其人，戾园满秋草。——[唐] 李华《咏史》

后亭昼眠足，起坐春景暮。——[唐] 白居易《睡起晏坐》

后宫佳丽三千人，三千宠爱在一身。——[唐] 白居易《长恨歌》

后生常建彼何人，赠我篇章苦雕刻。——[唐] 韦庄《赠峨嵋山弹琴李处士》

后来有千日，谁与共平生？——[现代] 毛泽东《五古·挽易昌陶》

hū 忽

忽反顾以游目兮，将往观乎四荒。——[战国] 屈原《离骚》

忽魂悸以魄动，恍惊起而长嗟。——[唐] 李白《梦游天姥吟留别》

忽如一夜春风来，千树万树梨花开。——[唐] 岑参《白雪歌送武判官归京》

忽报人间曾伏虎，泪飞顿作倾盆雨。——[现代]毛泽东《蝶恋花·答李淑一》

hú 湖 槲

湖月照我影，送我至剡溪。——[唐]李白《梦游天姥吟留别》

湖天一种色，林鸟百般声。——[唐]刘长卿《喜晴》

湖光秋月两相和，潭面无风镜未磨。——[唐]刘禹锡《望洞庭》

湖岸春耕废，江城战鼓喧。——[唐]吴融《途中》

湖面狂风且莫吹，浪花初绽月光微。——[唐]水府君《与郑德璘奇遇诗》

槲叶落山路，枳花明驿墙。——[唐]温庭筠《商山早行》

hǔ 虎

虎鼓瑟兮鸾回车，仙之人兮列如麻。——[唐]李白《梦游天姥吟留别》

虎拙休言画，龙希莫学屠。——[唐]温庭筠《病中书怀呈友人》

虎过遥知阱，鱼来且佐庖。——[唐]李商隐《自喜》

虎帐谈高无客继，马卿官傲少人同。——[唐]罗隐《金陵寄窦尚书》

虎踞龙盘今胜昔，天翻地覆慨而慷。——[现代]毛泽东《七律·人民解放军占领南京》

hù 户 扈

户服艾以盈要兮，谓幽兰其不可佩。——[战国]屈原《离骚》

户庭无尘杂，虚室有余闲。——[晋] 陶渊明《归园田居》

户牖观天地，阶基上杳冥。——陈子昂《夏日晖上人房别李参军崇嗣》

户蒙枌榆复，邑争牛酒欢。——张九龄《奉和圣制幸晋阳宫》

户外昭容紫袖垂，双瞻御座引朝仪。——杜甫《紫宸殿退朝口号》

户牖已凄爽，晨夜感深情。——韦应物《郡斋感秋，寄诸弟》

扈江离与辟芷兮，纫秋兰以为佩。——[战国] 屈原《离骚》

huā 花

花开绿野雾，莺啭紫岩风。——[唐] 卢照邻《入秦川界》

花龛瀑布侧，青壁石林杪。——[唐] 崔颢《游天竺寺》

花径不曾缘客扫，蓬门今始为君开。——[唐] 杜甫《客至》

花时闷见联绵雨，云入人家水毁堤。——[唐] 徐凝《春雨》

花尽方辞醉，莺残是放时。——[唐] 林宽《送谢石先辈归宣州》

花落自有花开日，蓄芳待来年。——[现代] 毛泽东《卜算子·悼国际共产主义战士艾地同志》

huá 华

华亭鹤唳讵可闻？上蔡苍鹰何足道？——[唐] 李白《行路难》

华屋重翠幄，绮席雕象床。——[唐] 张籍《琴曲歌辞·宛转行》

华夷臣妾内，尧舜弟兄中。——[唐] 白居易《开成大行皇帝挽歌词四首，奉敕撰进》

华莲开菡萏，荆玉刻孱颜。——[唐] 李商隐《灵仙阁晚眺寄郓州韦评事》

华簪窥瓮牖，珍味代藜羹。——[唐]秦系《徐侍郎素未相识时携酒命馔兼命诸诗客同访会》

huà 话

话离情未已，烟水万重山。——[唐]李隆基《送胡真师还西山》

话旧全应老，逢春喜又悲。——[唐]李益《下楼》

话旧堪垂泪，思乡数断肠。——[唐]白居易《江南喜逢萧九彻因话长安旧游戏赠五十韵》

话别无长夜，灯前闻曙鸦。——[唐]项斯《送殷中丞游边》

话通时事少，诗着野题多。——[唐]齐己《渚宫莫问诗一十五首》

话到英雄失路，忽凉风索索。——[清]陈维崧《好事近·分手柳花天》

huái 怀 淮

怀朕情而不发兮，余焉能忍而与此终古？——[战国]屈原《离骚》

怀哉望南浦，眇然夜将半。——[唐]王昌龄《赠史昭》

怀沙灭其性，孝行焉能俱。——[唐]孟郊《旅次湘沅有怀灵均》

怀旧空吟闻笛赋，到乡翻似烂柯人。——[唐]刘禹锡《酬乐天扬州初逢席上见赠》

怀古正怡然，前山早莺啭。——[唐]李深《游烂柯山四首》

淮左名都，竹西佳处，解鞍少驻初程。——[宋]姜夔《扬州慢》

huài 坏

坏舟百版坼，峻岸复万寻。——[唐] 杜甫《阻雨不得归瀼西甘林》

坏宅终须去，空门不易还。——[唐] 李端《宿云际寺赠深上人》

坏舟畏鼠复畏漏，恐向太仓折升斗。——[唐] 王建《水运行》

坏舍啼衰，虚堂泣曙。——[唐] 罗隐《蟋蟀诗》

坏屋不眠风雨夜，故园无信水云秋。——[唐] 杜荀鹤《秋夕病中》

坏衲凉天拥，玄文静夜披。——[唐] 齐己《渚宫莫问诗一十五首》

huān 欢

欢娱在今夕，嬿婉及良时。——[汉] 苏武《留别妻》

欢情犹未极，落景遽西斜。——[唐] 李世民《冬日临昆明池》

欢娱方未极，林阁散余霞。——[唐] 陈子昂《晦日宴高氏林亭》

欢笑情如旧，萧疏鬓已斑。——[唐] 韦应物《淮上喜会梁川故人》

欢宴良宵好月，佳人修竹清风。——[宋] 吴文英《风入松·麓翁园堂宴客》

huán 环

环佩空归夜月魂。（画图省识春风面，环珮空归夜月魂。）——[唐] 杜甫《咏怀古迹》

环行急蹴皆应节，反手叉腰如却月。——[唐] 李端《胡腾儿》

环是妾之心，玉是君之德。——[唐] 卢仝《杂曲歌辞·自君之出矣》

环湖十余里，岁积潢与污。——[唐]元稹《后湖》

环檐消旧雪，晴气满春泥。——[唐]薛能《寄李频》

huǎn 缓

缓带屏纷杂，渔舟临讼堂。——[唐]王昌龄《送欧阳会稽之任》

缓步从直道，未行先起尘。——[唐]李白《嘲鲁儒》

缓歌寻极浦，一醉送残春。——[唐]戴叔伦《暮春游长沙东湖赠辛兖州巢父》

缓歌慢舞凝丝竹，尽日君王看不足。——[唐]白居易《长恨歌》

缓歌春兴曲，情竭为知音。——[唐]张说《恩制赐食于丽正殿书院宴赋得林字》

huàn 换

换衣防竹暮，沈果讶泉寒。——[唐]司空曙《和王卿立秋即事》

换却世上心，独起山中情。——[唐]孟郊《题从叔述灵岩山壁》

换印虽频命未通，历阳湖上又秋风。——[唐]白居易《答刘和州禹锡》

换得千颦为一笑，春风吹柳万黄金。——[宋]王安石《雪乾》

唤起工农千百万，同心干，不周山下红旗乱。——[现代]毛泽东《渔家傲·反第一次大"围剿"》

huāng 荒

荒庭步鹳鹤，隐几望波涛。——[唐]杜甫《大雨》

荒邮屋舍坏，新雨田地泥。——[唐]元稹《感梦》

荒径扫稀堆柏子，破扉开涩染苔花。——[唐]皮日休《屐步访鲁望不遇》

荒城胡马迹，塞木戍人烟。——[唐]崔峒《润州送友人》

荒阡下樵客，野猿惊山鸟。——[唐]李峤《早发苦竹馆》

荒凉古庙惟松柏，咫尺长陵又鹿麋。——[唐]殷尧藩《韩信庙》

huáng 黄 皇 惶

黄河远上白云间，一片孤城万仞山。——[唐]王之涣《凉州词》

黄鹤之飞尚不得过，猿猱欲度愁攀援。——[唐]李白《蜀道难》

黄鹤一去不复返，白云千载空悠悠。——[唐]崔颢《黄鹤楼》

黄梅时节家家雨，青草池塘处处蛙。——[宋]赵师秀《约客》

黄鹤知何去？剩有游人处。——[现代]毛泽东《菩萨蛮·黄鹤楼》

黄洋界上炮声隆，报道敌军宵遁。——[现代]毛泽东《西江月·井冈山》

皇览揆余初度兮，肇锡余以嘉名。——[战国]屈原《离骚》

惶恐滩头说惶恐，零丁洋里叹零丁。——[宋]文天祥《过零丁洋》

huǎng 恍

恍忽夜川里，蹉跎朝镜前。——[唐]沈佺期《览镜》

恍恍与之去，驾鸿凌紫冥。——[唐]李白《古风》

恍恍恐不真，犹未苦承望。——[唐]王建《闻故人自征戍回》

恍然一梦，仙肌胜雪，宫鬓堆鸦。——[宋]吴激《人月圆·宴北人张侍御家有感》

huàng 晃

晃朗扶桑出，绵联杞树周。——[唐]李乂《奉和晦日幸昆明池应制》

晃曜层潭上，悠扬极浦前。——[唐]石殷士《日华川上动》

晃荡天宇高，崩腾江水沸。——[宋]苏轼《巫山》

晃荡何所谓？出门信所之。——[现代]卢青山《晃荡诗为肖作》

huī 麾 挥

麾蛟龙使梁津兮，诏西皇使涉予。——[战国]屈原《离骚》

挥手自兹去，萧萧班马鸣。——[唐]李白《送友人》

挥镰若转月，拂水生连珠。——[唐]李白《鲁东门观刈蒲》

挥洒容数人，十手可对面。——[唐]杜甫《石研诗》

挥手一来归，故溪无处觅。——[唐]刘禹锡《游桃源一百韵》

挥手从兹去。更那堪凄然相向，苦情重诉。——[现代]毛泽东《贺新郎·别友》

huí 回

回朕车以复路兮，及行迷之未远。——[战国]屈原《离骚》

回首叫虞舜，苍梧云正愁。——[唐]杜甫《同诸公登慈恩寺塔》

回乐峰前沙似雪，受降城外月如霜。——[唐]李益《夜上受降城闻笛》

回风一萧瑟，林影久参差。——[唐]柳宗元《南涧中题》

回头语晴鸢，汝食腐鼠惯。——[唐]陆龟蒙《孤雁》

回首向来萧瑟处，归去，也无风雨也无晴。——[宋]苏轼《定风波·莫听穿林打叶声》

huǐ 悔

悔相道之不察兮，延伫乎吾将反。——[战国] 屈原《离骚》

悔倾连理杯，虚作同心结。——[唐] 李白《去妇词》

悔作商人妇，青春长别离。——[唐] 李白《江夏行》

悔不学弯弓，向东射狂胡。——[唐] 岑参《行军诗》

悔向万里来，功名是何物。——[唐] 岑参《日没贺延碛作》

悔为青云意，此意良噬脐。——[唐] 元稹《青云驿》

huì 会

会当凌绝顶，一览众山小。——[唐] 杜甫《望岳》

会有征书到，荷衣且漫裁。——[唐] 卢象《送綦毋潜》

会日起离恨，新年别旧僚。——[唐] 戴叔伦《婺州路别录事》

会共鹓同侣，翱翔应可期。——[唐] 裴说《鹭鸶》

会挽雕弓如满月，西北望，射天狼。——[宋] 苏轼《江城子 · 密州出猎》

会昌城外高峰，颠连直接东溟。——[现代] 毛泽东《清平乐 · 会昌》

hūn 婚

婚嫁累轻何怕老，饥寒心惯不忧贫。——[唐] 白居易《戊申岁暮咏怀》

婚嫁乖前志，功名异夙心。——[唐] 许浑《寄契盈上人》

婚礼知无贺，承家叹有辉。——[唐] 张说《阙题》

婚嫁定期杉叶紫，盖藏应待桂枝红。——[唐] 皮日休《鲁望以花翁之什见招因

次韵酬之》

婚嫁事稀年冉冉。知有渐。千钧重担从头减。——[宋] 苏轼《渔家傲·赠曹光州》

hún 魂

魂飞灞陵岸，泪尽洞庭流。——[唐] 骆宾王《晚泊江镇》

魂随南翥鸟，泪尽北枝花。——[唐] 宋之问《度大庾岭》

魂断旧溪憔悴态，冷烟残粉楚台东。——[唐] 崔橹《惜莲花》

魂来枫叶青，魂返关塞黑。——[唐] 杜甫《梦李白》

魂离为役诗篇苦，泪竭缘嗟骨相贫。——[唐] 许棠《献独孤尚书》

hùn 混

混沌本无象，末路多是非。——[唐] 储光羲《杂诗》

混合万丈深，淼茫千里白。——[唐] 白居易《自蜀江至洞庭湖口有感而作》

混沌何由凿，青冥未有梯。——[唐] 李商隐《寄罗劭兴》

混沌本冥冥，泄为洪川流。——[唐] 长孙佐辅《楚州盐壒古墙望海》

混沌屯蒙如卵，昏昏默默盈空。——[元] 高道宽《西江月·混沌屯蒙如卵》

huō 騞

騞然诸根空，破结如破瓶。——[唐] 独孤及《题思禅寺上方》

骈然中节，硎刀初试。——[现代]刘海粟《贺新郎·次韵答忼烈》

huó 活

活计纵贫长净洁，池亭虽小颇幽深。——[唐]白居易《偶吟》

活色生香第一流，手中移得近青楼。——[唐]薛能《杏花》

活花起舞夜春来，蜡焰煌煌天日在。——[唐]李咸用《富贵曲》

活民刀尺虽无象，出世文章岂有师。——[唐]贯休《上缙云段使君》

活计绿蓑青笠，惯披霜冲雪。——[宋]朱敦儒《好事近·摇首出红尘》

活水源流随处满，东风花柳逐时新。——[明]于谦《观书》

huǒ 火

火树银花合，星桥铁锁开。——[唐]苏味道《正月十五夜》

火云散奇峰，瑶瑟韵清徵。——[唐]权德舆《六府诗》

火不热贞玉，蝇不点清冰。——[唐]白居易《反鲍明远白头吟》

火云峥嵘焚泬寥，东皋老农肠欲焦。——[唐]齐己《杂曲歌辞·苦热行》

火云秋未衰，及此初旦凉。——[宋]苏轼《游灵隐高峰塔》

huò 或

或便加棰杖，毒痛参并下。——[汉]蔡琰《悲愤诗》

或期遇春事，与尔复周旋。——[唐]高适《途中酬李少府赠别之作》

或看翡翠兰苕上，未掣鲸鱼碧海中。——[唐]杜甫《戏为六绝句》

或名诱其心，或利牵其身。——[唐]白居易《登商山最高顶》

或雨或云常不定，地灵云雨自无时。——[唐]方干《题龙瑞观兼呈徐尊师》

或以为跌宕湖海之士，或以为枯槁陇亩之民。——[宋]陆游《放翁自赞四首（其一）》

J

jī 唧 鸡 饥 羁

唧唧复唧唧，木兰当户织。——[北朝]《乐府民歌 · 木兰诗》

鸡声茅店月，人迹板桥霜。——[唐] 温庭筠《商山早行》

饥食松花渴饮泉，偶从山后到山前。——[唐] 卢纶《山中一绝》

饥止一箪食，渴止一壶浆。——[唐] 白居易《寄张十八》

饥即餐霞闷即行，一声长啸万山青。——[唐] 曹唐《小游仙诗》

羁鸟恋旧林，池鱼思故渊。——[晋] 陶渊明《归园田居》

jí 岌 及

岌岌高丘近道边，寂寥翁仲卧荒烟。——[宋] 陆游《春晚出游》

及年岁之未晏兮，时亦犹其未央。——[战国] 屈原《离骚》

及此桑叶绿，春蚕起中闺。——[唐] 李白《赠从弟冽》

及嗣同覆颠，咽喉莫能塞。——[唐] 韦应物《经函谷关》

及物非吾事，聊且顾尔私。——[唐] 柳宗元《掩役夫张进骸》

及此斋心暇，翛然与道俱。——[唐] 羊士谔《郡斋读经》

jǐ 几

几年遭鹏鸟，独泣向麒麟。——[唐] 杜甫《寄李十二白二十韵》

几处早莺争暖树，谁家新燕啄春泥。——[唐] 白居易《钱塘湖春行》

几代儒家业，何年佛寺碑。——[唐] 张祜《题丘山寺》

几度思归还把酒，拂云堆上祝明妃。——[唐] 杜牧《题木兰庙》

几处折花惊蝶梦，数家留叶待蚕眠。——[唐] 包何《和程员外春日东郊即事》

几多情，无处说，落花飞絮清明节。——[五代] 魏承班《渔歌子 · 柳如眉》

jì 记既寂寄冀

记得长安还欲笑，不知何处是西天。——[唐] 李白《陪族叔刑部侍郎晔及中书贾舍人至游洞庭五首》

记年碑石在，经乱祭人稀。——[唐] 张籍《山中古祠》

记得君王曾道好，长因下辇得先弹。——[唐] 王涯《宫词三十首》

记得小蘋初见，两重心字罗衣。——[宋] 晏几道《临江仙 · 梦后楼台高锁》

既莫足与为美政兮，吾将从彭咸之所居！——[战国] 屈原《离骚》

寂寂江山摇落处，怜君何事到天涯。——[唐] 刘长卿《长沙过贾谊宅》

寂寞嫦娥舒广袖，万里长空且为忠魂舞。——[现代] 毛泽东《蝶恋花 · 答李淑一》

寄书长不达，况乃未休兵。——[唐] 杜甫《月夜忆舍弟》

冀枝叶之峻茂兮，愿俟时乎吾将刈。——[战国] 屈原《离骚》

jiā 佳家

佳期杨柳陌，携手莫相违。——[唐] 刘希夷《代闺人春日》

佳人绝代歌，独立发皓齿。——[唐] 杜甫《听杨氏歌》

佳人惜颜色，恐逐芳菲歇。——[唐] 常浩《赠卢夫人》

佳令随人至，明月傍云生。——[现代] 毛泽东《五律 · 喜闻捷报》

家住吴门，久作长安旅。五月渔郎相忆否。——[宋]周邦彦《苏幕遮》

jiá 夹

夹毂相借问，疑从天上来。——[唐]李白《相逢行》

夹水苍山路向东，东南山豁大河通。——[唐]韦应物《自巩洛舟行入黄河即事，寄府县僚友》

夹道开洞门，弱杨低画戟。——[唐]李贺《相和歌辞·难忘曲》

夹路依依千里遥，路人回首认隋朝。——[唐]罗隐《隋堤柳》

夹岸亭台，接天歌管，十四楼中乐太平。——[清]陈维崧《沁园春·十万琼枝》

jiǎ 甲 贾

甲兵年数久，赋敛夜深归。——[唐]杜甫《夜》

甲兵未得战，降虏来如归。——[唐]岑参《北庭西郊候封大夫受降回军献上》

甲科推令名，延阁播芳尘。——[唐]韦应物《送云阳邹儒立少府侍奉还京师》

甲第涨清池，鸣驺引朱辂。——[唐]元稹《梦游春七十韵》

甲穿虽即失黄金，剑缺犹能生紫气。——[唐]贯休《塞上曲》

贾生才调世无伦，哭泣情怀吊屈文。——[现代]毛泽东《七绝·贾谊》

jià 驾

驾八龙之婉婉兮，载云旗之委蛇。——[战国]屈原《离骚》

驾言遣忧思，乘兴求相似。——[唐]张九龄《登古阳云台》

驾幸温泉日，严霜子月初。——[唐]王昌龄《句》

驾言忽徂征，云路邈且深。——[唐]韦应物《送洛阳韩丞东游》

驾浪沉西日，吞空接曙河。——[唐]元稹《洞庭湖》

驾驭英雄如赤子，雌黄贤哲贡琼瑰。——[唐]贯休《蜀王入大慈寺听讲》

驾长车，踏破贺兰山缺。——[宋]岳飞《满江红·写怀》

jiān 间 蒹 艰

间有幽栖者，居然厌俗尘。——[唐]李隆基《王屋山送道士司马承祯还天台》

间宰江阳邑，剪棘树兰芳。——[唐]李白《叙旧赠江阳宰陆调》

间气生灵秀，先朝翼戴勋。——[唐]刘长卿《秋日夏口涉汉阳，献李相公》

间关莺语花底滑，幽咽泉流冰下难。——[唐]白居易《琵琶行》

间之以云雾，飞鸟不可越。——[唐]白居易《寄微之》

间歌在堂，万舞在庭。——[唐]归登《享惠昭太子庙乐章》

蒹葭苍苍，白露为霜。所谓伊人，在水一方。——[先秦]《诗经·秦风·蒹葭》

艰难苦恨繁霜鬓，潦倒新停浊酒杯。——[唐]杜甫《登高》

jiǎn 剪 拣

剪刀因裂素，妆粉为开红。——[唐]苏颋《立春日侍宴内出剪彩花应制》

剪竹扫天花，且从傲吏游。——[唐]李白《与南陵常赞府游五松山》

剪翅小鹰斜，绦根玉镟花。——[唐]李贺《追赋画江潭苑四首》

剪项移秦势自雄，布衣还是负深功。——[唐]罗隐《韩信庙》

剪绮裁红妙春色，宫梅殿柳识天情。——[唐]崔日用《奉和立春游苑迎春应制》

剪不断，理还乱，是离愁。别是一般滋味在心头。——[五代]李煜《相见欢》

拣尽寒枝不肯栖，寂寞沙洲冷。——[宋]苏轼《卜算子·黄州定慧院寓居作》

jiàn 剑 渐 鉴

剑阁峥嵘而崔嵬，一夫当关，万夫莫开。——[唐]李白《蜀道难》

剑共丹诚在，书随白发归。——[唐]刘长卿《送马秀才移家京洛便赴举》

剑门乘崄过，阁道踏空行。——[唐]岑参《送郭仆射节制剑南》

剑动三军气，衣飘万里尘。——[唐]李峤《送骆奉礼从军》

剑南歌接秋风吟，一例氤氲入诗囊。——[现代]毛泽东《七绝·纪念鲁迅八十寿辰》

渐黄昏，清角吹寒。都在空城。——[宋]姜夔《扬州慢》

鉴湖越台名士乡，忧忡为国痛断肠。——[现代]毛泽东《七绝·纪念鲁迅八十寿辰》

jiāng 江 将 僵

江南可采莲，莲叶何田田。——[汉]《乐府歌·江南》

江天一色无纤尘，皎皎空中孤月轮。——[唐]张若虚《春江花月夜》

江娥啼竹素女愁，李凭中国弹箜篌。——[唐]李贺《李凭箜篌引》

江上往来人，但爱鲈鱼美。——[宋]范仲淹《江上渔者》

江山如画，一时多少豪杰。——[宋]苏轼《念奴娇·赤壁怀古》

江山如此多娇，引无数英雄竞折腰。——[现代]毛泽东《沁园春·雪》

将军百战死，壮士十年归。——[北朝]《乐府民歌·木兰诗》

将军角弓不得控，都护铁衣冷难着。——[唐]岑参《白雪歌送武判官归京》

僵卧孤村不自哀，尚思为国戍轮台。——[宋]陆游《十一月四日风雨大作》

jiǎng 讲

讲学试通论，阡陌劝耕桑。——[唐]李隆基《赐诸州刺史以题座右》

讲堂非曩构，大屋加涂塈。——[唐]杜甫《题衡山县文宣王庙新学堂，呈陆宰》

讲席何时散，高台岂复全。——[唐]岑参《文公讲堂》

讲易居山寺，论诗到郡斋。——[唐]李端《送元晟归江东旧居》

讲序居重席，群儒愿执鞭。——[唐]张籍《赠殷山人》

讲肄剧谈兼祖谢，舞雩高蹈异求由。——[宋]王安石《次韵酬龚深甫》

jiàng 绛

绛唇吸灵气，玉指调真声。——[唐]刘希夷《嵩岳闻笙》

绛唇珠袖两寂寞，晚有弟子传芬芳。——[唐]杜甫《观公孙大娘弟子舞剑器行》

绛纱儒客帐，丹诀羽人篇。——[唐]韩翃《家兄自山南罢归献诗叙事》

绛节几时还入梦，碧桃何处更骖鸾。——[唐]薛逢《汉武宫辞》

绛树实多分紫鹿，丹沙泉浅种红鱼。——[唐]皮日休《南阳润卿将归雷平因而有赠》

绛帏夜坐穷三史，红旆春行到九华。——[唐]殷文圭《赠池州张太守》

jiāo 交浇椒

交情通意心和谐，中夜相从知者谁？——[汉]司马相如《凤求凰》

交情频更好，子有古人风。——[唐]钱起《宿毕侍御宅》

交亲几重别，归梦并愁侵。——[唐]杨凌《江上秋月》

交亲罕至长安远，一醉如泥岂自欢。——[唐]李建勋《醉中咏梅花》

交州已在南天外，更过交州四五州。——[唐]裴夷直《崇山郡》

浇身被服强圉兮，纵欲而不忍。——[战国]屈原《离骚》

椒专佞以慢慆兮，榝又欲充夫佩帏。——[战国]屈原《离骚》

jiáo 嚼

嚼齿三峡泉，三峡声龂龂。——[唐]白居易《峡哀其四》

嚼雪未论香世界，眠云已惬月轩窗。——[宋]方岳《种桂》

jiǎo 矫角脚

矫菌桂以纫蕙兮，索胡绳之纚纚。——[战国]屈原《离骚》

矫首来天池，振羽泛漪澜。——[唐]储光羲《贻刘高士别》

矫然翔寥廓，如何屈坚贞。——[唐]李隆基《经河上公庙》

矫矫龙性合变化，卓立天骨森开张。——[唐]杜甫《天育骠骑歌》

矫翮方上征，顾我邈忡忡。——[唐]韦应物《答韩库部》

矫翼知何处，天涯不可穷。——[唐]杜牧《别鹤》

角巾东出商山道，采秀行歌咏芝草。——[唐]李白《答杜秀才五松见赠》

角断孤城掩，楼深片月斜。——[唐]张祜《旅次上饶溪》

角声满天秋色里，塞上燕脂凝夜紫。——[唐]李贺《雁门太守行》

角暖盘弓易，靴长上马难。——[唐]李贺《追赋画江潭苑四首》

角咽胡风紧，沙昏碛月新。——[唐]贯休《送友人下第游边》

角开香满室，炉动绿凝铛。——[唐]齐己《咏茶十二韵》

脚著谢公屐，身登青云梯。——[唐]李白《梦游天姥吟留别》

jiào 叫

叫叫海鸿声，轩轩江燕翼。——[唐]储光羲《京口题崇上人山亭》

叫妇开大瓶，盆中为吾取。——[唐]杜甫《遭田父泥饮美严中丞》

叫曙嗷嗷雁，啼秋唧唧虫。——[唐]白居易《江夜舟行》

叫帝青天阔，辞家白日晡。——[唐]李商隐《哭虔州杨侍郎》

叫阍路既阻，浩荡怀灵修。——[唐]李群玉《将之京国赠薛员外》

叫切禽名宇，飞忙蝶姓庄。——[唐]齐己《春兴》

jiē 接

接汉疑星落，依楼似月悬。——[唐]卢照邻《十五夜观灯》

接影武昌城，分行汉南道。——[唐]皇甫冉《山中五咏·门柳》

接士开襟清圣熟，分题得句落花前。——[唐]贯休《少监》

接天莲叶无穷碧，映日荷花别样红。——[宋]杨万里《晓出净慈寺送林子方》

接叶巢莺，平波卷絮，断桥斜日归船。——[宋]张炎《高阳台·西湖春感》

jié 结

结发为夫妻，恩爱两不疑。——[汉]苏武《留别妻》

结交在相知，骨肉何必亲。——[汉]《乐府歌·箜篌谣》

结庐在人境，而无车马喧。——[晋]陶渊明《饮酒》

结宇倚青壁，疏泉喷碧潭。——[唐]张九龄《故刑部李尚书荆谷山集会》

结得无为社，还应有宿缘。——[唐]姚合《寄默然上人》

结宇孤峰上，安禅巨浪间。——[唐]孙鲂《句》

jiě 解

解佩纕以结言兮，吾令謇修以为理。——[战国]屈原《离骚》

解龟生碧草，谏猎阻清霄。——[唐]杜甫《哭王彭州抡》

解衣临曲榭，隔竹见红蕉。——[唐]朱庆馀《杭州卢录事山亭》

解缆西征未有期，槐花又逼桂花时。——[唐]韦庄《宿泊孟津寄三堂友人》

解落三秋叶，能开二月花。——[唐]李峤《风》

解把飞花蒙日月，不知天地有清霜。——[宋]曾巩《咏柳》

jiè 借

借问此何时？春风语流莺。——[唐]李白《春日醉起言志》

借问汉宫谁得似，可怜飞燕倚新妆。——[唐]李白《清平调词》

借得孤鹤骑，高近金乌飞。——[唐]贾岛《游仙》

借问酒家何处有？牧童遥指杏花村。——[唐]杜牧《清明》

借问东园柳，枯来得几年。——[唐] 刘采春《啰唝曲六首》

借问瘟君欲何往，纸船明烛照天烧。——[现代] 毛泽东《七律 · 送瘟神》

jīn 今 金

今我来思，雨雪霏霏。——[先秦]《诗经 · 小雅 · 采薇》

今日听君歌一曲，暂凭杯酒长精神。——[唐] 刘禹锡《酬乐天扬州初逢席上见赠》

今朝霜重东门路。照横塘半天残月，凄清如许。——[现代] 毛泽东《贺新郎 · 别友》

今日欢呼孙大圣，只缘妖雾又重来。——[现代] 毛泽东《七律 · 和郭沫若同志》

金樽清酒斗十千，玉盘珍馐直万钱。——[唐] 李白《行路难》

金风玉露一相逢，便胜却人间无数。——[宋] 秦观《鹊桥仙》

金陵城上西楼，倚清秋。万里夕阳垂地，大江流。——[宋] 朱敦儒《相见欢》

金猴奋起千钧棒，玉宇澄清万里埃。——[现代] 毛泽东《七律 · 和郭沫若同志》

金沙水拍云崖暖，大渡桥横铁索寒。——[现代] 毛泽东《七律 · 长征》

jǐn 锦

锦帐为郎日，金门待诏时。——[唐] 张说《李工部挽歌》

锦石称贞女，青松学大夫。——[唐] 王维《过崔驸马山池》

锦城虽云乐，不如早还家。——[唐] 李白《蜀道难》

锦瑟无端五十弦，一弦一柱思华年。——[唐] 李商隐《锦瑟》

锦帆天子狂魂魄，应过扬州看月明。——[唐] 罗隐《中元夜泊淮口》

锦帽貂裘，千骑卷平冈。——[宋]苏轼《江城子·密州出猎》

jìn 进 尽

进不入以离尤兮，退将复修吾初服。——[战国]屈原《离骚》

尽日无来客，闲吟感此怀。——[唐]张籍《和李仆射雨中寄卢、严二给事》

尽日推闲事，还归空屋来。——[唐]元稹《空屋题》

尽日野云生舍下，有时京信到门前。——[宋]徐铉《送彭秀才》

尽教春思乱如云，莫管世情轻似絮。——[宋]晏几道《玉楼春·雕鞍好为莺花住》

尽挹西江，细斟北斗，万象为宾客。——[宋]张孝祥《念奴娇·过洞庭》

jīng 京 惊

京口瓜洲一水间，钟山只隔数重山。——[宋]王安石《泊船瓜洲》

惊起却回头，有恨无人省。——[宋]苏轼《卜算子·黄州定慧院寓居作》

惊回首，离天三尺三。——[现代]毛泽东《十六字令》

惊涛拍孤岛，碧波映天晓。——[现代]毛泽东《五绝·赞“密使1号”》

jǐng 井

井灶有遗处，桑竹残朽株。——[晋]陶渊明《归园田居》

井泉添碧甃，药圃洗朱栏。——[唐] 施肩吾《早春残雪》

井放辘轳闲浸酒，笼开鹦鹉报煎茶。——[唐] 张蠙《夏日题老将林亭》

井边桐叶鸣秋雨，窗下银灯暗晓风。——[唐] 鱼玄机《情书》

井旁写水泥自足，衔泥上屋随尔欲。——[唐] 冯渚《燕衔泥》

jìng 静

静女其姝，俟我于城隅。——[先秦]《诗经 · 邶风 · 静女》

静夜忆谁来对坐，曲江南岸寺中僧。——[唐] 贾岛《送僧》

静怀琼树倚，醉忆玉山颓。——[唐] 令狐楚《省中直夜对雪寄李师素侍郎》

静影摇波日，寒香映水风。——[唐] 唐彦谦《莲》

静看思渡口，回望忆江滨。——[唐] 冯宿《御沟新柳》

静夜沉沉，浮光霭霭，冷浸溶溶月。——[宋] 丘处机《无俗念 · 灵虚宫梨花词》

jiōng 坰

坰野宁无颂鲁僖。（崧高复见歌申伯，坰野宁无颂鲁僖。）——[宋] 李曾伯《寿蜀帅》

jiǒng 冏

冏冏抱瑚琏，飞飞联鹡鸰。——[唐] 韩愈《答张彻》

冋然翔寥廓，仰望惭羽翰。——[唐]独孤及《贾员外处见中书贾舍人巴陵诗集览之怀旧代书寄赠》

jiū 鸠

鸠形将刻仗，龟壳用支床。——[唐]王维《春日上方即事》

鸠眠高柳日方融，绮榭飘飖紫庭客。——[唐]温庭筠《谢公墅歌》

鸠鸣高崖裂，熊斗深树倒。——[唐]陈陶《旅次铜山途中先寄温州韩使君》

鸠逐妇，燕穿帘，狂蜂浪蝶相翩翩。——[五代]冯延巳《金错刀》

鸠雨催成新绿，燕泥收尽残红。——[宋]陆游《临江仙·离果州作》

鸠雨细，燕风斜。春悄谢娘家。——[宋]许棐《喜迁莺·鸠雨细》

jiǔ 九 久 酒

九曲黄河万里沙，浪淘风簸自天涯。——[唐]刘禹锡《浪淘沙》

九万里风鹏正举，风休住，蓬舟吹取三山去。——[宋]李清照《渔家傲》

九州生气恃风雷，万马齐喑究可哀。——[清]龚自珍《己亥杂诗》

九嶷山上白云飞，帝子乘风下翠微。——[现代]毛泽东《七律·答友人》

久在樊笼里，复得返自然。——[晋]陶渊明《归园田居》

久有凌云志，重上井冈山。——[现代]毛泽东《水调歌头·重上井冈山》

酒尽沙头双玉瓶，众宾皆醉我独醒。——[唐]杜甫《醉歌行》

酒散更无同宿客，诗成长作独吟人。——[唐]白居易《郡中闲独，寄微之及崔湖州》

酒酣胸胆尚开张。鬓微霜，又何妨！——[宋]苏轼《江城子·密州出猎》

jiù 旧

旧国别佳人，他乡思芳草。——[唐] 钱起《南中春意》

旧蒲雨抽节，新花水对窗。——[唐] 常建《白湖寺后溪宿云门》

旧事参差梦，新程逦迤秋。——[唐] 杜牧《别沈处士》

旧隐无何别，归来始更悲。——[唐] 李商隐《归来》

旧丝再上琴调晚，坏叶重烧酒暖迟。——[唐] 皮日休《襄阳闲居与友生夜会》

旧事厓山般鉴在，诸公何计救神州。——[现代] 郁达夫《初秋杂感》

jū 居

居高声自远，非是藉秋风。——[唐] 虞世南《蝉》

居延城外猎天骄，白草连山野火烧。——[唐] 王维《出塞》

居人散山水，即景真桃源。——[唐] 钱起《初黄绶赴蓝田县作》

居人宜寂寞，深院益凄清。——[唐] 张籍《徐州试反舌无声》

居然本相别，不要惨离颜。——[唐] 吴融《送僧归破山寺》

居僻贫无虑，名高退更坚。——[唐] 郑谷《寄左省张起居》

jú 菊

菊散金风起，荷疏玉露圆。——[唐] 李世民《秋日》

菊花何太苦，遭此两重阳？——[唐] 李白《九月十日即事》

菊蕊凄疏放，松林驻远情。——[唐] 杜甫《西阁雨望》

菊樽过九日，凤历肇千秋。——[唐]王涯《九月九日勤政楼下观百僚献寿》

菊歇香未歇，露繁蝉不饥。——[唐]贯休《游云顶山晚望》

菊衰芳草在，程远宿烟开。——[唐]贯休《途中逢周朴》

jǔ 举

举贤才而授能兮，循绳墨而不颇。——[战国]屈原《离骚》

举头望明月，低头思故乡。——[唐]李白《静夜思》

举家依鹿门，刘表焉得取。——[唐]杜甫《遣兴》

举杯未及饮，暴卒来入门。——[唐]白居易《宿紫阁山北村》

举世劳民同主子，万年宇宙绝纷争。——[现代]毛泽东《七律·读报有感》

jù 俱剧聚

俱叹三秋阻，共叙一宵欢。——[唐]李治《七夕宴悬圃二首（其一）》

俱飘零落叶，各散洞庭流。——[唐]李白《赠王判官，时余归隐，居庐山屏风叠》

俱怀逸兴壮思飞，欲上青天揽明月。——[唐]李白《宣州谢朓楼饯别校书叔云》

俱承日月照，幸免斤斧伤。——[唐]王建《山中寄及第故人》

俱往矣，数风流人物，还看今朝。——[现代]毛泽东《沁园春·雪》

剧哉边海民，寄身于草墅。——[三国魏]曹植《梁甫行》

聚万落、千村狐兔。——[宋]张元干《送胡邦衡待制赴新州》

juān 捐

捐躯赴国难，视死忽如归！——[三国魏]曹植《白马篇》

捐生不肯拜，视死其若休。——[唐]卢照邻《咏史四首》

捐扇破谁执，素纨轻欲裁。——[唐]李益《立春日宁州行营因赋朔风吹飞雪》

捐气入空房，无憀乍从容。——[唐]孟郊《古意》

捐金复抵璧，勿使劳生民。——[唐]白居易《赠友》

juǎn 卷

卷幔天河入，开窗月露微。——[唐]沈佺期《酬苏员外味道夏晚寓直省中见赠》

卷帘满地铺氍毹，吹角鸣弦开玉壶。——[唐]韩翃《赠兖州孟都督》

卷帘闻鸟近，翻枕梦人迟。——[唐]张祜《夏日梅溪馆寄庞舍人》

卷荷香澹浮烟渚，绿嫩擎新雨。——[唐]鹿虔扆《虞美人》

卷地风来忽吹散，望湖楼下水如天。——[宋]苏轼《六月二十七日望湖楼醉书》

juàn 倦

倦客厌出门，疲马思解鞍。——[唐]孟郊《赠姚怤别》

倦游寂寞日，感叹蹉跎年。——[唐]张籍《病中寄白学士拾遗》

倦学厌日长，嬉游念佳节。——[唐]元稹《遣病》

倦童颠倒寝，我泪纵横垂。——[唐]元稹《感梦》

倦程山向背，望国阙嵯峨。——[唐]李商隐《肠》

juē 撅

撅冻野蔬和粉重，扫庭松叶带酥烧。——[唐]罗隐《雪》

jué 绝 玦

绝胭断骨那下补，万金宠赠不如土。——[唐]柳宗元《古东门行》

绝顶人来少，高松鹤不群。——[唐]贾岛《宿山寺》

绝徼南通栈，孤城北枕江。——[唐]李商隐《因书》

绝顶有人经劫在，浮生无客暂时游。——[唐]齐己《宜春江上寄仰山长老》

玦离横阙塞，珠曲逗伊川。——[宋]司马光《送王著作西京签判》

juě 蹶

蹶父孔武，靡国不到。——[先秦]《诗经·大雅·韩奕》

juè 倔

倔强其骨髓，龃龉其心胸。——[唐]白居易《无可奈何歌》

倔强横枝不受屈，玲珑孤标净如洗。——[宋]释道璨《题和山推蓬看梅》

倔强难除结尚椎，筑台北望欲何为。——[宋]方信孺《朝汉台》

jūn 军 君

军听了军愁，民听了民怕。哪里去辨甚么真共假？——[明]王磐《朝天子·咏喇叭》

君不见高堂明镜悲白发，朝如青丝暮成雪。——[唐]李白《将进酒》

君不见高阳酒徒起草中，长揖山东隆准公。——[唐]李白《梁甫吟》

君不见沙场征战苦，至今犹忆李将军。——[唐]高适《燕歌行》

君问归期未有期，巴山夜雨涨秋池。——[唐]李商隐《夜雨寄北》

君看一叶舟，出没风波里。——[宋]范仲淹《江上渔者》

君行吾为发浩歌，鲲鹏击浪从兹始。——[现代]毛泽东《送纵宇一郎东行》

jùn 郡

郡邑浮前浦，波澜动远空。——[唐]王维《汉江临眺》

郡人入夜争余沥，竖子寻源独不闻。——[唐]杜甫《示獠奴阿段》

郡县狱空虚，乡闾盗奔逸。——[唐]白居易《六年春赠分司东都诸公》

郡郭东南积谷山，谢公曾是此跻攀。——[唐]张又新《谢池》

杨升《蓬莱飞雪图》

K

kāi 开

开荒南野际，守拙归园田。——[晋] 陶渊明《归园田居》

开我东阁门，坐我西阁床。——[北朝]《乐府民歌·木兰诗》

开塞随行变，高深触望同。——[唐] 杜审言《度石门山》

开帆散长风，舒卷与云齐。——[唐] 李白《登黄山凌歊台送族弟溧阳尉济充泛舟赴华阴》

开封见千里，结念存百龄。——[唐] 高適《奉酬北海李太守丈人夏日平阴亭》

开齐全未落，繁极欲相重。——[唐] 薛能《桃花》

kǎi 慨

慨当以慷，忧思难忘。——[三国魏] 曹操《短歌行》

慨然抚长剑，济世岂邀名。——[唐] 李世民《还陕述怀》

慨彼万国夫，休明备征狄。——[唐] 杜甫《白水县崔少府十九翁高斋三十韵》

慨慷丈夫志，可以曜锋芒。——[唐] 孟郊《遣兴联句》

kài 忾

忾然叹息文成后，欲为重光旧樽俎。——[唐] 全祖望《姚江赠同年施明府檗斋》

忾慷不忍读离骚，目极飞云楚天碧。——[元] 王冕《明上人画兰图》

kān 堪

堪羡神仙客，青云早致家。——[唐]卿云《长安言怀寄沈彬侍郎》

堪叹浮生今古事，北邙山下草芊芊。——[唐]沈廷瑞《垄穴遗诗》

堪笑巴民不厌足，更嫌山少画山看。——[唐]王周《巫山公署壁有无名氏戏书二韵》

堪笑一叶漂零，重来淮水，正凉风新发。——[宋]文天祥《酹江月·和友驿中言别》

kǎn 坎

坎坎伐檀兮，置之河之干兮。——[先秦]《诗经·魏风·伐檀》

坎坎击鼓，鱼山之下。——[唐]王维《鱼山神女祠歌·迎神》

坎坎山上声，幽幽林中语。——[唐]皎然《冬日天井西峰张炼师所居》

坎德疏温液，山隈派暖流。——[唐]李贞《奉和圣制过温汤》

kàn 看

看雪寻花玩风月，洛阳城里七年闲。——[唐]白居易《闲吟》

看著挂冠迷处所，北山萝月在移文。——[唐]杜牧《送故人归山》

看取海山寒翠树，苦遭霜霰到秦封。——[唐]元载《别妻王韫秀》

看水看山坐，无名无利身。——[唐]修睦《睡起作》

看浩荡、千崖秋色。——[宋]刘克庄《贺新郎·九日》

看万山红遍，层林尽染；漫江碧透，百舸争流。——[现代]毛泽东《沁园春·长沙》

kāng 慷

慷慨竟何道，西南恨失朋。——[唐]陈子昂《登蓟城西北楼送崔著作融入都》

慷慨倚长剑，高歌一送君。——[唐]王维《送张判官赴河西》

慷慨传丹桂，艰难保旧居。——[唐]罗隐《寄苏拾遗》

慷慨心犹壮，蹉跎鬓已秋。——[宋]陆游《闻雨》

káng 扛

扛鼎绝膑者，乃自恃以力。——[宋]梅尧臣《依韵奉和永叔感兴》

扛鼎将军与卜邻。（流觞内史招同社，扛鼎将军与卜邻。）——[宋]陆游《自贺》

kàng 亢

亢阳乘秋热，百谷皆已弃。——[唐]杜甫《雨》

亢仓致虚极，潜迹依远岫。——[唐]吴筠《高士咏·洞灵真人》

亢阳今已久，嘉雨自云倾。——[唐]张道古《咏雨》

亢龙宾天群龙战，潜龙跃出飞龙现。——[清] 成鹫《仙城寒食歌·绍武陵》

kāo 尻

尻脽登俎案。（低首甘豢养，尻脽登俎案。）——[宋] 黄庭坚《见子瞻粲字韵诗和答三人四返不困而愈崛奇辄》

尻神谨避方。（血忌详涓日，尻神谨避方。）——[宋] 范成大《灼艾》

kǎo 考

考槃在涧，硕人之宽。独寐寤言，永矢弗谖。——[先秦]《诗经·卫风·考槃》

考实绩无取，责能才固轻。——[唐] 卢纶《纶与吉侍郎中孚司空郎中曙苗员外发崔补阙峒》

考绩朝称贵，时清武用文。——[唐] 刘商《送庐州贾使君拜命》

考古书千卷，忘忧酒一樽。——[唐] 李中《清溪逢张惟贞秀才》

kào 犒 靠

犒功椎万牛，募勇悬千帛。——[唐] 杨乘《甲子岁书事》

犒饮上恩浓。燕然思勒功。——[宋] 王安中《菩萨蛮·六军阅罢，犒饮兵将官》

靠篷窗对客弹，直吃的老瓦盆干。——[元] 贯云石《靠山村落移时黑》

kē 苛

苛政尚存犹惕息，老人偷拜拥前舟。——[唐]李绅《却到浙西》

苛政减人门，猛虎戕人命。——[宋]刘宰《杀虎行谢宜兴赵大夫惠虎皮虎腊虎睛》

苛政猛于虎，蹊田夺之牛。——[宋]郑清之《家园即事》

苛政斯鞅靡。（僻说竺老滓，苛政斯鞅靡。）——[元]方回《览古》

ké 咳

咳唾自成珠。（势家多所宜，咳唾自成珠。）——[汉]赵壹《疾邪诗》

咳唾落九天，随风生珠玉。——[唐]李白《妾薄命》

咳唾矜崇华，迂俯相屈伸。——[唐]沈千运《山中作》

咳唾中律鸣鸾刀，风吹锦服飘双绦。——[明]邵宝《酒间短歌次吴太史》

咳唾天花落石床。（谈禅昔爱祁居士，咳唾天花落石床。）——[清]屈大均《送张南士返越州因感旧游有作》

kě 可

可怜楼上月徘徊，应照离人妆镜台。——[唐]张若虚《春江花月夜》

可怜身上衣正单，心忧炭贱愿天寒。——[唐]白居易《卖炭翁》

可怜夜半虚前席，不问苍生问鬼神。——[唐]李商隐《贾生》

可堪回首，佛狸祠下，一片神鸦社鼓。——[宋] 辛弃疾《永遇乐 · 京口北固亭怀古》

可上九天揽月，可下五洋捉鳖，谈笑凯歌还。——[现代] 毛泽东《水调歌头 · 重上井冈山》

kè 可客溘

可汗问所欲，木兰不用尚书郎，愿驰千里足，送儿还故乡。——[北朝] 民歌《木兰诗》

客醉眠未起，主人呼解酲。——[唐] 孟浩然《戏题》

客路青山外，行舟绿水前。——[唐] 王湾《次北固山下》

客衣筒布润，山舍荔枝繁。——[唐] 韩翃《送故人归蜀》

客堂喜空凉，华榻有清簟。——[唐] 韩愈《陪杜侍御游湘西两寺独宿有题一首，因献杨常》

客行此去遵何路，坐眺长亭意转闲。——[现代] 毛泽东《游学即景》

溘吾游此春宫兮，折琼枝以继佩。——[战国] 屈原《离骚》

kěn 肯

肯与邻翁相对饮，隔篱呼取尽余杯。——[唐] 杜甫《客至》

肯学求名者，经年未拂衣。——[唐] 李端《送丘丹归江东》

肯时玉为宝，昆山过不得。——[唐] 刘驾《唐乐府十首 · 昆山》

肯将的的吾师意，拟付茫茫弟子心。——[唐] 齐己《寄谷山长老》

kèn 裉

裉粉轻盈琼靥，护香重叠冰绡。——[宋]詹玉《西江月·为赵元父赋雪梅图》

裉红香汗湿鲛绡，低压娇花鬓云绿。——[宋]赵葵《桃木》

kēng 坑

坑来斗呀豁，涌处惊嵯崒。——[唐]陆龟蒙《奉和袭美太湖诗二十首·初入太湖》

坑灰未冷山东乱，刘项原来不读书。——[唐]章碣《焚书坑》

kōng 空

空山不见人，但闻人语响。——[唐]王维《鹿柴》

空山新雨后，天气晚来秋。——[唐]王维《山居秋暝》

空负漉酒巾，乞食形诸诗。——[唐]顾况《拟古》

空中离白气，岛外下沧波。——[唐]贾岛《积雪》

空恋旧时恩奖地，无因匍匐出柴关。——[唐]伍唐珪《山中卧病寄卢郎中》

kǒng 孔 恐

孔明庙前有老柏，柯如青铜根如石。——[唐]杜甫《古柏行》

孔子西行不到秦，掎摭星宿遗羲娥。——[唐]韩愈《石鼓歌》
孔雀眠高阁，樱桃拂短檐。——[唐]温庭筠《偶题》
孔雀钿寒窥沼见，石榴红重堕阶闻。——[唐]皮日休《病后春思》
孔融襟抱称名儒，爱物怜才与世殊。——[唐]赵嘏《十无诗寄桂府杨中丞》
孔门弟子皆贤哲，谁料穷儒忝一名。——[唐]石贯《和主司王起》
恐鹈鴂之先鸣兮，使夫百草为之不芳。——[战国]屈原《离骚》

kòng 控

控弦破左的，右发摧月支。——[三国魏]曹植《白马篇》
控弦尽用阴山儿，登阵常骑大宛马。——[唐]高适《送浑将军出塞》
控带荆门远，飘浮汉水长。——[唐]韩愈《送李尚书赴襄阳八韵得长字》
控弦二十万，长臂皆如猿。——[唐]李商隐《行次西郊作一百韵》

kōu 抠

抠衣礼真相，感动泪雨霰。——[宋]苏轼《南华寺》
抠衣最出诸生后，倒屣尝倾广座中。——[宋]王安石《奉酬永叔见赠》
抠衣夜立，瞻拜天枢。——[明]李邺嗣《善哉行》

kǒu 口

口衔云锦字，与我忽飞去。——[唐]李白《以诗代书答元丹丘》

口吟舌话称女郎。(台下戏学邯郸倡，口吟舌话称女郎。)——[唐]李贺《荣华乐》

口淡莫分餐气味，身羸但觉病肌肤。——[唐]齐己《荆门病中寄怀乡人欧阳侍郎彬》

口中无齿难藏老，颊上加毛自有神。——[宋]陆游《赠传神水监》

kòu 扣

扣钟鸣天鼓，烧香厌地精。——[唐]卢照邻《羁卧山中》

扣船过曲浦，飞帆越回流。——[唐]徐坚《相和歌辞·棹歌行》

扣舷傍岛清吟健，问俗看渔晚泊迟。——[唐]贯休《赠杨公杜之舅》

扣舷独啸，不知今夕何夕。——[宋]张孝祥《念奴娇·过洞庭》

kū 枯

枯杨枯杨尔生稊，我独七十而孤栖。——[唐]李白《琴曲歌辞·雉朝飞操》

枯枝无丑叶，涸水吐清泉。——[唐]李白《长歌行》

枯骨纵横遍水湄，尽收为冢碧参差。——[唐]贯休《归东阳临岐上杜使君》

枯藤老树昏鸦，小桥流水人家。——[元]马致远《天净沙·秋思》

kǔ 苦

苦战应憔悴，寒衣不要宽。——[唐]白居易《闺怨词三首》

苦雨秋涛涨，狂风野火翻。——[唐]李频《江上居寄山中客》

苦心多为安民术，援笔皆成出世文。——[唐]方干《上杭州杜中丞》

苦调琴先觉，愁容镜独知。——[唐]王适《杂曲歌辞·古离别》

kù 袴库

袴花白似秋去薄，衫色青于春草浓。——[唐]白居易《元九以绿丝布白轻褣见寄制成衣服以诗报知》

袴襦砧动地，父母歌闤闠。——[唐]贯休《上孙使君》

库塔朝云上，晃池夜月明。——[唐]石抱忠《始平谐诗》

库书时取读，犹足补东隅。——[宋]陆游《馆中书怀》

kuā 夸

夸胡新赋作，谏猎短书成。——[唐]李白《秋夜独坐怀故山》

夸父亦何愚，竞走先自疲。——[唐]皎然《效古》

夸赴军中宴，走马去如云。——[唐]白居易《轻肥》

夸游丞相第，偷入常侍门。——[唐]元稹《酬乐天登乐游园见忆》

夸者窃所怪，贤者默思齐。——[唐]刘禹锡《白太守行》

kuǎ 侉

侉离分裂力谁任。（寸寸山河寸寸金，侉离分裂力谁任。）——[清]黄遵宪《赠

梁任父同年》

kuà 挎 跨

挎里金龟重，荣先密印崇。——[唐]朱长文《奉送中散使君提举崇禧观》

跨马出郊时极目，不堪人事日萧条。——[唐]杜甫《野望》

跨马出国门，丹阳返柴荆。——[唐]岑参《送许子擢第归江宁拜亲，因寄王大昌龄》

跨池左右，足以建亭。——[唐]沈颜《题县令范传真化洽亭》

跨谷弥冈，张霄架极。——[唐]张绍《冲佑观》

kuǎi 蒯

蒯通狂说不足撼，陈豨孺子胡能为。——[宋]黄庭坚《韩信》

kuài 快

快意且为乐，列筵坐群公。——[唐]李白《效古》

快意八九年，西归到咸阳。——[唐]杜甫《壮游》

快风从东南，荷叶翻向西。——[唐]岑参《虢州郡斋南池幽兴，因与阎二侍御道别》

快活不知如我者，人间能有几多人。——[唐]白居易《想归田园》

快刀断其头，列若猪牛悬。——[唐]李商隐《行次西郊作一百韵》

快上西楼，怕天放、浮云遮月。——[宋] 辛弃疾《满江红 · 中秋寄远》

kuān 宽

宽兮绰兮，猗重较兮。善戏谑兮，不为虐兮。——[先秦]《诗经 · 卫风 · 淇奥》

宽裁夹乌帽，厚絮长白裘。——[唐] 白居易《新沐浴》

宽恩四赋仙祠禄，每忍惭颜救枵腹。——[唐] 陆游《三山杜门作歌》

宽心应是酒，遣兴莫过诗。——[宋] 魏夫人《武陵春》

kuǎn 款

款曲童儿佐，依迟故老言。——[唐] 苏颋《奉和圣制过晋阳宫应制》

款款效忠信，恩义皎如霜。——[唐] 柳宗元《咏三良》

款关一问讯，为我披衣裳。——[唐] 元稹《春月》

款款春风澹澹云，柳枝低作翠栊裙。——[唐] 元稹《早春寻李校书》

款塞旋征骑，和戎委庙贤。——[唐] 李忱《重阳锡宴群臣》

款颜唯有梦，怨泣却无声。——[唐] 韩偓《离家》

kuāng 匡

匡复属何人，君为知音者。——[唐] 李白《赠常侍御》

匡山读书处，头白好归来。——[唐] 杜甫《不见》

匡阜层层翠，修江叠叠波。——[唐]贯休《秋末入匡山船行》

匡庐久别离，积翠杳天涯。——[唐]齐己《假山》

kuáng 狂

狂夫自缨绝，眉势倩人描。——[唐]段成式《句》

狂奴七里濑，缩到疏楹前。——[唐]陆龟蒙《引泉诗》

狂戎侵内地，左辖去萧关。——[唐]许棠《送李左丞巡边》

狂歌狂醉犹堪羡，大拙当时是老时。——[唐]孙鲂《主人司空见和未开牡丹，辄却奉和》

狂歌走马遍天涯，斗酒黄鸡处士家。——[现代]苏曼殊《憩平原别邸赠玄玄》

kuǎng 夼

夼崩怒相搏。（湍激自殊响，夼崩怒相搏。）——[清]刘应陛《闻乐寅近同筠亭游响水寺》

kuàng 况

况余隔晨昏，去家成阻修。——[唐]孟郊《杀气不在边》

况吾与尔辈，本非蛟龙匹。——[唐]白居易《咏兴五首·四月池水满》

况妾事姑姑进止，身去门前同万里。——[唐]元稹《忆远曲》

况蒙生死契，岂顾蓬蒿心。——[唐]杨衡《夷陵郡内叙别》

kuī 亏窥

亏者盈之渐，乘除迭相推。——[宋]于石《八月十四夜对月》

窥日畏衔山，促酒喜得月。——[唐]李白《经乱离后天恩流夜郎忆旧游书怀赠江夏韦太守》

窥庭但萧瑟，倚杖空踌躇。——[唐]李白《题许宣平庵壁》

窥萝玩猿鸟，解组傲云林。——[唐]韦应物《简寂观西涧瀑布下作》

kuí 奎葵魁

奎壁近沾琅钮湿，斗牛直身宝光寒。——[宋]岳珂《六月二十一日内引赐对缉熙殿玉音宣问漏下数》

葵藿是倾心，豺狼何反噬。——[唐]张九龄《酬周判官巡至始兴会改秘书少监见贻之作兼呈耿广州》

魁其垆冶姿，形质惟所召。——[唐]陆龟蒙《杂讽》

魁形下方天顶亚，二十四寸窗中月。——[唐]杨牢《句》

kuǐ 跬傀

跬步非全进，吹嘘禀自然。——[唐]孟翱《言行相顾》

傀儡祇一机，种种没根栽。——[宋]王安石《拟寒山拾得》

傀儡之山有美石，小者如掌大如席。——[清]吴玉麟《鹧鸪天·傀儡》

kuì 愧

愧制劳居逸，方规十产金。——[唐]李世民《初春登楼即目观作述怀》

愧无横草功，虚负雨露恩。——[唐]李白《书情题蔡舍人雄》

愧无秋毫力，谁念矍铄翁。——[唐]李白《流夜郎半道承恩放还，兼欣克复之美书怀示息》

kūn 昆 鲲

昆弟推由命，妻孥割付缘。——[唐]沈佺期《度安海入龙编》

昆明四十里，空水极晴朝。——[唐]苏颋《恩制尚书省僚宴昆明池同用尧字》

昆仑烟景绝，汗漫往还迟。——[唐]皇甫冉《酬崔侍御期籍道士不至兼寄》

昆山仍有玉，岁晏莫淹留。——[唐]李端《送魏广下第归扬州宁亲》

昆山玉碎凤凰叫，芙蓉泣露香兰笑。——[唐]李贺《李凭箜篌引》

昆仑纵广一万二千里，中有五色云霞五色水。——[唐]齐己《祈真坛》

鲲鹏展翅，九万里，翻动扶摇羊角。——[现代]毛泽东《念奴娇·鸟儿问答》

kǔn 悃 阃

悃愊无华真汉吏，文章尔雅称吾宗。——[宋]苏轼《苏潜圣挽词》

阃外君弥重，尊前我亦荣。——[唐]白居易《洛下送牛相公出镇淮南》

阃外建牙威不宾，古来戡难忆忠臣。——[唐]鲍溶《读淮南李相行营至楚州诗》

阃外传三略，云中冀一平。——[唐]张嘉贞《奉和圣制送张说巡边》

kùn 困

困学违从众，明公各勉旃。——[唐]杜甫《秋日夔府咏怀奉寄郑监李宾客一百韵》

困倚栽松锸，饥提采蕨筐。——[唐]白居易《渭村退居，寄礼部崔侍郎、翰林钱舍人诗一百》

困志情惟旧，相知乐更新。——[唐]柳宗元《酬娄秀才将之淮南见赠之什》

困不成眠奈夜何！情知归未转愁多。——[宋]辛弃疾《鹧鸪天·困不成眠奈夜何》

kuò 扩 廓

扩拾著锦囊，抚掌夸穷工。——[宋]范成大《送江朝宗归括苍》

廓落时得意，怀哉莫与言。——[唐]王昌龄《灞上闲居》

廓落青云心，交结黄金尽。——[唐]李白《送赵判官赴黔府中丞叔幕》

廓落溟涨晓，蒲门郁苍苍。——[唐]陈陶《蒲门戍观海作》

廓然混茫际，望见天地根。——[唐]独孤及《观海》

夏杲《竹图》

L

lā 拉

拉杂摧烧之。（闻君有他心，拉杂摧烧之。）——[汉]《乐府歌·有所思》

lǎ 喇

喇叭，唢呐，曲儿小腔儿大。——[明]王磐《朝天子·咏喇叭》

là 腊

腊月江天见春色，白花青柳疑寒食。——[唐]司空曙《岁暮怀崔峒耿湋》

腊酒击泥封，罗列总新味。——[唐]唐彦谦《夏日访友》

腊月雷州雨，秋风桂岭花。——[唐]杨衡《送人流雷州》

腊前欲雪竟未雪，梅花不惯人间热。——[宋]杨万里《雪后寻梅》

lái 来

来日绮窗前，寒梅著花未？——[唐]王维《杂诗》

来时一年深碛里，尽著短衣渴无水。——[唐]张籍《筑城词》

来如春梦几多时，去似朝云无觅处。——[唐]白居易《花非花》

来此多沈醉，神高无宿酲。——[唐]姚合《题河上亭》

lài 赖

赖知禾黍收，已觉糟床注。——[唐]杜甫《羌村》

赖有杯中神圣物，百忧无奈十分何。——[唐]白居易《久雨闲闷，对酒偶吟》

赖逢征客尽，归在落花前。——[唐]崔湜《喜入长安》

赖君赠我郢中曲，别后相思被管弦。——[唐]独孤及《自东都还濠州，奉酬王八谏议见赠》

lán 兰

兰芷变而不芳兮，荃蕙化而为茅。——[战国]屈原《离骚》

兰有秀兮菊有芳，怀佳人兮不能忘。——[汉]刘彻《秋风辞》

兰菊回幽步，壶觞洽旧俦。——[唐]武元衡《闻相公三兄小园置宴以元衡寓直因寄上兼呈中书三兄》

兰桂吹浓香，菱藕长莘莘。——[唐]李贺《兰香神女庙》

lǎn 览 揽 懒

览察草木其犹未得兮，岂珵美之能当？——[战国]屈原《离骚》

览镜改容色，藏书留姓名。——[唐]卢照邻《首春贻京邑文士》

览君金玉篇，彩色发我容。——[唐]韦应物《答畅校书当》

览镜唯看飘乱发，临风谁为驻浮槎。——[唐]包佶《岁日作》

揽茹蕙以掩涕兮，沾余襟之浪浪。——[战国] 屈原《离骚》

懒起画蛾眉，弄妆梳洗迟。——[唐] 温庭筠《菩萨蛮》

làn 烂

烂熳绿苔前，婵娟青草里。——[唐] 李端《鲜于少府宅看花》

烂熳不能休，自午将及未。——[唐] 白居易《春寝》

烂熳烟霞驻，优游岁序淹。——[唐] 元稹《开元观闲居，酬吴士矩侍御三十韵》

烂椹作袍名复利，铄金为讲爱兼憎。——[唐] 罗隐《寄无相禅师》

烂嚼红茸，笑向檀郎唾。——[五代] 李煜《一斛珠》

lāng 啷

啷啷悲蛩常吊夜，萧萧蠹叶更禁秋。——[宋] 陆游《遣兴》

láng 廊

廊庙之具裴施州，宿昔一逢无此流。——[唐] 杜甫《寄裴施州》

廊下题诗满壁尘，塔前松树已皴鳞。——[唐] 刘禹锡《碧涧寺见元九侍御和展上人诗有三生之句因以》

廊下风帘惊宿燕，香印灰，兰烛灺，觉来时。——[五代] 冯延巳《酒泉子》

廊庑周遭翠幕遮，禁林深处绝喧哗。——[唐] 钱俶《宫中作》

廊腰得风远，树罅见星疏。——[宋]陆游《初夏夜赋》

lǎng 朗

朗然清秋月，独出映吴台。——[唐]李白《赠从孙义兴宰铭》

朗月分林霭，遥管动离声。——[唐]韦应物《答崔主簿倬》

朗朗山月出，尘中事由生。——[唐]刘驾《山中有招》

朗吟无一事，孤坐潋江濆。——[唐]贯休《故林偶作》

làng 浪

浪叠雪峰连，山孤翠崖断。——[唐]李绅《泛五湖》

浪翻全失岸，竹迸别成林。——[唐]许棠《冬杪归陵阳别业》

浪浸多年苔色在，洗来今日碏痕深。——[唐]褚载《移石》

浪花开已合，风文直且连。——[唐]李百药《和许侍郎游昆明池》

浪静鱼冲锁，窗高鹤听经。——[唐]李洞《秋宿润州刘处士江亭》

浪花作雨汀烟湿，沙鸟迎人水气腥。——[明]钱晔《过江》

lāo 捞

捞漉蛙蟆脚，莫遣生科斗。——[唐]卢仝《寄男抱孙》

捞虾沙岸浅，牧豕竹坡晴。——[明]吴兆《浦子口作寄吴隐君梦旸》

láo 劳

劳歌徒欲奏，赠别竟无言。——[唐]骆宾王《送吴七游蜀》

劳生共几何，离恨兼相仍。——[唐]杜甫《陪章留后惠义寺饯嘉州崔都督赴州》

劳还应即尔，朝暮玉墀前。——[唐]钱起《奉送户部李郎中充晋国副节度出塞》

劳我以少壮，息我以衰老。——[唐]白居易《逸老》

劳歌一曲霜风暮，击折湘妃白玉篸。——[唐]罗隐《湘中赠范郎》

lǎo 老

老冉冉其将至兮，恐修名之不立。——[战国]屈原《离骚》

老骥伏枥，志在千里。——[三国魏]曹操《龟虽寿》

老妻寄异县，十口隔风雪。——[唐]杜甫《自京赴奉先县咏怀五百字》

老夫饥寒龙为愁，蓝溪水气无清白。——[唐]李贺《老夫采玉歌》

老夫聊发少年狂，左牵黄，右擎苍。——[宋]苏轼《江城子·密州出猎》

老眼平生空四海，赖有高楼百尺。——[宋]刘克庄《贺新郎·九日》

老叟坐凳，嫦娥奔月，走马观花。——[现代]毛泽东《赠尼克松》

lào 涝

涝漉总无功。云散殿突兀，风动铎丁东。——[宋]王质《水调歌头·游银山寺和壁间张安国作》

lè 乐 勒

乐生东去终居赵，阳虎北辕翻适楚。——[唐] 李端《杂歌》

乐幽心屡止，遵事迹犹遽。——[唐] 韦应物《东郊》

乐往必悲生，泰来犹否极。——[唐] 白居易《遣怀》

勒兵临汉水，惊雁散胡天。——[唐] 马戴《相和歌辞·关山曲》

勒碑悬日月，驱传接云烟。——[唐] 徐安贞《送吕向补阙西岳勒碑》

lēi 勒

勒住金衔不放嘶。（少年簇马观游女，勒住金衔不放嘶。）——[宋] 李洪《次韵元量春游》

léi 雷

雷声忽送千峰雨，花气浑如百和香。——[唐] 杜甫《即事》

雷震山岳碎，电斩鲸鲵死。——[唐] 元稹《和乐天折剑头》

雷霆驰号令，星斗焕文章。——[唐] 杜牧《华清宫三十韵》

雷霆入地建溪险，星斗逼人梨岭高。——[唐] 章碣《送谢进士还闽》

lěi 蕾

蕾红包裹春犹密，隔垅枇杷得擅香。——[宋] 洪咨夔《寻梅》

lèi 泪

泪下无尺寸，纷纷天雨丝。——[唐]孟郊《乱离》

泪湿罗巾梦不成，夜深前殿按歌声。——[唐]白居易《后宫词》

泪尽黄云雨，尘消白草风。——[唐]徐夤《追和常建叹王昭君》

泪流红粉薄，风度罗衣轻。——[唐]田娥《寄远》

泪眼问花花不语，乱红飞过秋千去。——[宋]欧阳修《蝶恋花·庭院深深深几许》

léng 棱

棱棱静疏木，瀺瀺响寒流。——[唐]李颀《龙门送裴侍御监五岭选》

棱威方逐逐，谈笑坐怡怡。——[唐]胡皓《奉和圣制送张尚书巡边》

棱角坚完不复坏，扣之声韵堪磨镌。——[唐]吕岩《窑头坯歌》

棱层不隔梅花岭，万里相从识两翁。——[宋]方岳《题致堂新州坐石》

lěng 冷

冷露滴梦破，峭风梳骨寒。——[唐]孟郊《秋怀》

冷暗黄茅驿，暄明紫桂楼。——[唐]李商隐《灯》

冷曹孤宦本相宜，山在墙南落照时。——[唐]郑谷《小北厅闲题》

冷怜天露滴，伤共野禽游。——[唐]齐己《蝉八韵》

冷眼向洋看世界，热风吹雨洒江天。——[现代]毛泽东《七律·登庐山》

lèng 楞

楞伽堆案前，楚辞系肘后。——[唐]李贺《赠陈商》

楞伽大师兄，夸曦识道理。——[唐]卢仝《寄赠含曦上人》

楞伽顶上清凉地，善眼仙人忆我无。——[唐]李商隐《送臻师》

lī 哩

哩喻口罗。从他扰扰如旋磨。——[宋]郭应祥《渔家傲·丁卯生日自作》

lí 离骊

离家来几月，络纬鸣中闺。——[唐]李白《赠范金卿》

离离原上草，一岁一枯荣。——[唐]白居易《赋得古原草送别》

离心与潮信，每日到浔阳。——[唐]刘长卿《江州留别薛六、柳八二员外》

离乱应无初去貌，死生难有却回身。——[唐]李频《太和公主还宫》

骊宫高处入青云，仙乐风飘处处闻。——[唐]白居易《长恨歌》

骊山四顾，阿房一炬，当时奢侈今何处？——[元]张养浩《山坡羊·骊山怀古》

lǐ 李理

李白乘舟将欲行，忽闻岸上踏歌声。——[唐]李白《赠汪伦》

李陵没胡沙，苏武还汉家。——[唐] 李白《杂曲歌辞·千里思》

李侯重有此节度，人道我卿绝世无。——[唐] 杜甫《戏作花卿歌》

李膺勾党即罹患，窦武忠谋又未行。——[唐] 吴融《风雨吟》

理弱而媒拙兮，恐导言之不固。——[战国] 屈原《离骚》

理惟通至道，人或谓无端。——[唐] 贯休《鄂渚逢杨赞禹》

lì 力

力拔山兮气盖世。——[汉] 项羽《垓下歌》

力排南山三壮士，齐相杀之费二桃。——[唐] 李白《相和歌辞·梁甫吟》

力尽心不怨，同我家私事。——[唐] 李白《唐乐府十首·输者讴》

力强不可制，黄口无半存。——[唐] 杜甫《义鹘》

力买奇险地，手开清浅溪。——[唐] 孟郊《送豆卢策归别墅》

力尽不得抛杵声，杵声未定人皆死。——[唐] 张籍《杂曲歌辞·筑城曲》

lián 连

连峰去天不盈尺，枯松倒挂倚绝壁。——[唐] 李白《蜀道难》

连环可碎不可离，如何物在人自移。——[唐] 韦应物《杂曲歌辞·行路难》

连天瑞霭千门远，夹道新阴九陌长。——[唐] 唐彦谦《春深独行马上有作》

连旬阴翳晓来晴，水满圆塘照日明。——[唐] 齐己《春晴感兴》

连年不见雪，到处即行春。——[唐] 包何《送泉州李使君之任》

liǎn 脸

脸上金霞细，眉间翠钿深。——[唐] 温庭筠《南歌子》

脸边红艳对花枝，犹占凤楼春色。——[唐] 欧阳炯《西江月》

脸腻香薰似有情，世间何物比轻盈。——[唐] 郭震《莲花》

脸霞红印枕。睡觉来、冠儿还是不整。——[宋] 陆淞《瑞鹤仙 · 脸霞红印枕》

liàn 练

练练峰上雪，纤纤云表霓。——[唐] 杜甫《泛溪》

练湖东望接云阳，女市西游入建康。——[唐] 韩翃《送崔秀才赴上元兼省叔父》

练垂青嶂上，珠泻绿盆中。——[唐] 白居易《题喷玉泉》

练香熏宋鹊，寻箭踏卢龙。——[唐] 李贺《追赋画江潭苑四首》

练彩连河晓，冰晖压树干。——[唐] 李群玉《中秋维舟君山看月》

练达时无匹，公忠世绝伦。——[元] 雅琥《上执政四十韵》

liáng 凉 良 梁

凉生岸柳催残暑。耿斜河、疏星淡月，断云微度。——[宋] 张元干《贺新郎 · 送胡邦衡待制赴新州》

良时佳节成辜负，旧日欢场半是苔。——[清] 秋瑾《九日感赋》

梁王堕马寻常事，何用哀伤付一生。——[现代] 毛泽东《七绝 · 贾谊》

liǎng 两

两岸青山相对出，孤帆一片日边来。——[唐]李白《望天门山》

两岸猿声啼不住，轻舟已过万重山。——[唐]李白《早发白帝城》

两个黄鹂鸣翠柳，一行白鹭上青天。——[唐]杜甫《绝句》

两情若是久长时，又岂在朝朝暮暮。——[宋]秦观《鹊桥仙》

liàng 亮

亮在识其微。（孰能逃斯理，亮在识其微。）——[唐]韦应物《答令狐侍郎》

亮无责报心，固以听所为。——[唐]韩愈《病鸱》

liáo 寥 燎 撩

寥寥寒烟静，莽莽夕阴吐。——[唐]高适《送萧十八与房侍御回还》

寥寥兰台晓梦惊，绿林残月思孤莺。——[唐]武元衡《春晓闻莺》

寥落古行宫，宫花寂寞红。——[唐]元稹《行宫》

寥寥天地内，夜魄爽何轻。——[唐]曹松《月》

燎沉香，消溽暑。——[宋]周邦彦《苏幕遮》

撩乱春愁如柳絮，依依梦里无寻处。——[五代]冯延巳《鹊踏枝·几日行雲何处去》

liǎo 了

了然究诸品，弥觉静者安。——[唐]沈佺期《绍隆寺》

了自不相顾，临堂空复情。——[唐]王维《待储光羲不至》

了见水中月，青莲出尘埃。——[唐]李白《陪族叔当涂宰游化城寺升公清风亭》

了然莹心身，洁念乐空寂。——[唐]岑参《青龙招提归一上人远游吴楚别诗》

了却君王天下事，赢得生前身后名。——[宋]辛弃疾《破阵子·为陈同甫赋壮词以寄之》

liào 料

料得小来辛苦学，又因知向峡中弹。——[唐]元稹《黄草峡听柔之琴》

料得昔人意，平生诗思残。——[唐]张祜《题王右丞山水障》

料变当临事，遥知外国情。——[唐]耿湋《送河中张胄曹往太原计会回》

料嫁与君人，亦为邻所贱。——[唐]刘驾《邻女》

料得年年肠断处，明月夜，短松冈。——[宋]苏轼《江城子·乙卯正月二十日夜记梦》

料峭春风吹酒醒，微冷，山头斜照却相迎。——[宋]苏轼《定风波》

liè 烈 列

烈士暮年，壮心不已。——[三国魏]曹操《龟虽寿》

列缺霹雳，丘峦崩摧。——[唐]李白《梦游天姥吟留别》

列坐遵曲岸，披襟袭兰芳。——[唐]韦应物《西郊燕集》

列土人间盛，彭门属九州。——[唐]李频《送薛能赴镇徐方》

列宁火焰成灰烬，人类从此入大同。——[现代]毛泽东《七律·读报有感》

līn 拎

拎附齐舲过冷泉。（江边五月梅天雨，拎附齐舲过冷泉。）——[宋]蔡肇《杭州次周大韵》

拎向蓬窗睡到明。（支离病骨倦泥行，拎向蓬窗睡到明。）——[宋]牟巘五《四安道中所见》

拎将呼吸要留清。（堪笑愚人被色萦，拎将呼吸要留清。）——[宋]张继先《金丹诗》

拎翠岂无期，芳华殊有赠。——[明]汤显祖《雨花台所见》

lín 临

临行密密缝，意恐迟迟归。——[唐]孟郊《游子吟》

临风敞丽谯，落日听吹铙。——[唐]刘长卿《登迁仁楼，酬子婿李穆》

临风一唳思何事，怅望青田云水遥。——[唐]白居易《池鹤》

临水一枝春占早，照人千树雪同清。——[唐]殷尧藩《友人山中梅花》

临溪刷旧痕，隔屋闻新香。——[唐]皮日休《奉和添酒中六咏·酒瓮》

lǐn 凛

凛凛边风急，萧萧征马烦。——[唐] 虞世南《出塞》

凛凛千载下，穆然怀清风。——[唐] 卢照邻《咏史》

凛冽天地间，闻名若怀霜。——[唐] 李白《游溧阳北湖亭望瓦屋山怀古赠同旅》

凛凛悲秋意，非君谁与论。——[唐] 杜甫《送裴五赴东川》

凛凛长相逐，为谢池上鸥。——[唐] 卢仝《寄崔柳州》

凛烈万古存。（是气所磅礴，凛烈万古存。）——[宋] 文天祥《正气歌》

lìn 蔺

蔺生在下位，缪子称其览。——[晋] 卢谌《览古诗》

líng 灵零

灵氛既告余以吉占兮，历吉日乎吾将行。——[战国] 屈原《离骚》

灵虬传夕箭，归马散霜蹄。——[唐] 杜甫《奉赠太常张卿二十韵》

灵芝无种亦无根，解饮能餐自返魂。——[唐] 吕岩《七言》

灵台无计逃神矢，风雨如磐暗故园。——[现代] 鲁迅《自题小像》

零落成泥碾作尘，只有香如故。——[宋] 陆游《卜算子·咏梅》

lǐng 岭

岭外音书断，经冬复历春。——[唐]宋之问《渡汉江》

岭北回征帆，巴东问故人。——[唐]孟浩然《南还舟中寄袁太祝》

岭云撩乱起，谿鹭等闲飞。——[唐]岑参《巴南舟中，思陆浑别业》

岭阴无瘴疠，地隙有兰荪。——[唐]戴叔伦《桂阳北岭偶过野人所居，聊书即事呈王永州邕李道州圻》

岭梅谢后重妆蕊，岩水铺来却结冰。——[唐]杜荀鹤《春日山中对雪有作》

lìng 另

另离情似长江水，远亦随公日夜流。——[宋]周敦颐《江上别石郎中》

另我重云里，扬舲积雨余。——[宋]释文珦《送林弓寮归闽省觐竹磎中书往赴安磎县新任》

另离底处最堪怜，君上吴船我蜀船。——[宋]项安世《江陵送赵知县》

liū 溜

溜急船文乱，岩斜骑影移。——[唐]王勃《泥谿》

溜匙兼暖腹，谁欲致杯罂。——[唐]杜甫《江阁卧病走笔寄呈崔、卢两侍御》

溜滴檐冰尽，尘浮隙日斜。——[唐]白居易《新居早春》

溜滴三秋雨，寒生六月风。——[唐]白居易《题喷玉泉》

liú 流

流莺啼碧树，明月窥金罍。——[唐]李白《对酒》

流浪随所之，萦纡牵所绕。——[唐]元稹《忆云之》

流水雨余芳草合，空山月晚白云微。——[唐]刘沧《送友人下第东归》

流荡此心难共说，千峰澄霁隔琼枝。——[唐]灵一《江行寄张舍人》

流光容易把人抛，红了樱桃，绿了芭蕉。——[宋]蒋捷《一剪梅·舟过吴江》

liǔ 柳

柳影含云幕，江波近酒壶。——[唐]杜甫《江亭送眉州辛别驾升之》

柳弓苇箭觑不见，高红远绿劳相遮。——[唐]孟郊《济源寒食》

柳花闲度竹，菱叶故穿萍。——[唐]韩愈《闲游》

柳色早黄浅，水文新绿微。——[唐]白居易《立春日酬钱员外曲江同行见赠》

柳映灵和折，梅依大庾飘。——[宋]徐铉《送高舍人使岭南》

柳叶鸣蜩绿暗，荷花落日红酣。——[宋]王安石《题西太一宫壁》

liù 六

六代帝王国，三吴佳丽城。——[唐]李白《赠升州王使君忠臣》

六月槐花飞，忽思莼菜羹。——[唐]岑参《送许子擢第归江宁拜亲，因寄王大昌龄》

六学诚一贯，精义穷发挥。——[唐]柳宗元《哭连州凌员外司马》

六朝旧事随流水，但寒烟衰草凝绿。——[宋]王安石《桂枝香·金陵怀古》

六盘山上高峰，红旗漫卷西风。——[现代]毛泽东《清平乐·六盘山》

六月天兵征腐恶，万丈长缨要把鲲鹏缚。——[现代]毛泽东《蝶恋花·从汀州向长沙》

lōng 隆

隆隆如谷响，合合似雷鸣。——[唐]贯休《寿春进祝圣七首·山呼万岁》

lóng 龙

龙衔宝盖承朝日，凤吐流苏带晚霞。——[唐]卢照邻《长安古意》

龙笛吟寒水，天河落晓霜。——[唐]李白《陪宋中丞武昌夜饮怀古》

龙鳞犀甲相错落，苍棱白皮十抱文。——[唐]杜甫《海棕行》

龙池宫里上皇时，罗衫宝带香风吹。——[唐]韦应物《白沙亭逢吴叟歌》

龙尾趁朝无气力，牛头参道有心期。——[唐]白居易《戊申岁暮咏怀》

龙钟兼老病，更有重来期。——[唐]耿湋《登总持寺阁》

龙华喋血不眠夜，犹制小诗赋管弦。——[现代]毛泽东《七绝·纪念鲁迅八十寿辰》

lǒng 陇 拢

陇头流水，流离山下。——[北朝]《乐府民歌·陇头歌辞》

陇皈高无极，征人望故乡。——[唐]卢照邻《陇头水》

陇头流水各西东，佳期如梦中。——[宋]秦观《阮郎归》

陇禽有恨犹能说，江月无情也解圆。——[宋]欧阳修《瑞鹧鸪》

拢鬓新收玉步摇，背灯初解绣裙腰，枕寒衾冷异香焦。——[唐]韩偓《浣溪沙·拢鬓新收玉步摇》

lóu 楼蒌

楼中饮兴因明月，江上诗情为晚霞。——[唐]刘禹锡《送蕲州李郎中赴任》

楼下游人颜色喜，溪南黄帽应羞死。——[唐]李郢《阳羡春歌》

楼头残梦五更钟，花底离情三月雨。——[宋]晏殊《玉楼春·春恨》

楼船夜雪瓜洲渡，铁马秋风大散关。——[宋]陆游《书愤》

蒌蒿满地芦芽短，正是河豚欲上时。——[宋]苏轼《惠崇春江晚景》

lòu 镂

镂月成歌扇，裁云作舞衣。——[隋]李义府《杂曲歌辞·堂堂》

镂琼冰陷日，文縠水回风。——[唐]元稹《生春二十首》

镂金作胜传荆俗，剪彩为人起晋风。——[唐]李商隐《人日》

镂碗传绿酒，雕炉熏紫烟。——[唐]陆龟蒙《相和歌辞·子夜警歌》

镂玉裁琼学靓妆。不须沈水自然香。——[宋]赵长卿《鹧鸪天·镂玉裁琼学靓妆》

lú 庐

庐山秀出南斗傍，屏风九叠云锦张。——[唐]李白《庐山谣寄卢侍御虚舟》

庐山东南五老峰，青天削出金芙蓉。——[唐]李白《登庐山五老峰》

庐江小吏妇，非关织作迟。——[唐]乔知之《杂曲歌辞·定情篇》

庐山有石镜，高倚无尘垢。——[唐]贯休《谢卢少卿惠千文》

庐山南堕当书案，湓水东来入酒卮。——[宋]王安石《思王逢原》

lǔ 鲁

鲁堰田畴广，章陵气色微。——[唐]孟浩然《夕次蔡阳馆》

鲁酒若琥珀，汶鱼紫锦鳞。——[唐]李白《酬中都小吏携斗酒双鱼于逆旅见赠》

鲁公秋赛毕，晓日回高驾。——[唐]韩翃《祭岳回重赠孟都督》

鲁人皆解带弓箭，齐人不复闻箫韶。——[唐]刘禹锡《平齐行》

鲁侯天不遇，臧氏尔何能。——[唐]李群玉《宵民》

lù 路 露

路漫漫其修远兮，吾将上下而求索。——[战国]屈原《离骚》

路人借问遥招手，怕得鱼惊不应人。——[唐]胡令能《小儿垂钓》

路沿山脚潮痕出，睡倚松根日色斜。——[唐]杜荀鹤《送僧归国清寺》

露从今夜白，月是故乡明。——[唐]杜甫《月夜忆舍弟》

露湿尘难染，霜笼鸦不惊。——[现代]毛泽东《五律·张冠道中》

lǘ 驴

驴放秋田夜不归。(僮眠冷榻朝犹卧。驴放秋田夜不归。)——[唐]王建《寄贾岛》

驴骏胜羸马，东川路匪赊。——[唐]贾岛《寄令狐绹相公》

驴蹇火飚寒帽裙，吟肩山耸酒微醺。——[宋]陈鉴之《探梅》

驴驴模样，丑恶形容最。——[金]王哲《蓦山溪·叹驴儿》

lǚ 屡 吕 捋

屡空既有人，春兴岂自免。——[晋]陶渊明《癸卯岁始春怀古田舍》

屡笑寒竹宴，况接青云宾。——[唐]孟郊《与王二十一员外涯游昭成寺》

吕望之鼓刀兮，遭周文而得举。——[战国]屈原《离骚》

吕梁有出入，乃觉非虚词。——[唐]张九龄《夏日奉使南海在道中作》

捋须俯船舷，一笑彼何人？——[宋]陆游《晴和出游湖山间》

捋须歌月地，翘首望天门。——[元]马祖常《泉南孙代园亭》

lǜ 绿

绿琪千岁树，黄槿四时花。——[唐]杨炯《送杨处士反初卜居曲江》

绿竹入幽径，青萝拂行衣。——[唐]李白《下终南山过斛斯山人宿置酒》

绿萝临水合，白道向村斜。——[唐]韦庄《赠武处士》

绿阴不减来时路，添得黄鹂四五声。——[宋]曾几《三衢道中》

绿遍山原白满川，子规声里雨如烟。——[宋]翁卷《乡村四月》

绿水青山枉自多，华佗无奈小虫何！——[现代]毛泽东《七律·送瘟神》

luán 鸾

鸾皇为余先戒兮，雷师告余以未具。——[战国]屈原《离骚》

鸾衾凤褥，夜夜常孤宿。——[唐]李白《清平乐·一名忆萝月》

鸾台龙尾道，合尽少年登。——[唐]白居易《行香归》

鸾镜巧梳匀翠黛，画楼闲望擘珠帘。——[唐]秦韬玉《咏手》

鸾歌无岁月，鹤语记春秋。——[唐]崔湜《幸白鹿观应制》

鸾辞旧伴知何止，凤得新梧想称心。——[唐]刘损《愤惋诗》

luǎn 卵

卵枯皆化燕，蜜老却成蜂。——[唐]徐夤《题僧壁》

卵生亦云足，母伏窠中宿。——[宋]李觏《惜鸡诗》

卵生如鹅鸭，不交无羽翼。——[宋]方一夔《续感兴》

luàn 乱

乱藤穿井口，流水到篱根。——[唐]卢纶《晚到盩厔耆老家》

乱花渐欲迷人眼，浅草才能没马蹄。——[唐]白居易《钱塘湖春行》

乱山沧海曲，中有横阳道。——[唐]陈陶《旅次铜山途中先寄温州韩使君》

乱石流洑间，回波自成浪。——[唐]李赤《姑熟杂咏·牛渚矶》

乱石穿空，惊涛拍岸，卷起千堆雪。——[宋]苏轼《念奴娇·赤壁怀古》

lüè 略

略地侵中土，传烽到上京。——[唐]刘长卿《至德三年春正月时谬蒙差摄海盐令闻王师收二京因书事寄上浙西节度李侍郎中丞行营五十韵》

略地关山冷，防河雨雪稠。——[唐]李端《送彭将军云中觐兄》

略无相知人，黯如雾中行。——[唐]张籍《祭退之》

略无烟作带，独有影沈湖。——[唐]李咸用《分题雪霁望炉峰》

lūn 抡

抡才稽片牒，横陈椽栋边。——[宋]陈棣《再次韵柏桐轩》

抡才如百药，治效各不同。——[宋]张镃《杂兴》

抡才俱道用，昌誉得诗鸣。——[宋]王洋《和鉉父答郑丈》

抡材受明诏，骊步金马门。——[明]黄佐《抡材赴公宴作》

lún 轮 沦

轮台东门送君去，去时雪满天山路。——[唐]岑参《白雪歌送武判官归京》

轮辕呈曲直，凿枘取方圆。——[唐]元稹《献荥阳公诗五十韵》

轮转夏殷周，时复犹一人。——[唐]卢仝《感古》

轮王释梵作何因，只是弘隆重大乘福。——[唐]贯休《送卢舍人》

沦波通地穴，输委下归塘。——[唐]骆宾王《在江南赠宋五之问》

沦老卧江海，再欢天地清。——[唐]李白《游谢氏山亭》

沦谪千年别帝宸，至今犹谢蕊珠人。——[唐]李商隐《赠华阳宋真人兼寄清都刘先生》

沦漪自然绿，空秀不可限。——[清]王闿运《秋晓风日偶忆淇上》

lùn 论

论交但若此，友道孰云丧。——[唐]李白《陈情赠友人》

论才赋命不相干，凤有文章雉有冠。——[唐]元稹《寄乐天》

论诗花作席，炙菌叶为盘。——[唐]贯休《闻赤松舒道士下世》

luó 罗

罗衣何飘飘，轻裾随风还。——[三国魏]曹植《美女篇》

罗敷独向东方去，谩学他家作使君。——[唐]杜审言《戏赠赵使君美人》

罗衣一此鉴，顿使别离难。——[唐]杜审言《和康五庭芝望月有怀》

罗幕翠帘初卷，镜中花一枝。——[唐]温庭筠《定西番》

罗敷正苦桑蚕事，惆怅南来五马蹄。——[唐]胡宿《城南》

luǒ 裸

裸体青林中。（懒摇白羽扇，裸体青林中。）——[唐]李白《夏日山中》

裸送不以衣，瘗埋于中衢。——[唐]于鹄《悼孩子》

luò 洛落

洛阳亲友如相问，一片冰心在玉壶。——[唐] 王昌龄《芙蓉楼送辛渐》

落木千山天远大，澄江一道月分明。——[宋] 黄庭坚《登快阁》

落红不是无情物，化作春泥更护花。——[清] 龚自珍《己亥杂诗》

韩干《牧马图》

M

mā 妈

妈宫风景对如迷。空濛渔艇争波泛，料峭人家倚岸栖。——[唐]许宏《到妈宫新城》

妈妈好善结良缘，斋僧不论圣和凡。——[宋]释道济《闻王妈妈定做小祥功德作》

má 麻

麻姑垂两鬓，一半已成霜。——[唐]李白《短歌行》

麻鞋见天子，衣袖露两肘。——[唐]杜甫《述怀》

麻衣逢雪暖，草履蹑云轻。——[唐]戴叔伦《送嵩律师头陀寺》

麻衣黑肥冲北风，带酒日晚歌田中。——[唐]李贺《野歌》

mǎ 马 蚂

马上相逢无纸笔，凭君传语报平安。——[唐]岑参《逢入京使》

马汗踏成泥，朝驰几万蹄。——[唐]岑参《宿铁关西馆》

马作的卢飞快，弓如霹雳弦惊。——[宋]辛弃疾《破阵子·为陈同甫赋壮词以寄之》

马蹄踏流水，渐渐成尘埃。——[唐]刘驾《曲江春霁》

蚂蚁缘槐夸大国，蚍蜉撼树谈何易。——[现代]毛泽东《满江红·和郭沫若同志》

mà 骂

骂雨愁妨走，呵冰喜旋融。——[唐]元稹《生春》

骂贼睢阳，爱君许远，留取声名万古香。——[宋]文天祥《沁园春·题潮阳张许二公庙》

mái 埋

埋落今如此，照心未尝歇。——[唐]沈佺期《古镜》

埋剑谁识气，匣弦日生尘。——[唐]孟郊《赠李观》

埋没钱塘歌吹里，当年却是皇都。——[明]魏大中《临江仙·埋没钱塘歌吹里》

埋骨何须桑梓地，人生无处不青山。——[现代]毛泽东《呈父亲》

mǎi 买

买香然绿桂，乞火蹈红莲。——[唐]王缙《游悟真寺》

买地不惜钱，为多芳桂丛。——[唐]施肩吾《买地词》

买陂塘、旋栽杨柳，依稀淮岸江浦。——[宋]晁补之《摸鱼儿·东皋寓居》

买得扁舟归去，此事天公付我，六月下沧浪。——[宋]张孝祥《水调歌头·泛湘江》

mài 卖

卖眼掷春心，折花调行客。——[唐]李白《越女词五首》

卖药何为者，逃名市井居。——[唐] 皇甫冉《卖药人处得南阳朱山人书》

卖卜成都市，流名大汉中。——[唐] 郑世翼《过严君平古井》

mān 嫚 颟

嫚绿妖红醉春色。（曲眉皓具宴华堂，嫚绿妖红醉春色。）——[宋] 范端臣《此君轩》

颟顸冰面莹池心，风刮瑶阶腊雪深。——[唐] 和凝《宫词》

颟顸一句子，南岳对天台。——[宋] 释师范《偈颂》

mán 蛮

蛮歌犯星起，空觉在天边。——[唐] 杜甫《夜》

蛮藤剪为杖，楚笋结成鞋。——[唐] 张籍《赠太常王建藤杖笋鞋》

蛮声喧夜市，海色浸潮台。——[唐] 张籍《送郑尚书出镇南海》

蛮儿巴女齐声唱，愁杀江楼病使君。——[唐] 白居易《竹枝词》

蛮姜豆蔻相思味。算却在、春风舌底。——[宋] 吴文英《杏花天 · 咏汤》

mǎn 满

满台簪白笔，捧手恋清辉。——[唐] 张继《送张中丞归使幕》

满郭春风岚已昏，鸦栖散吏掩重门。——[唐] 韦应物《县内闲居赠温公》

满面尘灰烟火色，两鬓苍苍十指黑。——[唐] 白居易《卖炭翁》

满池明月思啼螀，高屋无人风张幕。——[唐]元稹《夜池》

满地黄花堆积，憔悴损，如今有谁堪摘？——[宋]李清照《声声慢·寻寻觅觅》

满宇频翘望，凯歌奏边城。——[现代]毛泽东《五律·喜闻捷报》

màn 漫

漫漫雨花落，嘈嘈天乐鸣。——[唐]李白《登瓦官阁》

漫劳成恳恳，那得美娟娟。——[唐]元稹《献荥阳公诗五十韵》

漫天无尽日，浮世有穷年。——[唐]元稹《漫天岭赠僧》

漫江碧透，百舸争流。——[现代]毛泽东《沁园春·长沙》

漫天皆白，雪里行军情更迫。——[现代]毛泽东《减字木兰花·广昌路上》

máng 茫

茫茫江汉上，日暮欲何之。——[唐]刘长卿《送李中丞之襄州》

茫茫欲火欲烧人，惆怅无因为君说。——[唐]贯休《偶作》

茫茫角动，回舟尽兴，未惊鸥鹭。——[宋]刘辰翁《桂枝香·吹箫人去》

茫茫九派流中国，沉沉一线穿南北。——[现代]毛泽东《菩萨蛮·黄鹤楼》

mǎng 莽

莽莽万重山，孤城山谷间。——[唐]杜甫《秦州杂诗》

莽卓恭显，皆数十年富贵。——[唐]元稹《人道短》

莽莽蒹葭赤，微微蜃蛤腥。——[唐] 贯休《秋末入匡山船行》

莽莽古江滨，纷纷坠叶频。——[唐] 贯休《秋末江上望》

莽红尘，何处觅知音？青衫湿！——[清] 秋瑾《满江红·小住京华》

māo 猫

猫虎获迎祭，犬马有盖帷。——[唐] 柳宗元《掩役夫张进骸》

猫儿不识主，傍家搦老鼠。——[唐] 裴谞《又判争猫儿状》

猫头味荐廉泉笋，雀舌香分净社茶。——[元] 方回《过社》

máo 茅

茅斋对雪开尊好，稚子焚枯饭客迟。——[唐] 钱起《和慕容法曹寻渔者寄城中故人》

茅飞渡江洒江郊，高者挂罥长林梢，下者飘转沉塘坳。——[唐] 杜甫《茅屋为秋风所破歌》

茅斋依橘柚，清切露华新。——[唐] 杜甫《十七夜对月》

茅檐长扫净无苔，花木成畦手自栽。——[宋] 王安石《书湖阴先生壁》

mǎo 卯 峁

卯饮一杯眠一觉，世间何事不悠悠。——[唐] 白居易《卯饮》

卯酉门中作用时，赤龙时蘸玉清池。——[唐] 吕岩《渔父词》

卯酒醒还困，仙材梦不成。——[宋]苏轼《南歌子·寓意》

峁堂气象幽，墙角绕清流。——[清]爱新觉罗·胤禛《题友人园》

mào 茂 貌

茂挺独先觉，拔身渡京虹。——[唐]李华《寄赵七侍御》

茂陵刘郎秋风客，夜闻马嘶晓无迹。——[唐]李贺《金铜仙人辞汉歌》

茂先王佐才，作牧楚江隈。——[唐]韦嗣立《奉和张岳州王潭州别诗》

茂苑人归，秦楼燕宿，同惜天涯为旅。——[宋]吴文英《齐天乐·新烟初试花如梦》

貌减潜消玉，香残尚惹襟。——[唐]张泌《女冠子·露花烟草》

méi 梅

梅蕊腊前破，梅花年后多。——[唐]杜甫《江梅》

梅花交近野，草色向平池。——[唐]杜甫《送王侍御往东川，放生池祖席》

梅子黄时日日晴，小溪泛尽却山行。——[宋]曾几《三衢道中》

梅子金黄杏子肥，麦花雪白菜花稀。——[宋]范成大《四时田园杂兴》

梅花南北路，风雨湿征衣。——[宋]文天祥《南安军》

梅花欢喜漫天雪，冻死苍蝇未足奇。——[现代]毛泽东《七律·冬云》

měi 美

美人挟赵瑟，微月在西轩。——[唐]陈子昂《月夜有怀》

美酒酌悬瓢，真淳好相映。——[唐]张说《咏瓢》

美人卷珠帘，深坐颦蛾眉。——[唐]李白《怨情》

美人为我弹五弦，尘埃忽静心悄然。——[唐]韦应物《五弦行》

mèi 昧

昧旦多纷喧，日晏未遑舍。——[南朝]谢朓《落日怅望》

昧趣多滞涩，懒朋寡新僚。——[唐]孟郊《寿安西渡奉别郑相公》

昧者理芳草，蒿兰同一锄。——[唐]孟郊《湘弦怨》

昧质得全性，世名良自牵。——[唐]韦应物《晚出沣上，赠崔都水》

mēn 闷

闷为洛生咏，醉发吴越调。——[唐]李白《经乱后将避地剡中留赠崔宣城》

闷到房公池水头，坐逢杨子镇东州。——[唐]杜甫《答杨梓州》

闷见汉江流不息，悠悠漫漫竟何成。——[唐]元稹《使东川·江上行》

闷来弹鹊，又搅碎、一帘花影。——[宋]张孝祥《转调二郎神·闷来弹鹊》

mén 扪 门

扪天遂启极，梦日乃升曦。——[唐]武则天《唐享昊天乐·第一》

扪参历井仰胁息，以手抚膺坐长叹。——[唐]李白《蜀道难》

门前冷落鞍马稀，老大嫁作商人妇。——[唐]白居易《琵琶行》

门外无人问落花，绿阴冉冉遍天涯。——[宋]曹豳《春暮》

mèn 闷

闷损阑干愁不倚。要来小酌便来休，未必明朝风不起。——[宋]李清照《玉楼春·红酥肯放琼苞碎》

闷酒将来刚刚咽，欲饮先浇奠。——[元]商挺《双调·潘妃曲》

méng 蒙

蒙轮皆突骑，按剑尽鹰扬。——[唐]李隆基《平胡》

蒙笼杨柳馆，中有南风生。——[唐]孟郊《吴安西馆赠从弟楚客》

蒙蒙篁竹下，有路上壶头。——[唐]刘禹锡《经伏波神祠》

蒙氏艺传黄氏子，独闻相继得名高。——[唐]齐己《寄黄晖处士》

蒙蒙残雨笼晴。正销凝。黄鹂又啼数声。——[宋]秦观《八六子·倚危亭》

měng 猛

猛虎潜深山，长啸自生风。——[南朝]谢惠连《猛虎行》

猛虎落陷阱，壮夫时屈厄。——[唐]李白《乐府杂曲·鼓吹曲辞·君马黄》

猛虎不看几上肉，洪炉不铸囊中锥。——[唐]李白《笑歌行》

猛虎立我前，苍崖吼时裂。——[唐]杜甫《北征》

mèng 梦

梦入神山教神妪，老鱼跳波瘦蛟舞。——[唐]李贺《李凭箜篌引》

梦断美人沈信息，目穿长路倚楼台。——[唐]李中《暮春怀故人》

梦绕神州路。怅秋风、连营画角，故宫离黍。——[宋]张元干《贺新郎·送胡邦衡待制赴新州》

mī 眯

眯眼黄沙障麦天。谁遣炉烟生湿雾，立翻江水沃桑田。——[宋]周南《和史君喜雨》

眯目饕餮子，缪谓得所依。——[宋]方回《和陶渊明饮酒》

mí 迷

迷津觉路失，托势随风翻。——[唐]李白《闻丹丘子于城北营石门幽居中有高凤遗迹仆离》

迷路，迷路，边草无穷日暮。——[唐]韦应物《调笑令·胡马》

迷者得道路，溺者遇舟航。——[唐]王建《寄李益少监兼送张实游幽州》

迷魂随风客，娇思入琴心。——[唐]卢仝《卓女怨》

mǐ 米

米价贱如土，酒味浓于饧。——[唐]白居易《六年寒食洛下宴游，赠冯、李二少尹》

米液溉其根，理疏看渗漉。——[唐] 刘禹锡《葡萄歌》

米粮炊饭放归船。(卖得鲜鱼二百钱，米粮炊饭放归船。)——[清] 郑燮《渔家·卖得鲜鱼二百钱》

mì 蜜

蜜蜂蝴蝶生情性，偷眼蜻蜓避百劳。——[唐] 杜甫《风雨看舟前落花，戏为新句》

蜜房那有主，石室自无邻。——[唐] 卢纶《春日山中忆崔峒吉中孚》

蜜蜂为主各磨牙，咬尽村中万木花。——[唐] 孟郊《济源寒食》

蜜满蜂登课，泥香燕作家。——[元] 陈德永《暮春》

mián 绵

绵代更膺期，芳图无辍记。——[唐] 李世民《咏司马彪续汉志》

绵绵无穷事，各各驰绕身。——[唐] 孟郊《寿安西渡奉别郑相公》

绵思霭流月，惊魂飒回飙。——[唐] 韦应物《感梦》

绵绵远念近来多，喜鹊随函到绿萝。——[唐] 贯休《感怀寄卢给事》

绵绵经恨天何长，道逢老翁重傍徨。——[宋] 熊瑞《西湖歌饯杨泽之回杭》

miǎn 免

免胄三方外，衔刀万里余。——[唐] 李隆基《饯王晙巡边》

免教争叫噪，沸渭桃花前。——[唐] 元稹《春鸠》

免从官乞假，且喜是闲身。——[宋] 陆游《病中戏书》

miàn 面

面前小沼清如镜，终养琴高赤鲤鱼。——[唐] 孟郊《择友》

面白如削玉，猖狂曲江曲。——[唐] 贯休《少年行》

面如玉盘身八尺，燕语清狞战袍窄。——[唐] 贯休《送越将归会稽》

面旋落花风荡漾。柳重烟深，雪絮飞来往。——[宋] 欧阳修《蝶恋花·面旋落花风荡漾》

面壁十年图破壁，难酬蹈海亦英雄。——[现代] 周恩来《无题》

miāo 喵

喵德水涵众香国，华鬘云拥四禅天。——[清] 陈裴之《五台山金莲花诗》

miáo 苗

苗深全覆陇，荷上半侵塘。——[唐] 卢照邻《初夏日幽庄》

苗满空山惭取誉，根居隙地怯成形。——[唐] 杜甫《绝句》

苗疏税多不得食，输入官仓化为土。——[唐] 张籍《野老歌》

苗若遂枯无此水，粟将暴贵涌于金。——[宋] 陈元晋《喜雨上项帅》

miǎo 邈

邈为虞宾，历世重光。——[晋] 陶渊明《命子》

邈仙山之峻极兮，闻天籁之嘈嘈。——[唐] 李白《鸣皋歌，送岑征君》

邈矣二三子，兹焉屡游盘。——[唐] 韦应物《再游龙门怀旧侣》

邈视青云侣，俯首看瀛洲。——[宋] 郑元秀《水调歌头 · 园林夸富贵》

miào 妙

妙有分二气，灵山开九华。——[唐] 李白《改九子山为九华山联句》

妙年一相得，白首定相亲。——[唐] 储光羲《秋庭贻马九》

妙药溪岸平，桂榜往复还。——[唐] 孟郊《送淡公》

妙质不为平世得，微言唯有故人知。——[宋] 王安石《思王逢原》

miè 灭

灭身资累恶，成名由积善。——[唐] 李世民《赋尚书》

灭烛怜光满，披衣觉露滋。——[唐] 张九龄《望月怀远》

灭虏不言功，飘然陟蓬壶。——[唐] 李白《赠张相镐》

灭见息群动，猎微穷至精。——[唐] 李白《秋夕书怀》

mín 民

民好恶其不同兮，惟此党人其独异！——[战国]屈原《离骚》

民生各有所乐兮，余独好修以为常。——[战国]屈原《离骚》

民为我战，谁使死伤。——[唐]韩愈《琴曲歌辞·岐山操》

民望悬难夺，天心慈易回。——[唐]白居易《喜钱左丞再除华州，以诗伸贺》

民皆死搜求，莫肯兴愍悼。——[唐]陆龟蒙《南泾渔父》

mǐn 敏

敏学推多艺，高谈属辩才。——[唐]苏味道《和武三思于天中寺寻复礼上人之作》

敏捷诗千首，飘零酒一杯。——[唐]杜甫《不见》

敏手劈江�，随身织烟壳。——[唐]陆龟蒙《奉和袭美添渔具》

敏求善酿能好客，喜与老潘相往还。——[宋]舒岳祥《口号》

míng 名 明 鸣

名余曰正则兮，字余曰灵均。——[战国]屈原《离骚》

名世于今五百年，诸公碌碌皆余子。——[现代]毛泽东《送纵宇一郎东行》

明明如月，何时可掇？——[三国魏]曹操《短歌行》

明月松间照，清泉石上流。——[唐]王维《山居秋暝》

明月几时有？把酒问青天。——[宋]苏轼《水调歌头·明月几时有》

鸣鸡一声唱，汗漫东皋上。——[现代]毛泽东《五古·挽易昌陶》

mǐng 酩

酩酊安所知？齐歌送清扬，起舞乱参差。——[唐] 李白《九日登山》

酩酊乘夜归，凉风吹户牖。——[唐] 储光羲《田家杂兴》

酩酊醉时日正午，一曲狂歌垆上眠。——[唐] 岑参《邯郸客舍歌》

酩酊歌鹧鸪，颠狂舞鸲鹆。——[唐] 白居易《和梦游春诗一百韵》

mìng 命

命驾归去来，露华生翠苔。——[唐] 李白《春陪商州裴使君游石娥溪》

命酒一临泛，舍鞍扬棹讴。——[唐] 白居易《泛湓水》

命通须有日，天未丧斯文。——[唐] 贯休《海边见罗邺》

命令昨颁，十万工农下吉安。——[现代] 毛泽东《减字木兰花·广昌路上》

miù 谬

谬以词赋重，而将枚马同。——[唐] 李白《寄上吴王》

谬接瑶华枝，结根君王池。——[唐] 李白《赠友人》

谬历文场选，惭非翰苑才。——[唐] 白居易《酬卢秘书二十韵》

谬陪登岱驾，欣奉济汾篇。——[唐] 李乂《奉和登骊山高顶寓目应制》

mō 摸

摸石江边，浣花溪畔如画。——[宋] 柳永《一寸金》

摸声漫点樱珠破，拟态轻拖柳带长。——[明] 石沆《题主人壁间樊素小蛮图》

mó 磨

磨刀霍霍向猪羊。——[北朝]《乐府民歌 · 木兰诗》

磨牙吮血，杀人如麻。——[唐] 李白《蜀道难》

磨刀呜咽水，水赤刃伤手。——[唐] 杜甫《前出塞》

磨墨零落泪，楷字贡仁贤。——[唐] 孟郊《寄陕府邓给事》

磨一片嵌岩，书千古光辉。——[唐] 孟郊《吊卢殷》

mǒ 抹

抹碧江天鸟一行。（西州独客心摇甚，抹碧江天鸟一行。）——[宋] 林逋《历阳寄金陵衍上人》

抹去春秋自花实，逼来霜雪更枯�。——[清] 郑燮《赠袁枚》

mò 莫

莫愁前路无知己，天下谁人不识君？——[唐] 高适《别董大》

莫听穿林打叶声，何妨吟啸且徐行。——[宋] 苏轼《定风波》

莫笑农家腊酒浑，丰年留客足鸡豚。——[宋] 陆游《游山西村》

莫言下岭便无难，赚得行人错喜欢。——[宋] 杨万里《过松源晨炊漆公店》

莫道昆明池水浅，观鱼胜过富春江。——[现代] 毛泽东《七律·和柳亚子先生》

莫叹韶华容易逝，卅年仍到赫曦台。——[现代] 毛泽东《七律·和周世钊同志》

móu 眸

眸子外无余造化，士人中有几公卿。——[宋] 曾丰《赠相士陈道人》

眸子清炯炯。夜阑接软语，令人发深省。——[宋] 王安石《赠宝觉》

mǒu 某

某良士某良士，古之人古之人。——[宋] 项安世《三和》

某向瓜洲某鹭洲。直下南徐侯自管，皇亲刺史统千舟。——[宋] 文天祥《议纠合两淮复兴》

mú 模

模样偏宜掌上怜， 云如双鬓玉如颜。——[宋] 杜安世《浣溪沙·模样偏宜掌上怜》

mǔ 母

母兄怜爱无俦侣，五岁名为阿娇女。——[唐] 崔颢《邯郸宫人怨》

母兄未开口，已嫁不须臾。——[唐] 白居易《秦中吟十首·议婚》

母约看宁辨，余慵疗不精。——[唐] 元稹《哭女樊四十韵》

母老今犹健，儿行久不归。——[明] 程本立《题李典仪云东卷》

mù 目 牧 暮

目睹婴孩成老叟，手栽松柏有枯枝。——[唐] 方干《送道人归旧岩》

目尽青天怀今古，肯儿曹、恩怨相尔汝？——[宋] 张元干《贺新郎·送胡邦衡待制赴新州》

牧人驱犊返，猎马带禽归。——[唐] 王绩《野望》

牧童骑黄牛，歌声振林樾。——[清] 袁枚《所见》

暮色苍茫看劲松，乱云飞渡仍从容。——[现代] 毛泽东《七绝·为李进同志题所摄庐山仙人洞照》

N

nā 南

南无过去无数劫，彼世世灯观世音。——[宋]释遵式《大悲观音栴檀像》
南无总持功德藏，三世十方诸佛印。——[宋]释遵式《大悲观音栴檀像》
南无文殊普贤尊，一切智行圆满海。——[宋]释遵式《大悲观音栴檀像》
南无寺前苍玉森，凤凰戛戛乘风吟。——[明]苏葵《临江仙·行道桥南无酒卖》

ná 拿 挐

拿船趁鸂鶒。夷犹挥钓车，清波举霜鲫。——[宋]黄庭坚《春思》
挐舟来别非所欣。欲托毫素通殷勤，郢匠旁瞩难挥斤。——[宋]秦观《别贾耘老》

nǎ 哪

哪里去辨甚么真共假？眼见的吹翻了这家，吹伤了那家，只吹的水尽鹅飞罢！——[明]王磐《朝天子·咏喇叭》
哪个虫儿敢作声？（春来我不先开口，哪个虫儿敢作声？）——[现代]毛泽东《七绝·咏蛙》

nà 纳

纳善察忠谏，明科慎刑赏。——[唐]李世民《帝京篇》

纳纳乾坤大，行行郡国遥。——[唐]杜甫《野望》

纳爽耳目变，玩奇筋骨轻。——[唐]刘禹锡《秋江早发》

纳隍孜孜，考考切切。——[唐]贯休《大蜀皇帝寿春节进尧铭舜颂二首·舜颂》

nǎi 乃

乃知减闻见，始遂情逍遥。——[唐]孟郊《寿安西渡奉别郑相公》

乃知蓬莱水，复作清浅流。——[唐]李白《古风》

乃知杯中物，可使忧患忘。——[唐]权德舆《浩歌》

乃言本蜀士，世降岷山灵。——[唐]刘禹锡《送李策秀才还湖南，因寄幕中亲故兼简衡州吕》

nài 奈 耐

奈何迫物累，一岁四行役。——[唐]杜甫《发同谷县》

奈何淳古风，既往不复旋。——[唐]吴筠《览古》

奈何时风扇，使我正性衰。——[唐]权德舆《丙寅岁苦贫戏题》

奈何笑容难为久，春来反凋残。——[现代]毛泽东《卜算子·悼国际共产主义战士艾地同志》

耐寒唯有东篱菊，金粟初开晓更清。——[唐]白居易《咏菊》

nán 南 难 男

南村群童欺我老无力，忍能对面为盗贼。——[唐]杜甫《茅屋为秋风所破歌》

南朝四百八十寺，多少楼台烟雨中。——[唐]杜牧《江南春》

南阳三顾地，幸偶价千金。——[唐]杨衡《冬夜举公房送崔秀才归南阳》

南山四皓谒，西岳两童迎。——[唐]李乂《幸白鹿观应制》

难分太仓粟，竞弃鲁阳戈。——[唐]杜甫《伤春》

难闻逆河浪，徒望白榆星。——[唐]卢殷《月夜》

难问开元向前事，依稀犹认隗嚣宫。——[唐]许棠《成纪书事》

难话此时心，梁燕双来去。——[唐]魏承班《生查子》

难酬蹈海亦英雄。（面壁十年图破壁，难酬蹈海亦英雄。）——[现代]周恩来《无题》

男儿本自重横行，天子非常赐颜色。——[唐]高适《燕歌行》

nǎn 赧

赧郎明月夜，歌曲动寒川。——[唐]李白《秋浦歌》

赧然不自适，脉脉当湖山。——[唐]皮日休《太湖诗·明月湾》

náng 囊

囊空心亦空，城郭去腾腾。——[唐]贯休《送僧游天台》

囊空不办寻春马，眼乱行看择婿车。——[宋]苏轼《和董传留别》

nǎng 馕

馕事十年当结局，襟期千古举同牢。——[宋]冯去辩《句》

náo 挠

挠挑游大空。（泠然竟何依，挠挑游大空。）——[唐]吴筠《高士咏·冲虚真人》

挠酒不寒盟。（啖金真间敌，挠酒不寒盟。）——[宋]宋祁《遣吏视诸公茔树回有感》

nǎo 恼

恼得闲人作酒病，刚须又扑越溪茶。——[唐]司空图《暮春对柳》

恼客初酣睡，惊僧半入禅。——[唐]路德延《小儿诗》

恼得眼慵开，问人闲事来。——[唐]薛昭蕴《醉公子》

恼他香阁浓睡，撩乱有啼莺。——[宋]晏殊《诉衷情·东风杨柳欲青青》

nào 闹

闹翻扬子渡，蹋破魏王堤。——[唐]白居易《三月三日祓禊洛滨》

闹若雨前蚁，多于秋后蝇。——[唐]李商隐《洞庭鱼》
闹花深处层楼，画帘半卷东风软。——[宋]陈亮《水龙吟·春恨》
闹市不知春色处，散在荒园废墅。——[宋]刘克庄《贺新郎·游水东周家花园》

nè 呐 讷

呐呐翁语孙。禾黍日夜长，足得盈我困。——[唐]元稹《旱灾自咎，贻七县宰同州时》
讷庵有老人，宴坐天魔哭。——[宋]苏轼《叶教授和溽字韵诗，复次韵为戏，记龙井之游》

něi 馁

馁之则为盗，非是恶厥生。——[宋]梅尧臣《送万州武宁段尉》
馁虎呼雏入岩卧，过乌如梭钻树罅。——[宋]白玉蟾《咏雪于清虚堂火阁》

nèi 内

内人红袖泣，王子白衣行。——[唐]杜甫《奉送郭中丞兼太仆卿充陇右节度使三十韵》
内臣持凤诏，天厩锡龙媒。——[唐]权德舆《送黔中裴中丞阁老赴任》
内殿臣相命，开樽话旧时。——[唐]姚合《喜马戴冬夜见过期无可上人不至》
内里松香满殿闻，四行阶下暖氤氲。——[唐]王涯《宫词》

nèn 嫩

嫩篁侵舍密，古树倒江横。——[唐] 李白《冬日归旧山》

嫩叶怜芳抱新蕊，泣露枝枝滴天泪。——[唐] 李贺《静女春曙曲》

嫩莎经雨如秧绿，小蝶穿花似茧黄。——[宋] 陆游《村居初夏》

néng 能

能文变风俗，好客留轩盖。——[唐] 李白《赠从孙义兴宰铭》

能将积雪辨晴光，每与连峰作寒色。——[唐] 皇甫冉《同韩给事观毕给事画松石》

能令帝城外，不敢径由斜。——[唐] 刘禹锡《同乐天和微之深春》

能知稼穑艰，天下自蒙福。——[元] 赵孟頫《题耕织图二十四首奉懿旨撰耕》

nī 妮

妮他细语挑针线，替我排愁肄管弦。——[元] 刘麟瑞《美人朱氏》

妮他细语荼蘼下。（忆去年初夏，妮他细语荼蘼下。）——[清] 邹祇谟《惜分飞其八本意，庚寅夏作》

ní 泥 霓

泥沙塞中途，牛马不可辨。——[唐] 李白《玉真公主别馆苦雨，赠卫尉张卿》

泥融飞燕子，沙暖睡鸳鸯。——[唐] 杜甫《绝句》

泥灶煮灵液，扫坛朝玉真。——[唐]张籍《灵都观李道士》

泥封泰山阯，水散旱天霖。——[唐]元稹《谕宝》

霓为衣兮风为马，云之君兮纷纷而来下。——[唐]李白《梦游天姥吟留别》

nǐ 拟你

拟清鸡鹿塞，先指朔方城。——[唐]崔日用《奉和圣制送张说巡边》

拟作云泥别，尤思顷刻陪。——[唐]裴度《宴兴化池亭送白二十二东归联句》

拟归仙掌去，刚被谢公留。——[唐]贯休《桐江闲居作》

拟把疏狂图一醉，对酒当歌，强乐还无味。——[宋]柳永《蝶恋花·伫倚危楼风细细》

你若无意向他人，为甚梦中频相见。——[宋]柳永《木兰花令·仙吕调》

nì 逆

逆旅到三湘，长途应百舍。——[唐]王维《送张舍人佐江州同薛璩十韵》

逆旅悲寒蝉，客梦惊飞鸿。——[唐]岑参《送王著作赴淮西幕府》

逆风上水万斛重，前驿迢迢后淼淼。——[唐]王建《水夫谣》

逆胡未灭心未平，孤剑床头铿有声。——[宋]陆游《三月十七日夜醉中作》

niān 蔫拈

蔫红半落平池晚，曲渚飘成锦一张。——[唐]杜牧《春晚题韦家亭子》

蔫红殷桃吾不较，岂堪浸烂东畴麦。——[宋]汪宗臣《满江红·春雨》

拈笔古心生篆刻，引觞侠气上云空。——[宋]秦观《赠刘使君景文》

nián 年

年代凄凉不可问，往来唯有水东流。——[唐]高适《古大梁行》

年年后庭树，荣落在深宫。——[唐]崔湜《婕妤怨》

年光逐渭水，春色上秦台。——[唐]章孝标《春原早望》

年少万兜鍪，坐断东南战未休。——[宋]辛弃疾《南乡子·登京口北固亭有怀》

年年后浪推前浪，江草江花处处鲜。——[现代]毛泽东《七律·洪都》

年少峥嵘屈贾才，山川奇气曾钟此。——[现代]毛泽东《送纵宇一郎东行》

niǎn 碾

碾玉无俗色，蕊珠非世言。——[唐]元稹《酬东川李相公十六韵》

碾成黄金粉，轻嫩如松花。——[唐]李群玉《龙山人惠石廪方及团茶》

碾玉钗摇鸂鶒战，雪肌云鬟将融。——[唐]和凝《临江仙·海棠香老春江晚》

碾声通一室，烹色带残阳。——[唐]齐己《谢灉湖茶》

碾后香弥远，烹来色更鲜。——[宋]徐铉《和门下殷侍郎新茶二十韵》

niàn 念

念天地之悠悠，独怆然而涕下。——[唐]陈子昂《登幽州台歌》

念尔筋力尽，违我衣食恩。——[唐] 孟郊《吊江南老家人春梅》

念此委末秩，不能力自扬。——[唐] 张籍《祭退之》

念往昔，繁华竞逐，叹门外楼头，悲恨相续。——[宋] 王安石《桂枝香·金陵怀古》

念桥边红药，年年知为谁生。——[宋] 姜夔《扬州慢》

niáng 娘

娘生面目既分明，远不疏兮近不亲。——[宋] 释道冲《省亲》

娘子提携青裹布，始知风土近鄱阳。——[宋] 陈文蔚《庚戌春下鄱阳舟中诸作·过安仁界》

niàng 酿

酿酒漉松子，引泉通竹竿。——[唐] 岑参《太一石鳖崖口潭旧庐招王学士》

酿酒栽黄菊，炊粳折绿葵。——[唐] 李端《赠岐山姜明府》

酿之成美酒，令人饮不足。——[唐] 刘禹锡《葡萄歌》

酿酒并毓蔬，人来有棋局。——[唐] 元稹《解秋》

niǎo 鸟

鸟惊出死树，龙怒拔老湫。——[唐] 杜甫《送韦十六评事充同谷郡防御判官》

鸟下绿芜秦苑夕，蝉鸣黄叶汉宫秋。——[唐] 许浑《咸阳城东楼》

鸟啼深树劚灵药，花落闲窗看道书。——[唐]曹唐《赠南岳冯处士》

鸟雀呼晴，侵晓窥檐语。——[宋]周邦彦《苏幕遮·燎沉香》

niào 尿

尿泡虽大无斤两，秤铊虽小压千斤。——[明]吴承恩《西游记》

niē 捏

捏住乾坤粉一团，大人刚被小人瞒。——[宋]释如净《善财赞》

nié 苶

苶尽霜须照碧铜，依然春雪在长松。——[宋]苏轼《送鲜于都曹归蜀灌口旧居》

niè 蹑 聂

蹑履相逢迎。怅然遥相望，知是故人来。——[汉]《乐府歌·孔雀东南飞》

蹑苔怜静色，扫树共芳阴。——[唐]皎然《答孟秀才》

蹑石欹危过急涧，攀崖迢递弄悬泉。——[唐]韦应物《寻简寂观瀑布》

蹑云丹井畔，望月石桥边。——[唐]张祜《题杭州天竺寺》

聂政心虽碎，刘伶醉未忘。——[宋]文天祥《病目》

nín 恁

恁君与向游人道，莫作蔓菁花眼看。——[唐]白居易《玩迎春花赠杨郎中》

níng 凝 宁

凝情都未语，付意微相瞩。——[唐]白居易《和梦游春诗一百韵》

凝腰倚风软，花题照锦春。——[唐]温庭筠《观舞妓》

凝岚藏宿翼，叠鼓碎归蹄。——[唐]曹松《滕王阁春日晚眺》

凝夜照离色，恐闻啼晚鸦。——[唐]马戴《离夜》

凝成紫塞风前泪，惊破红楼梦里心。——[宋]蔡京《咏子规》

宁溘死以流亡兮，余不忍为此态也。——[战国]屈原《离骚》

宁知穆天子，空赋白云秋。——[唐]苏颋《春日芙蓉园侍宴应制》

宁知楚客思公子，北望长吟澧有兰。——[唐]刘禹锡《早春对雪奉寄澧州元郎中》

宁同鲁司寇，惟铸一颜回。——[唐]李商隐《喜舍弟羲叟及第上礼部魏公》

nìng 宁

宁可枝头报香死，何曾吹落北风中。——[宋]郑思肖《寒菊》

niū 妞

妞儿歌唱胜莺迁。汪洋海，老小一齐填。——[现代]章士钊《小重山·八十初度作》

niú 牛

牛渚西江夜，青天无片云。——[唐]李白《夜泊牛渚怀古》

牛头见鹤林，梯径绕幽深。——[唐]杜甫《望牛头寺》

牛困人饥日已高，市南门外泥中歇。——[唐]白居易《卖炭翁》

牛郎欲问瘟神事，一样悲欢逐逝波。——[现代]毛泽东《送瘟神》

niǔ 扭

扭得鼻头辛。（适来曲多少，扭得鼻头辛。）——[宋]释心月《颂古》

niù 拗

拗境日增多活愧，嚣尘天与一贫遮。——[宋]陈著《丙戌五月朔閒坐偶成》

拗叟性拗好必天，天可必乎恐未然。——[明]卢若腾《拗歌》

nóng 农

农月无闲人，倾家事南亩。——[唐]王维《新晴野望》

农人弃蓑笠，蚕女堕缨簪。——[唐]李白《赠从孙义兴宰铭》

农夫税多长辛苦，弃业长为贩卖翁。——[唐]张籍《相和歌辞·贾客乐》

农夫更苦辛，所以美尔身。——[唐]刘驾《反贾客乐》

nòng 弄

弄景奔日驭，攀星戏河津。——[唐]李白《避地司空原言怀》

弄涛船更曾观否，望市楼还有会无。——[唐]元稹《戏赠乐天、复言》

弄珠惊汉燕，烧蜜引胡蜂。——[唐]李贺《恼公》

弄妆梳洗迟。照花前后镜，花面交相映。——[唐]温庭筠《菩萨蛮·小山重叠金明灭》

nòu 耨

耨水耕山息故林，壮图嘉话负前心。——[唐]徐夤《新葺茆堂》

耨月耕烟水国春，薄徒应笑作农人。——[唐]徐夤《鸿门》

耨银云，锄璧月，栽得寒花寄愁绝。——[宋]佘观复《梅花引·耨银云》

nú 奴

奴仆何知礼，恩荣错与权。——[唐]杜甫《秋日夔府咏怀奉寄郑监李宾客一百韵》

奴困归佣力，妻愁出赁车。——[唐]白居易《和春深》

奴婢晓开户，四肢冻徘徊。——[唐]孟郊《雪》

奴颜婢膝真乞丐，反以正直为狂痴。——[唐]陆龟蒙《江湖散人歌》

nǔ 努

努力爱春华，莫忘欢乐时。——[汉]苏武《留别妻》

努力拄杖来，余活与尔同。——[唐]孟郊《忆江南弟》

努力自修励，常如见我时。——[唐]张籍《别段生》

努力只须坚守护，三千八万是垣墙。——[唐]齐己《勉送吴国三五新戒归》

nù 怒

怒目时一呼，万骑皆辟易。——[唐]顾况《从军行》

怒号在倏忽，谁识变化情。——[唐]韦应物《赠卢嵩》

怒声汹汹势悠悠，罗刹江边地欲浮。——[唐]罗隐《钱塘江潮》

怒发冲冠，凭栏处、潇潇雨歇。——[宋]岳飞《满江红》

nǚ 女

女媭之婵媛兮，申申其詈予。——[战国]屈原《离骚》

女亦无所思，女亦无所忆。——[北朝]《乐府民歌·木兰诗》

女羞夫婿薄，客耻主人贱。——[唐]李益《游子吟》

女娲炼石补天处，石破天惊逗秋雨。——[唐]李贺《李凭箜篌引》

女伴唤回船，前溪风浪急。——[唐]顾非熊《采莲词》

nǜ 衄

衄血碧凝留斗草，芳魂丹染寄苍茫。——[明]梁崇廷《过虞姬墓》

nuǎn 暖

暖云如粉草如茵，独步长堤不见人。——[唐]杜牧《残春独来南亭因寄张祜》

暖日晴云知次第，东风不用更相催。——[唐]令狐楚《游春词》

暖律变寒光，东君景渐长。——[唐]韦庄《和李秀才郊墅早春吟兴十韵》

暖日映山调正气，东风入树舞残寒。——[唐]方干《元日·晨鸡两遍报》

暖风熏得游人醉，直把杭州作汴州。——[宋]林升《题临安邸》

nüè 虐

虐人害物即豺狼，何必钩爪锯牙食人肉。——[唐] 白居易《杜陵叟·伤农夫之困也》

虐焰挺戈予，连车掠金帛。——[宋] 王迈《信手阅清溪诗一首韵即事》

nún 黁

黁公昔未化，来往淮山曲。——[宋] 苏轼《书黁公诗后》

nuó 娜

娜袅裙千襵。时样官黄香百叶。——[宋] 陈师道《清平乐》

娜袅翻阶放艳农。自笑主人无个事，年年携酒祝东风。——[宋] 金朋说《芍药吟》

nuò 诺

诺诺复尔尔。（媒人下床去，诺诺复尔尔。）——[汉]《乐府歌·孔雀东南飞》

诺为楚人重，诗传谢朓清。——[唐] 李白《送储邕之武昌》

夏杲《竹图》

O

ōu 欧

欧冶子死千年后，精灵暗授张鸦九。——[唐]白居易《鸦九剑—思决壅也》

欧冶将成器，风胡幸见逢。——[唐]裴夷直《观淬龙泉剑》

欧尹追还六籍醇，先生诗律擅雄浑。——[宋]陆游《读宛陵先生诗》

ǒu 偶

偶逢佳境心已醉，忽有一鸟从天来。——[唐]李白《和卢侍御通塘曲》

偶然成一醉，此外更何之。——[唐]李治《湖上卧病喜陆鸿渐至》

偶为谢客事，不顾平子田。——[唐]钱起《海畔秋思》

偶然乘兴，步过东冈。——[宋]秦观《行香子》

偶值大心离火宅，终遗高塔念瀛洲。——[现代]鲁迅《题三义塔》

òu 沤

沤麻入南涧，刈麦向东菑。——[唐]祖咏《归汝坟山庄留别卢象》

沤麻池水里，晒枣日阳中。——[唐]白居易《闲坐》

沤麻成白雪，酿酒比红蕉。——[明]曹学佺《温江道中》

P

pā 葩

葩叠萼相重，烧栏复照空。——[唐]姚合《和王郎中召看牡丹》

葩叶相妩媚。（宁当记畴昔，葩叶相妩媚。）——[宋]王安石《秋枝如残人》

pá 琵

琵琶亭下悉情远，付与长江写不穷。——[宋]陈郁《琵琶亭》

琵琶汉宫曲，马上不堪闻。——[宋]文天祥《和自山》

pà 怕

怕飞杯酒多分数，厌听笙歌旧曲章。——[唐]白居易《九日寄微之》

怕寒放懒日高卧，临老谁言牵率身。——[唐]白居易《日高卧》

怕酒岂不闲，悲无少年气。——[唐]元稹《遣病》

怕黄昏忽地又黄昏，不销魂怎地不销魂。——[元]王实甫《十二月过尧民歌·别情》

pāi 拍

拍手相思惟大笑，我曹宁比等闲人。——[唐]徐夤《寄天台陈希畋》

拍堤春水四垂天。（堤上游人逐画船。拍堤春水四垂天。）——[宋] 欧阳修《浣溪沙 · 堤上游人逐画船》

拍堤春水蘸垂杨。水流花片香。——[宋] 严仁《醉桃源 · 春景》

pái 徘 排

徘徊不能寐，耿耿含酸辛。——[唐] 孟郊《感怀》

徘徊幽树月，嘹唳小亭风。——[唐] 张籍《和裴司空以诗请刑部白侍郎双鹤》

排空驭气奔如电，升天入地求之遍。——[唐] 白居易《长恨歌》

pài 派

派作九龙盘。（汉江回万里，派作九龙盘。）——[唐] 李白《金陵望汉江》

派分示三教，理诣无二名。——[唐] 权德舆《与道者同守庚申》

派通天宇阔，溜入楚江浮。——[唐] 贯休《东西二林寺流水》

派出昆仑五色流，一支黄浊贯中州。——[宋] 王安石《黄河》

pān 攀

攀条折其荣，将以遗所思。——[汉]《古诗十九首 · 庭中有奇树》

攀援悬根木，登顿入天石。——[唐] 杜甫《郑典设自施州归》

攀藤老筋力，照水病容颜。——[唐] 白居易《寻李道士山居，兼呈元明府》

pán 盘

盘梯接元气，半壁栖夜魄。——[唐]刘长卿《登扬州栖灵寺塔》

盘飧市远无兼味，樽酒家贫只旧醅。——[唐]杜甫《客至》

盘剥白鸦谷口栗，饭煮青泥坊底芹。——[唐]杜甫《崔氏东山草堂》

盘旋风，撇飞鸟；惊猿绕，树枝裹。——[唐]顾况《险竿歌》

pàn 判

判将运命赋穷通，从来奇舛任西东。——[唐]骆宾王《畴昔篇》

判知秋夕带啼还，那及春朝携手度。——[唐]王勃《河阳桥代窦郎中佳人答杨中舍》

判司卑官不堪说，未免捶楚尘埃间。——[唐]韩愈《八月十五夜赠张功曹》

判叫狼藉醉清樽，为问世间醒眼是何人。——[清]纳兰性德《虞美人·残灯风灭炉烟冷》

pāng 滂

滂沱朱槛湿，万虑倚檐楹。——[唐]杜甫《西阁雨望》

滂霈甘泽从何来。(苍生望望亦劳尔，滂霈甘泽从何来。)——[宋]陈淳《久不雨》

páng 旁

旁人不惜妻止之，公无渡河苦渡之。——[唐]李白《公无渡河》

旁人错比扬雄宅，懒惰无心作解嘲。——[唐]杜甫《堂成》

旁通忽已远，神感寂不喧。——[唐]孟郊《赠别殷山人说易后归幽墅》

旁古无寸寻，一上戛牛斗。——[唐]李贺《赠陈商》

pàng 胖

胖蚃百世祀。动风俄扇扬，梵宇忽颓圮。——[宋]柴元彪《同朱山长游江郎》

胖蚃景福介。宗庙及宾客，百礼无不在。——[宋]司马光《谢胡文学惠水牛图二卷》

pāo 抛

抛梭振镊动明珰，为有秋期眠不足。——[唐]王建《七夕曲》

抛掷南阳为主忧，北征东讨尽良筹。——[唐]罗隐《筹笔驿》

抛掷红尘应有恨，思量仙桂也无端。——[唐]罗隐《西京崇德里居》

抛掷湫江旧钓矶，日参筹画废吟诗。——[唐]齐己《寄湘幕王重书记》

抛枕翠云光，绣衣闻异香。——[五代]李煜《菩萨蛮·蓬莱院闭天台女》

páo 庖 炮

庖厨出深竹，印绶隔垂藤。——[唐]王维《韦给事山居》

庖童呼我食，饭热鱼鲜香。——[唐]白居易《饱食闲坐》

庖人宁自代，食檗谬相推。——[唐]耿湋《得替后书怀上第五相公》

庖丁解牛妙世故，监市履狶知民心。——[宋]黄庭坚《寄上叔父夷仲》

炮笋烹鱼饱餐后，拥袍枕臂醉眠时。——[唐]白居易《初致仕后戏酬留守牛相公，并呈分司诸寮友》

炮羔备丰膳，集凤调鸣律。——[唐]崔元翰《奉和圣制重阳旦日百寮曲江宴示怀》

pǎo 跑

跑沙跑雪独嘶，东望西望路迷。——[唐]韦应物《调笑令·胡马》

pào 炮

炮车云起天垂野，飓母风来雪涌波。——[明]詹同《送徐复初海道知事》

炮火连天，弹痕遍地，吓倒蓬间雀。——[现代]毛泽东《念奴娇·鸟儿问答》

pēi 胚

胚浑造化，含吐阴阳。——[唐]郑澣《赠毛仙翁》

胚胎此祸者，起自燕山役。——[宋]郑刚中《送方公美少卿宣谕说畿》

胚胎革命军，一扫秕与糠。——[现代]柳亚子《放歌》

péi 陪 培

陪銮游禁苑，侍赏出兰闱。——[唐]武则天《从驾幸少林寺》

陪臣无以报，西望不胜情。——[唐]罗隐《使者》

陪都歌舞迎佳节，遥祝延安景物华。——[现代]董必武《元旦口占用柳亚子怀人韵》

培火螭炉起宝熏，滴泉鳌研聚玄云。——[宋]陆游《龟堂晨起》

pèi 佩

佩缤纷其繁饰兮，芳菲菲其弥章。——[战国]屈原《离骚》

佩移星正动，扇掩月初圆。——[唐]李世民《帝京篇》

佩声归到凤池头。（朝罢须裁五色诏，佩声归到凤池头。）——[唐]王维《和贾舍人早朝大明宫之作》

佩刀成气象，行盖出风尘。——[唐]杜甫《送陵州路使君赴任》

pēn 喷

喷壁洒素雪，空濛生昼寒。——[唐]李白《送王屋山人魏万还王屋》

喷宝猊香烬、麝烟浓，馥红绡翠被。——[唐]李白《连理枝》

喷云泄雾藏半腹，虽有绝顶谁能穷？——[唐]韩愈《谒衡岳庙遂宿岳寺题门楼》

pén 盆

盆里盛野泉，晚鲜幽更好。——[唐]王建《和钱舍人水植诗》

盆城依落日，盆浦看云眇。——[唐]李绅《移九江》

盆池有鹭窥蘋沫，石版无人扫桂花。——[唐]皮日休《寒日书斋即事》

盆山不见日，草木自苍然。——[宋]苏轼《端午遍游诸寺得禅字》

pèn 喷

喷壁洒素雪，空濛生昼寒。——[唐]李白《送王屋山人魏万还王屋》

喷宝猊香烬、麝烟浓，馥红绡翠被。——[唐]李白《连理枝》

喷岚堆黛塞寒碧，窗前古雪如白石。——[唐]贯休《将入匡山别芳昼二公》

pēng 烹

烹羊宰牛且为乐，会须一饮三百杯。——[唐]李白《将进酒·君不见》

烹鱼邀水客，载酒奠山神。——[唐]李端《晚次巴陵》

烹龙炮凤玉脂泣，罗屏绣幕围香风。——[唐]李贺《将进酒·琉璃钟》

péng 蓬

蓬头稚子学垂纶，侧坐莓苔草映身。——[唐]胡令能《小儿垂钓》

蓬山此去无多路，青鸟殷勤为探看。——[唐]李商隐《无题》

pěng 捧

捧药芝童下，焚香桂女留。——[唐]崔湜《幸白鹿观应制》

捧月三更断，藏星七夕明。——[唐]李商隐《咏云》

pèng 碰

碰到柴湿用口吹。(搜来残雪和泥棒，碰到柴湿用口吹。)——[现代]聂绀弩《地里烧开水》

pī 批 披

批竹初攒耳，桃花未上身。——[唐]李贺《马诗》

批成诏凤多焚草，戏入仙禽不乱行。——[宋]宋祁《中山公损疾》

披卷最宜生白室，吟诗好就步虚坛。——[唐]吕温《同恭夏日题寻真观李宽中秀才书院》

披访结恩地，世人轻报恩。——[唐]鲍溶《山行经樵翁》

pí 琵

琵琶起舞换新声，总是关山旧别情。——[唐]王昌龄《从军行》

琵琶一曲肠堪断，风萧萧兮夜漫漫。——[唐]岑参《凉州馆中与诸判官夜集》

琵琶宫调八十一，旋宫三调弹不出。——[唐]元稹《琵琶歌》

琵琶洲远江村阔，回首征途泪满巾。——[唐] 罗隐《干越亭》

pǐ 匹

匹马西从天外归，扬鞭只共鸟争飞。——[唐] 岑参《送崔子还京》

匹马关塞远，孤舟江海宽。——[唐] 岑参《送李翥游江外》

匹马未来期，嘶声尚在耳。——[唐] 刘驾《下第后屏居长安，书怀寄太原从事》

pì 譬

譬如朝露，去日苦多。——[三国魏] 曹操《短歌行》

譬如云中鸟，一去无踪迹。——[唐] 李白《相和歌辞·估客乐》

譬如一明珠，共赞光白圆。——[唐] 顾况《归阳萧寺有丁行者能修无生忍担水施僧况归命》

譬如浸蘖泉，流苦已日长。——[唐] 孟郊《赠别崔纯亮》

piān 偏 篇 翩

偏师借重黄公略。（赣水那边红一角，偏师借重黄公略。）——毛泽东《蝶恋花·从汀州向长沙》

篇篇无空文，句句必尽规。——[唐] 白居易《寄唐生》

翩翩吹我衣，肃肃入我耳。——[汉] 蔡琰《悲愤诗》

翩翩两骑来是谁？黄衣使者白衫儿。——[唐]白居易《卖炭翁》

pián 骈

骈来庆事萃门闾。（谁谓桑榆将暮景，骈来庆事萃门闾。）——[宋]陈棣《挽奉议刘公度》

骈空翥鸾凤。（森森栋梁材，骈空翥鸾凤。）——[宋]孙甫《和运司园亭·翠锦亭》

piàn 片

片石羊公后，凄凉江水滨。——[唐]刘长卿《朱放自杭州与故里相使君立碑回因以奉简吏部》

片片仙云来渡水，双双燕子共衔泥。——[唐]张谔《延平门高斋亭子应岐王教》

片片飞来静又闲，楼头江上复山前。——[唐]郑准《云》

片善当无掩，先鸣贵在斯。——[唐]无名氏《人不易知》

piāo 飘 缥

飘风屯其相离兮，帅云霓而来御。——[战国]屈原《离骚》

飘风吹云霓，蔽目不得语。——[唐]李白《陈情赠友人》

飘飘岐路间，长见日初生。——[唐]鲍溶《岐路》

飘零随处是生涯，断梗飞蓬但可嗟。——[宋]陆游《折号前一日作》

缥缈云雨仙，氛氲兰麝馥。——[唐]白居易《和梦游春诗一百韵》

缥缈云间质，盈盈波上身。——[唐]李晔《巫山一段云》

缥缈娉婷绝代歌，翠袖风中举。——[宋]徐俯《卜算子·清池过雨凉》

piáo 瓢

瓢饮唯三径，岩栖在百层。——[唐]杜甫《赠特进汝阳王二十韵》

瓢饮不曾看酒肆，世人空笑亦何为。——[唐]刘言史《席上赠李尹》

piǎo 缥

缥竹湘南美，吾师尚毁形。——[唐]皎然《赋得竹如意送详师赴讲》

缥帙各舒散，前后互相逾。——[唐]柳宗元《读书》

piào 票

票姚将军思出塞，纵横幕府讳和亲。——[宋]苏辙《观大阅》

piē 撇 瞥

撇下一天浓絮。春住！春住！䨻了人家庭宇。——[清]龚自珍《如梦令·紫黯红愁无绪》

瞥闻当与杖，掩泪俱向壁。——[晋] 左思《娇女诗》

瞥过沙禽翠，斜分夕照光。——[唐] 齐己《船窗》

瞥然飞过水秋千。清明寒食天。——[宋] 张炎《阮郎归 · 有怀北游》

piě 撇

撇捩寒鱼上复沉，群鹅鼓舞扬清音。——[唐] 卢纶《陈翃郎中北亭送侯钊侍御赋得带冰流歌》

撇涕望新阡。（无由怀酒絮，撇涕望新阡。）——[宋] 司马光《祁国正献公挽歌》

pīn 拼

拼却老红一万点，换将新绿百千重。——[宋] 杨万里《又和风雨》

拼将十万头颅血，须把乾坤力挽回。——[清] 秋瑾《黄海舟中日人索句并见日俄战争地图》

pín 贫 频

贫贱有此女，始适还家门。——[汉]《乐府歌 · 孔雀东南飞》

贫贱少情欲，借荒种南陂。——[唐] 孟云卿《田园观雨兼晴后作》

贫交喜相见，把臂欢不足。——[唐] 钱起《过沈氏山居》

贫病远行客，梦魂多在家。——[唐] 杜牧《秋晚江上遣怀》

频倚阑干不自由。（情知已被山遮断，频倚阑干不自由。）——[宋]辛弃疾《鹧鸪天·晚日寒鸦一片愁》

pǐn 品

品子懒读书，辕驹难服犁。——[唐]孟郊《立德新居》

品格宜仙果，精光称玉壶。——[唐]齐己《谢人寄南榴卓子》

品画先神韵，论诗重性情。——[清]袁枚《品画》

pìn 牝 聘

牝鸡司晨足才致，蛾眉文墨争婵娟。——[宋]薛绍彭《秘阁观书》

聘则为妻奔是妾，不堪主祀奉蘋蘩。——[唐]白居易《井底引银瓶·止淫奔也》

聘之碧瑶珮，载以紫云车。——[唐]杜牧《张好好诗》

pīng 娉

娉婷十五胜天仙，白日姮娥旱地莲。——[唐]白居易《邻女》

娉娉袅袅十三余，豆蔻梢头二月初。——[唐]杜牧《赠别》

娉婷小苑中，婀娜曲池东。——[唐]李商隐《垂柳》

娉婷何处戴，山鬓绿成丛。——[唐]李远《立春日》

píng 平 凭 评

平林漠漠烟如织，寒山一带伤心碧。——[唐]李白《菩萨蛮·平林漠漠烟如织》

平生不敢轻言语，一叫千门万户开。——[明]唐寅《画鸡》

平浪宫前友谊多，崇明对马衣带水。——[现代]毛泽东《送纵宇一郎东行》

凭谁问，廉颇老矣，尚能饭否？——[宋]辛弃疾《永遇乐·京口北固亭怀古》

凭阑静听潇潇雨，故国人民有所思。——[现代]毛泽东《七律·有所思》

pō 坡 泼

坡陀金虾蟆，出见盖有由。——[唐]杜甫《奉同郭给事汤东灵湫作》

坡暖冬抽笋，松凉夏健人。——[唐]司空图《下方》

泼墨云头连树暗，垂丝雨脚过溪生。——[宋]范成大《次韵甄云卿晚登浮丘亭》

pó 婆

婆娑依里社，箫鼓赛田神。——[唐]王维《凉州郊外游望》

婆娑园中树，根株大合围。——[唐]白居易《寓意诗》

婆娑不在本，屈曲无弦弧。——[唐]鲍溶《留辞杜员外式方》

pǒ 叵

叵堪朋类多，沸耳作惊爆。——[唐]韩愈《答柳柳州食虾蟆》

pò 破

破浪南风正，收帆畏日斜。——[唐]杜甫《舟泛洞庭》

破笼展翅当远去，同类相呼莫相顾。——[唐]柳宗元《放鹧鸪词》

破瓶落井空永沉，故乡望断无归心。——[唐]刘商《胡笳十八拍·第十二拍》

破帽遮颜过闹市，漏船载酒泛中流。——[现代]鲁迅《自嘲》

pōu 剖

剖竹十日间，一朝风化清。——[唐]李白《赠闾丘宿松》

剖竹向西蜀，岷峨眇天涯。——[唐]岑参《与鲜于庶子自梓州成都少尹自褒城同行至利州》

剖见隋珠醉眼开，丹砂缘手落尘埃。——[宋]曾巩《荔枝》

póu 抔

抔土汉诸陵。（种祠秦故畤，抔土汉诸陵。）——[宋]宋祁《长安道中怅然作》

抔饮觞初滥，留连祸始基。——[宋]胡寅《古今豪逸自放之士鲜不嗜酒》

pǒu 掊

掊地甃墉炉。（扫园收槲叶，掊地甃墉炉。）——[宋]陆游《雨寒戏作》

掊击群疑亡，发药沉疴痊。——[宋]刘克庄《再和仲晦监簿》

pū 扑 铺

扑蕊添黄子，呵花满翠鬟。——[唐]温庭筠《南歌子·扑蕊添黄子》

扑碎骊龙明月珠，敲出凤凰五色髓。——[唐]贯休《拟君子有所思》

扑蝶西园随伴走。花落花开，渐解相思瘦。——[宋]苏轼《蝶恋花·佳人》

铺床拂席置羹饭，疏粝亦足饱我饥。——[唐]韩愈《山石》

pú 仆 葡

仆夫悲余马怀兮，蜷局顾而不行。——[战国]屈原《离骚》

仆本多悲泪，沾裳不待猿。——[唐]卢照邻《同崔录事哭郑员外》

仆人驱行轩，低昂出我门。——[唐]张籍《怀别》

葡萄美酒夜光杯，欲饮琵琶马上催。——[唐]王翰《凉州词》

pǔ 谱

谱从陶室偷将妙，曲向秦楼写得成。——[唐]王仁裕《荆南席上咏胡琴妓》

谱为仙子终须美，实作寒梅况不酸。——[宋]张冕《海棠》

pù 瀑

瀑流还响谷，猿啼自应虚。——[唐]李世民《赋得夏首启节》

瀑水含秋气，垂藤引夏凉。——[唐]卢照邻《初夏日幽庄》

瀑布杉松常带雨，夕阳苍翠忽成岚。——[唐]王维《送方尊师归嵩山》

瀑溜晴疑雨，丛篁昼似昏。——[唐]上官昭容《游长宁公主流杯池》

Q

qī 七凄妻

七百里驱十五日，赣水苍茫闽山碧，横扫千军如卷席。——[现代]毛泽东《渔家傲·反第二次大“围剿”》

凄凄复凄凄，嫁娶不须啼。——[汉]卓文君《白头吟》

妻子亦何辜，焚之买虚名。——[唐]李白《舞曲歌辞·东海有勇妇》

妻子亦读书，种兰清溪东。——[唐]贯休《书陈处士屋壁》

qí 齐岐其畦

齐公凿新河，万古流不绝。——[唐]李白《题瓜州新河，饯族叔舍人贲》

齐王火冒三千丈，抓了酒徒付鼎烹。——[现代]毛泽东《戏续李白<梁父吟>》

岐王宅里寻常见，崔九堂前几度闻。——[唐]杜甫《江南逢李龟年》

其险也如此，嗟尔远道之人胡为乎来哉！——[唐]李白《蜀道难》

畦留夷与揭车兮，杂杜蘅与芳芷。——[战国]屈原《离骚》

qǐ 岂起

岂曰无衣？与子同泽。——先秦《诗经·秦风·无衣》

岂余身之殚殃兮，恐皇舆之败绩。——[战国]屈原《离骚》

岂不罹凝寒，松柏有本性。——[三国魏]刘桢《赠从弟》

岂同叔夜终无分，空向人间著养生。——[唐]段成式《哭房处士》

起舞弄清影，何似在人间？——[宋] 苏轼《水调歌头》

qì 汽弃契气

汽笛一声肠已断，从此天涯孤旅。——[现代] 毛泽东《贺新郎·别友》

弃捐勿复道，努力加餐饭。——[汉]《古诗十九首·行行重行行》

弃我去者昨日之日不可留，乱我心者今日之日多烦忧。——[唐] 李白《宣州谢朓楼饯别校书叔云》

契阔谈讌，心念旧恩。——[三国魏] 曹操《短歌行》

气蒸云梦泽，波撼岳阳城。——[唐] 孟浩然《望洞庭湖赠张丞相》

qiā 掐

掐天片月未庭方。（盛梦一城如斗大，掐天片月未庭方。）——[现代] 钱钟书《寓夜》

qià 恰

恰值满堂人欲醉，甲光才触一时醒。——[唐] 张祜《楚州韦中丞箜篌》

恰莫持千万，明明买祸胎。——[唐] 陆龟蒙《黄金》

恰值小娥初学舞，拟偷金缕押春衫。——[唐] 司空图《杨柳枝寿杯词》

恰同学少年，风华正茂。——[现代] 毛泽东《沁园春·长沙》

qiān 千

千岩万转路不定，迷花倚石忽已暝。——[唐]李白《梦游天姥吟留别》

千山鸟飞绝，万径人踪灭。——[唐]柳宗元《江雪》

千里莺啼绿映红，水村山郭酒旗风。——[唐]杜牧《江南春》

千门万户曈曈日，总把新桃换旧符。——[宋]王安石《元日》

千古江山，英雄无觅，孙仲谋处。——[宋]辛弃疾《永遇乐·京口北固亭怀古》

千锤万凿出深山，烈火焚烧若等闲。——[明]于谦《石灰吟》

千磨万击还坚劲，任尔东西南北风。——[清]郑燮《竹石》

千村薜荔人遗矢，万户萧疏鬼唱歌。——[现代]毛泽东《送瘟神》

千里来寻故地，旧貌变新颜。——[现代]毛泽东《水调歌头·重上井冈山》

qián 前

前望舒使先驱兮，后飞廉使奔属。——[战国]屈原《离骚》

前不见古人，后不见来者。——[唐]陈子昂《登幽州台歌》

前山胎元气，灵异生不穷。——[唐]孟郊《登华岩寺楼望终南山赠林校书兄弟》

前去五十有几年，把镜照面心茫然。——[唐]白居易《杂曲歌辞·浩歌行》

qiǎn 浅

浅酌一杯酒，缓弹数弄琴。——[唐]白居易《食饱》

浅近轻浮莫与交，地卑只解生荆棘。——[唐] 贯休《行路难》

浅薄虽顽朴，其如近笔端。——[唐] 贯休《砚瓦》

浅澄秋水看云母，碎擘轻苔间粉霞。——[唐] 徐夤《尚书新造花笺》

qiàn 倩

倩语张骞莫辛苦，人今从此识天河。——[唐] 上官昭容《游长宁公主流杯池》

倩鹤附书信，索云作衣裘。——[唐] 孟郊《送丹霞子阮芳颜上人归山》

倩人开废井，趁犊入新园。——[唐] 王建《原上新居》

倩魂犹恋桃花月。梦好莫催醒，由他好处行。——[清] 纳兰性德《菩萨蛮·朔风吹散三更雪》

qiāng 羌枪

羌内恕己以量人兮，各兴心而嫉妒。——[战国] 屈原《离骚》

羌笛何须怨杨柳，春风不度玉门关。——[唐] 王之涣《凉州词》

羌管悠悠霜满地，人不寐，将军白发征夫泪。——[宋] 范仲淹《渔家傲·秋思》

枪林逼，飞将军自重霄入。——[现代] 毛泽东《渔家傲·反第二次大“围剿”》

qiáng 墙强

墙墙不断接宫城，金榜皆书殿院名。——[唐] 王涯《宫词》

墙下桑叶尽，春蚕半未老。——[唐] 刘驾《桑妇》

墙墙边沥沥，砌砌下啾啾。——[唐] 贯休《东西二林寺流水》

墙里秋千墙外道。墙外行人，墙里佳人笑。——[宋] 苏轼《蝶恋花 · 春景》

强欲登高去，无人送酒来。——[唐] 岑参《行军九日思长安故园》

qiǎng　抢

抢榆念陵厉，覆篑图穹崇。——[唐] 刘禹锡《送僧方及南谒柳员外》

抢攘互间谍，孰辨枭与鸾。——[唐] 李商隐《行次西郊作一百韵》

抢攘尘土簿书里，见此缫籍天球温。——[宋] 范成大《送通守赵积中朝议请祠归天台》

qiàng　跄

跄跄鸟兽来。（今日虞音奏，跄跄鸟兽来。）——[唐] 李峤《笙》

跄帆亦得达常程。（江阔无忧风色横，跄帆亦得达常程。）——[明] 王跂《跄风帆》

qiāo　敲

敲石军中传夜火，斧冰河畔汲朝浆。——[唐] 韦应物《送孙徵赴云中》

敲石取鲜火，撇泉避腥鳞。——[唐] 刘言史《与孟郊洛北野泉上煎茶》

敲门惊昼睡，问报睦州吏。——[唐] 韩愈《寄皇甫湜》

敲扶密竹枝犹亚，煦暖寒禽气渐苏。——[唐] 元稹《酬乐天雪中见寄》

qiáo 乔 樵

乔柯啭娇鸟，低枝映美人。——[唐] 李世民《赋得樱桃》

乔木清宿雨，故关愁夕阳。——[唐] 皇甫冉《之京留别刘方平》

乔木深青春，清光满瑶席。——[唐] 孟郊《湘妃怨》

樵人归白屋，寒日下危峰。——[唐] 贾岛《雪晴晚望》

qiǎo 巧

巧落梅庭里，斜光映晓妆。——[唐] 沈佺期《李员外秦援宅观妓》

巧解逢人笑，还能乱蝶飞。——[唐] 皇甫冉《和王给事禁省梨花咏》

巧穷南国千般艳，趁得春风二月开。——[唐] 杜牧《见穆三十宅中庭海榴花谢》

巧拙循名异，浮沉顾位同。——[唐] 包佶《酬于侍郎湖南见寄十四韵》

qiào 俏 窍

俏也不争春，只把春来报。——[现代] 毛泽东《卜算子 · 咏梅》

窍腥蛟出后，形瘦浪冲余。——[唐] 刘昭禹《石笋》

qiē 切

切切委兄弟，依依向四邻。——[唐]王维《观别者》

切切重切切，秋风桂枝折。——[唐]张籍《杂怨》

切切孤竹管，来应云和琴。——[唐]杨师道《咏笙》

切切夜闺冷，微微孤烛然。——[唐]徐彦伯《孤烛叹》

qié 茄

茄苋避三舍，纸帐午梦宁。——[宋]刘澈《谢惠笋》

茄花亦争吐。（瓠实正累离，茄花亦争吐。）——[明]刘基《久雨坏墙园蔬尽压怅然成诗》

qiě 且

且放白鹿青崖间，须行即骑访名山。——[唐]李白《梦游天姥吟留别》

且知无玉馔，谁肯逐金丸。——[唐]骆宾王《畴昔篇》

且倾斗酒慰羁愁，重话符离问旧游。——白居易《醉后走笔酬刘五主簿长句之赠兼简张大贾二十》

且怜东皋上，水色侵荆扉。——[唐]钱起《登秦岭半岩遇雨》

qiè 妾窃惬

妾向双流窥石镜，君住三川守玉人。——[唐]骆宾王《艳情代郭氏答卢照邻》

妾家住横塘，红纱满桂香。——[唐]李贺《大堤曲》

窃闻天子已传位，圣德北服南单于。——[唐]杜甫《哀王孙》

惬心应在此，佳句向谁传。——[唐]张继《江上送客游庐山》

qīn 亲衾

亲见安期公，食枣大如瓜。——[唐]李白《寄王屋山人孟大融》

亲朋无一字，老病有孤舟。——[唐]杜甫《登岳阳楼》

亲友皆千里，三更独绕池。——[唐]雍陶《寒食夜池上对月怀友》

衾薄疑秋老，茶多觉夜长。——[宋]陈郁《宿普化庵》

qín 琴秦

琴觞恣偃傲，兰蕙相氛氲。——[唐]权德舆《竹径偶然作》

琴锁坏窗风自响，鹤归乔木隐难呼。——[唐]綦毋潜《经陆补阙隐居》

琴书凉簟净，灯烛夜窗幽。——[唐]姚合《酬任畴协律夏中苦雨见寄》

琴绝最伤情，朱华春不荣。——[现代]毛泽东《挽易昌陶》

秦时明月汉时关，万里长征人未还。——[唐]王昌龄《出塞》

qǐn 寝

寝息何时忘，沈忧日盈积。——[晋]潘安《悼亡诗》

寝帐巢禽出，香烟水雾和。——[唐]皇甫冉《奉和汉祖庙下之作》

寝兴思其义，澹泊味始真。——[唐]孟郊《隐士》

寝殿相连端正楼，太真梳洗楼上头。——[唐]元稹《连昌宫词》

qìn 沁

沁水田园先自多，齐城楼观更无过。——[唐]上官昭容《游长宁公主流杯池》

沁园佳丽夺蓬瀛，翠壁红泉绕上京。——[唐]邵升《奉和初春幸太平公主南庄应制》

沁水名园好物华，露盘分送子云家。——[宋]王安石《次韵乐道送花》

沁此万古雪，亘地气魄壮。——[明]沈周《图琴川钱氏沁雪石》

qīng 青 轻 清

青青子佩，悠悠我思。纵我不往，子宁不来？——[先秦]《诗经·郑风·子衿》

青青园中葵，朝露待日晞。——[汉]《乐府歌·长歌行》

青青子衿，悠悠我心。——[三国魏]曹操《短歌行》

青冥浩荡不见底，日月照耀金银台。——[唐]李白《梦游天姥吟留别》

青箬笠，绿蓑衣，斜风细雨不须归。——[唐]张志和《渔歌子》

青山遮不住，毕竟东流去。——[宋]辛弃疾《菩萨蛮·书江西造口壁》

青松怒向苍天发，败叶纷随碧水驰。——[现代]毛泽东《七律·有所思》

青云飘下能言鸟，黑海翻起愤怒鱼。——[现代]毛泽东《七律·读报有感》

轻拢慢捻抹复挑，初为霓裳后六幺。——[唐]白居易《琵琶行》

轻舟短棹西湖好，绿水逶迤，芳草长堤，隐隐笙歌处处随。——[宋]欧阳修《采桑子》

清明时节雨纷纷，路上行人欲断魂。——[唐]杜牧《清明》

清溪却向青滩泄，鸡声歇，马嘶人语长亭白。——[现代]毛泽东《归自谣》

qíng 晴

晴川历历汉阳树，芳草萋萋鹦鹉洲。——[唐]崔颢《黄鹤楼》

晴空一鹤排云上，便引诗情到碧霄。——[唐]刘禹锡《秋词》

晴野花侵路，春陂水上桥。——[唐]姚合《游春》

晴江万里云飞尽，鳌背参差日气红。——[唐]窦庠《金山寺》

qǐng 请

请君试问东流水，别意与之谁短长。——[唐]李白《金陵酒肆留别》

请为父老歌，艰难愧深情。——[唐]杜甫《羌村》

请看石上藤萝月，已映洲前芦荻花。——[唐]杜甫《秋兴》

请停此曲归正声，愿将雅乐调元气。——[唐]王毂《玉树曲》

qìng 庆

庆云未时兴，云龙潜作鱼。——[三国魏]曹植《言志诗》

庆云出处依时报，御果呈来每度尝。——[唐]李乂《奉和九月九日登慈恩寺浮图应制》

庆高闳此际，掌上一颗明珠剖。——[宋]李清照《长寿乐·南昌生日》

qióng 穷

穷分安藜藿，衰容胜薜萝。——[唐]刘长卿《奉寄婺州李使君舍人》

穷幽不知倦，复息芝园舍。——[唐]陆龟蒙《奉和袭美太湖诗二十首·上真观》

穷居无公忧，私此长夏日。——[唐]唐彦谦《六月十三日上陈微博士》

穷经甘寂寞，抱拙忍酸辛。——[元]雅琥《上执政四十韵》

qiū 丘 秋

丘陵今一变，无复白云谣。——[唐]张籍《庄陵挽歌词》

丘轲文之天，代天有余功。——[唐]贯休《上刘商州》

秋风萧瑟，洪波涌起。——[三国魏]曹操《观沧海》

秋草独寻人去后，寒林空见日斜时。——[唐]刘长卿《长沙过贾谊宅》

秋风度河上，大野入苍穹。——[现代]毛泽东《五律·喜闻捷报》

qiú 求

求之不得，寤寐思服。——[先秦]《诗经·周南·关雎》

求之时代不可知，千痕万穴如星离。——[唐]韦应物《寇季膺古刀歌》

求食饲雏禽，吐出美言词。——[唐]贾岛《辩士》

求人颜色尽，知道性情宽。——[唐]杜牧《贻隐者》

qiǔ 糗

糗糒常共饭，儿孙每更抱。——[唐]储光羲《田家杂兴》

糗粮辛苦待山田。(衣屦穷空委胡妇，糗粮辛苦待山田。)——[宋]王安石《高魏留》

qū 驱屈曲

驱鸡上树木，始闻叩柴荆。——[唐]杜甫《羌村》

驱车越陕郊，北顾临大河。——[唐]薛稷《秋日还京陕西十里作》

屈心而抑志兮，忍尤而攘诟。——[战国]屈原《离骚》

屈子当年赋楚骚，手中握有杀人刀。——[现代]毛泽东《七绝·屈原》

曲径通幽处，禅房花木深。——[唐]常建《题破山寺后禅院》

qú 渠衢

渠口添新石，篱根写乱泉。——[唐]白居易《闲居自题，戏招宿客》

渠水红繁拥御墙，风娇小叶学娥妆。——[唐]李贺《三月过行宫》

渠浊村春急，旗高社酒香。——[唐]李商隐《归墅》

渠滥水泉花巷湿，日销冰雪柳营春。——[唐]薛能《早春书事》

衢婺徽严水固豪，其如所至与山遭。——[宋]曾丰《江水出峡》

qǔ 曲

曲终收拨当心画，四弦一声如裂帛。——[唐]白居易《琵琶行》

曲成非寡和，长使思悠哉。——[唐]庾敬休《春雪映早梅》

曲池波晚冰还合，芳草迎船绿未成。——[五代]冯延巳《抛球乐》

qù 去

去国登兹楼，怀归伤暮秋。——[唐]李白《登新平楼》

去年今日此门中，人面桃花相映红。——[唐]崔护《题都城南庄》

去路多相似，行人半不同。——[唐]许棠《春日乌延道中》

去岁来寻我，留题在藓痕。——[唐]齐己《寓居岳麓，谢进士沈彬再访》

去去思君深，思君君不来。——[现代]毛泽东《挽易昌陶》

quán 权全荃泉

权势去尤速，瞥若石火光。——[唐]白居易《寓意诗》

全溪不可到，况复尽余醅。——[唐]李商隐《子初全溪作》

荃不察余之中情兮，反信谗而齌怒。——[战国]屈原《离骚》

泉眼无声惜细流，树阴照水爱晴柔。——[宋]杨万里《小池》

quǎn 犬

犬吠水声中，桃花带雨浓。——[唐]李白《访戴天山道士不遇》

犬吠鸡鸣几处，条桑种杏何人。——[唐]皇甫冉《送郑二之茅山》

犬因无主善，鹤为见人鸣。——[唐]张籍《哭山中友人》

犬上阶眠知地湿，鸟临窗语报天晴。——[唐]白居易《早兴》

quàn 劝

劝君更尽一杯酒，西出阳关无故人。——[唐]王维《送元二使安西》

劝君莫拒杯，春风笑人来。——[唐]李白《对酒》

劝君用却龙泉剑，莫负平生国士恩。——[唐]钱起《送傅管记赴蜀军》

劝尔诸僧好护持，不须垂钓引青丝。——[唐]元稹《修龟山鱼池示众僧》

quē 缺

缺篱将棘拒，倒石赖藤缠。——[唐]杜甫《秋日夔府咏怀奉寄郑监李宾客一百韵》

缺落泥土中，委弃无人收。——[唐] 白居易《折剑头》

缺处欲随波，波中先置笱。——[唐] 陆龟蒙《渔具诗·鱼梁》

缺月挂疏桐，漏断人初静。——[宋] 苏轼《卜算子·黄州定慧院寓居作》

què 却 阕 雀

却投晋山老，愁见汾阳花。——[唐] 岑参《送宇文南金放后归太原寓居，因呈太原郝主簿》

却看妻子愁何在，漫卷诗书喜欲狂。——[唐] 杜甫《闻官军收河南河北》

却回山寺路，闻打暮天钟。——[唐] 贾岛《雪晴晚望》

却是九华山有意，列行相送到江边。——[唐] 罗隐《别池阳所居》

却应筵上客，未必是知音。——[唐] 王贞白《歌》

阕终更想关山月，不惜新辞记旧声。——[宋] 苏颂《又和月夜理笛答晤见寄》

雀罗谁问讯，鹤氅罢追随。——[唐] 白居易《偶作寄朗之》

qūn 囷 逡

囷仓米谷满，未有旦夕忧。——[唐] 韩愈《南溪始泛》

囷中残旧谷，可备岁饥恶。——[唐] 白居易《官俸初罢，亲故见忧，以诗谕之》

囷圆收薄禄，厨敝备嘉肴。——[唐] 元稹《江边四十韵》

逡巡大遍凉州彻，色色龟兹轰录续。——[唐] 元稹《连昌宫词》

qún 群

群生各一宿，飞动自俦匹。——[唐]杜甫《写怀》

群盗无归路，衰颜会远方。——[唐]杜甫《戏题寄上汉中王》

群鸡正乱叫，客至鸡斗争。——[唐]杜甫《羌村》

群仙下云龙出水，鸾鹤交飞半空里。——[唐]卢纶《慈恩寺石磬歌》

李昭道《明皇幸蜀图》

R

rán 然 燃

然明方改俗，去病不为家。——[唐] 苏颋《同饯阳将军兼源州都督御史中丞》

然后解金组，拂衣东山岑。——[唐] 王维《送韦大夫东京留守》

然后天梯石栈相钩连。（地崩山摧壮士死，然后天梯石栈相钩连。）——[唐] 李白《蜀道难》

然无防备处，留待雪霜摧。——[唐] 元稹《虫豸诗·浮尘子》

燃灯传七祖，杖锡为诸侯。——[唐] 刘长卿《送勤照和尚往睢阳赴太守请》

rǎn 冉 染

冉冉孤生竹，结根泰山阿。——[汉] 古诗十九首《冉冉孤生竹》

冉冉年将病，力困衰怠竭。——[唐] 苏颋《夜发三泉即事》

冉冉望君来，握手珠眶涨。——[现代] 毛泽东《挽易昌陶》

染柳烟浓，吹梅笛怨，春意知几许。——[宋] 李清照《永遇乐·落日熔金》

ráng 禳 瓤

禳田一豚蹄。复操一盂酒，祝谷满吾栖。——[宋] 梅尧臣《咏怀》

瓤肉莹白如冰雪，浆液甘酸如醴酪。——[唐] 白居易《荔枝图序》

rǎng 攘

攘袖见素手，皓腕约金环。——[三国魏] 曹植《美女篇》

攘羊告罪言何直，舐犊牵情理岂虚。——[唐] 刘兼《贻诸学童》

ràng 让

让高泰伯开基日，贤见延陵复命时。——[唐] 罗隐《姑苏台》

让王门外开帆叶，义帝城中望戟支。——[唐] 陆龟蒙《送羊振文先辈往桂阳归觐》

让酒非关病，援琴不在声。——[唐] 张循之《送王汶宰江阴》

让紫归青壁，高名四海闻。——[唐] 贯休《上东林和尚》

让他绿发好年少，二十四岁作三公。——[宋] 陆游《纵笔》

ráo 饶 桡

饶阳因富得州名，不独农桑别有营。——[唐] 章孝标《送张使君赴饶州》

饶伊摇舌先知晓，也待青天明即鸣。——[唐] 无则《百舌鸟》

饶君拨尽相思调，待听梧桐叶落声。——[宋] 苏轼《鹧鸪天・佳人》

桡音转回塘，无由望文鷁。——[宋] 高斯得《不浮次韵予亦再赋》

rǎo 扰

扰扰陌上心，悠悠梦中见。——[唐] 皎然《兵后早春登故郭南楼望昆山寺白鹤观示清道人》

扰扰人间是与非，官闲自觉省心机。——[唐] 张籍《寄梅处士》

扰扰纷纷旦暮间，经营闲事不曾闲。——[唐] 元稹《余杭周从事以十章见寄词调清婉难于遍酬聊和》

扰扰复翻翻，黄昏飏冷烟。——[唐] 杜牧《鸦》

rào 绕

绕树三匝，何枝可依？——[三国魏] 曹操《短歌行》

绕砌紫鳞欹枕钓，垂檐野果隔窗攀。——[唐] 方干《湖北有茅斋湖西有松岛轻棹往返颇谐素心因成》

绕郭烟波浮泗水，一船丝竹载凉州。——[唐] 薛能《清河泛舟》

绕绕时萦蝶，关关乍引禽。——[唐] 窦常《花发上林》

rě 惹

惹愁谙世网，治苦赖空门。——[唐] 白居易《晚岁》

惹袖尚余香半日，向人如诉雨多时。——[唐] 崔橹《岸梅》

惹烟轻弱柳，蘸水漱清蒲。——[唐] 王贞白《芦苇》

惹起旧愁无限。盈盈泪眼。——[宋] 柳永《秋夜月 · 当初聚散》

rè 热

热眠雨水饥拾虫，翠尾盘泥金彩落。——[唐] 王建《伤韦令孔雀词》

热时怜水近，高处见山多。——[唐] 元稹《酬周从事望海亭见寄》

热烟疏竹古原西，日日乘凉此杖藜。——[唐] 齐己《夏日原西避暑寄吟友》

热来寻扇子，冷去对佳人。——[现代] 毛泽东《五律·看山》

rén 人

人生代代无穷已，江月年年只相似。——[唐] 张若虚《春江花月夜》

人生得意须尽欢，莫使金樽空对月。——[唐] 李白《将进酒·君不见》

人生如梦，一樽还酹江月。——[宋] 苏轼《念奴娇·赤壁怀古》

人有悲欢离合，月有阴晴圆缺，此事古难全。——[宋] 苏轼《水调歌头·明月几时有》

人生自古谁无死？留取丹心照汗青！——[宋] 文天祥《过零丁洋》

人生易老天难老，岁岁重阳。——[现代] 毛泽东《采桑子·重阳》

人世难逢开口笑，上疆场彼此弯弓月。——[现代] 毛泽东《贺新郎·读史》

rěn 忍

忍别青山去，其如绿水何。——[唐] 王维《别辋川别业》

忍怀贱妾平生曲，独上襄阳旧酒楼。——[唐] 李端《杂曲歌辞·妾薄命》

忍惜文章便闲得，看他趋竞取时名。——[唐] 齐己《送胤公归阙》

忍看朋辈成新鬼，怒向刀丛觅小诗。——[现代]鲁迅《无题》

rèn 认 刃 衽

认得春风先到处，西园南面水东头。——[唐]白居易《认春戏呈冯少尹、李郎中、陈主簿》

认声来月坞，寻迹到烟萝。——[唐]陆龟蒙《四明山诗·鹿亭》

认得东西木与金，自然炉鼎虎龙吟。——[唐]吕岩《七言》

认得醉翁语，山色有无中。——[宋]苏轼《水调歌头·黄州快哉亭赠张偓佺》

刃投有间多余地，语到无言辄自忘。——[宋]杨时《次韵蔡武子书怀》

衽席知无战，兵戈示不忘。——[唐]卢从愿《奉和圣制送张说巡边》

rēng 扔

扔节会朝天。（依僧聊避暑，扔节会朝天。）——[宋]赵蕃《呈刘子卿》

réng 仍

仍怜故乡水，万里送行舟。——[唐]李白《渡荆门送别》

仍怜转娇眼，别恨一横波。——[唐]梁锽《观王美人海图障子》

仍闻黑山寇，又觅汉家和。——[唐]张嫔《朔方书事》

仍歌杨柳春风。——[宋]苏轼《西江月·平山堂》

rì 日

日月忽其不淹兮，春与秋其代序。——[战国] 屈原《离骚》

日照香炉生紫烟，遥看瀑布挂前川。——[唐] 李白《望庐山瀑布》

日暮乡关何处是，烟波江上使人愁。——[唐] 崔颢《黄鹤楼》

日出江花红胜火，春来江水绿如蓝，能不忆江南？——[唐] 白居易《忆江南》

日长篱落无人过，唯有蜻蜓蛱蝶飞。——[宋] 范成大《四时田园杂兴》

róng 戎 荣

戎夷非草木，侵逐使狼狈。——[唐] 王昌龄《宿灞上寄侍御玙弟》

戎马关山北，凭轩涕泗流。——[唐] 杜甫《登岳阳楼》

戎衣犹铁甲，须眉等银冰。——[现代] 毛泽东《五律·张冠道中》

荣光休气纷五彩，千年一清圣人在。——[唐] 李白《西岳云台歌送丹丘子》

rǒng 冗

冗隶窃抽韵，孤属思将同。——[唐] 孟郊《奉同朝贤送新罗使》

冗官犹愧苏司业，不得时时送酒钱。——[宋] 贺铸《赠张士元》

冗繁削尽留清瘦，画到生时是熟时。——[清] 郑燮《题画竹》

róu 柔 揉

柔情托侍儿，为我遗所欢。——[唐]孟简《咏欧阳行周事》

柔桑锦臆雉，相送到烟霞。——[唐]李端《送戴徵士还山》

柔情似水，佳期如梦，忍顾鹊桥归路。——[宋]秦观《鹊桥仙》

揉蓝绿色曲尘开，静见三星入坐来。——[唐]佚名《褰帐》

ròu 肉

肉食三十万，猎射起黄埃。——[唐]杜甫《昔游》

肉绽筋挛四蹄脱，七马死尽无马骑。——[唐]元稹《望云骓马歌》

肉眼不识天上书，小儒安敢窥奥秘。——[唐]卢仝《赠金鹅山人沈师鲁》

肉食养老人，古虽有是说，修身以待终，何至陷饕餮。——[宋]陆游《杂感》

rú 如

如何弃置功不录，通籍无名滞江曲。——[唐]皎然《武源行赠丘卿岑》

如将舞鹤管，误向惊凫吹。——[唐]孟郊《答姚怤见寄》

如今直上银河去，同到牵牛织女家。——[唐]刘禹锡《浪淘沙》

如何为相忆，魂梦过潇湘。——[唐]李商隐《夜意》

如今天下红遍，江山靠谁守？——[现代]毛泽东《诉衷情·赠人》

rǔ 汝

汝何博謇而好修兮，纷独有此姱节。——[战国] 屈原《离骚》

汝阳三斗始朝天，道逢麴车口流涎，恨不移封向酒泉。——[唐] 杜甫《饮中八仙歌》

汝飞蓬蒿下，勿复投身网罗间。——[唐] 张籍《雀飞多》

汝今无复小腰身，不似江陵时好女。——[唐] 元稹《和乐天示杨琼》

rù 入

入门邻里喧迎接，列坐儿童见等威。——[唐] 萧项《赠翁承赞漆林书堂诗》

入耳便能生百恨，断肠何必待三声。——[唐] 韦庄《黄藤山下闻猿》

入门空有无，云海浩茫茫。——[宋] 苏轼《游灵隐高峰塔》

入门不拜骋雄辩，两女辍洗来趋风。——[现代] 毛泽东《戏续李白 < 梁父吟 >》

ruǎn 软

软草承趺坐，长松响梵声。——[唐] 王维《登辨觉寺》

软沙欹坐稳，冷石醉眠醒。——[唐] 杜甫《军中醉饮寄沈八、刘叟》

软著朝簪去，狂随别骑游。——[唐] 齐己《杨花》

软草平莎过雨新，轻沙走马路无尘。——[宋] 苏轼《浣溪沙 · 软草平莎过雨新》

软风吹过窗纱，心期便隔天涯。——[清] 纳兰性德《清平乐 · 风鬟雨鬓》

ruí 蕤

蕤宾五月中，清朝起南飔。——[晋]陶渊明《和胡西曹示顾贼曹》

蕤宾掩抑娇多怨，散水玲珑峭更清。——[唐]白居易《代琵琶弟子谢女师曹供奉寄新调弄谱》

ruǐ 蕊

蕊珠宫殿经微雨，草树无尘耀眼光。——[唐]元稹《清都春霁，寄胡三、吴十一》

蕊排难犯雪，香乞拟来风。——[唐]元稹《生春》

蕊焦蜂自散，蒂折蝶还移。——[唐]于鹄《惜花》

ruì 枘锐瑞

枘多初不晓，机密暗相该。——[宋]苏舜元《水轮聊句》

锐士千万人，猛气如熊罴。——[唐]储光羲《同诸公秋日游昆明池思古》

瑞脑消金兽。佳节又重阳，玉枕纱橱，半夜凉初透。——[宋]李清照《醉花阴·薄雾浓云愁永昼》

rún 瞤

瞤睡眼、醉花柔玉。——[清]董元恺《海棠春》

rùn 闰润

闰月再重阳，仙舆历宝坊。——[唐]宋之问《奉和圣制闰九月九日登庄严总持二寺阁》

闰岁风霜晚，山田收获迟。——[唐]皇甫冉《寄刘八山中》

闰余春早景沉沉，禊饮风亭恣赏心。——[唐]刘言史《奉酬》

闰年春过后，山寺始花开。——[唐]齐己《山寺喜道者至》

润础才晴又汗，湿薪未爆先烟。——[宋]范成大《苦雨》

ruó 挼

挼绳当系虏，单马岂邀功。——[唐]陈子昂《东征答朝臣相送》

挼尽梅花无好意，赢得满衣清泪。——[宋]李清照《清平乐·年年雪里》

挼挲玉箸光夺雪，纺络冰丝细如发。——[元]艾性夫《木绵布歌》

ruò 若箬

若用匹夫策，坐令军围溃。——[唐]王昌龄《宿灞上寄侍御玙弟》

若向蘼芜山下过，遥将红泪洒穷泉。——[唐] 刘禹锡《怀妓》

若对黄花孤负酒，怕黄花、也笑人岑寂。——[宋] 刘克庄《贺新郎·九日》

若问杭州何处好，此中听得野莺啼。——[现代] 毛泽东《七绝·五云山》

箬长潜沙笋，兰开傍石花。——[宋] 舒岳祥《送潘少白赴连山馆》

S

sā 撒

撒枕销行蚁，移杯失画蛇。——[唐]李端《酬秘书元丞郊园卧疾见寄》

sǎ 撒 洒

撒盐如可拟，愿糁和羹梅。——[唐]孟浩然《和张丞相春朝对雪》

洒空深巷静，积素广庭闲。——[唐]王维《冬晚对雪忆胡居士家》

洒扫黄金台，招邀青云客。——[唐]李白《寄上吴王》

洒之北原上，不待秋风至。——[唐]孟郊《悼幼子》

洒于诸瑞后，忧恐一冬无。——[唐]贯休《夜对雪寄杜使君》

洒向人间都是怨，一枕黄粱再现。——[现代]毛泽东《清平乐·蒋桂战争》

sà 飒 萨

飒飒飞平野，霏霏静暗尘。——[唐]李隆基《同刘晃喜雨》

飒飒风卷沙，茫茫雾萦洲。——[唐]李白《江上秋怀》

飒爽英姿五尺枪，曙光初照演兵场。——[现代]毛泽东《七绝·为女民兵题照》

萨埵装严已现成，才僧恰合去游循。——[宋]释文雅《临终偈》

sāi 腮

腮花弄暗粉，眼尾泪侵寒。——[唐]李贺《画角东城》

腮中新饵藻和香。——[唐]皮日休《奉和鲁望谢惠巨鱼之半》

sài 塞

塞北梅花羌笛吹，淮南桂树小山词。——[唐]刘禹锡《杨柳枝词》

塞门无事春空到，边草青青战马肥。——[唐]李频《赠泾州王侍御》

塞下秋来风景异，衡阳雁去无留意。——[宋]范仲淹《渔家傲·秋思》

塞上长城空自许，镜中衰鬓已先斑。——[宋]陆游《书愤》

sān 三

三顾频烦天下计，两朝开济老臣心。——[唐]杜甫《蜀相》

三千宠爱在一身。金屋妆成娇侍夜，玉楼宴罢醉和春。——[唐]白居易《长恨歌》

三杯两盏淡酒，怎敌他、晚来风急？——[宋]李清照《声声慢·寻寻觅觅》

三万里河东入海，五千仞岳上摩天。——[宋]陆游《秋夜将晓出篱门迎凉有感》

三年羁旅客，今日又南冠。——[明]夏完淳《别云间》

三上北高峰，杭州一望空。——[现代]毛泽东《五律·看山》

三十八年过去，弹指一挥间。——[现代]毛泽东《水调歌头·重上井冈山》

sǎn 伞

伞盖低垂金翡翠，熏笼乱搭绣衣裳。——[唐]白居易《石榴树》

伞峰一片崎危石，枕在青冥绝壁间。——[宋] 齐唐《石伞峰书堂》

sàn 散

散入珠帘湿罗幕，狐裘不暖锦衾薄。——[唐] 岑参《白雪歌送武判官归京》

散员足庇身，薄俸可资家。——[唐] 白居易《答故人》

散空烟漠漠，迸溜竹修修。——[唐] 姚合《酬任畴协律夏中苦雨见寄》

散彩辉吴甸，分形压楚关。——[唐] 朱延龄《秋山极天净》

sāng 桑 丧

桑野就耕父，荷锄随牧童。——[唐] 孟浩然《田家元日》

桑女淮南曲，金鞍塞北装。——[唐] 王翰《子夜春歌》

桑柘骈阗数亩间，门前五柳正堪攀。——[唐] 朱庆馀《归故园》

桑条无叶土生烟，箫管迎龙水庙前。——[唐] 李约《观祈雨》

丧乱死多门，呜呼泪如霰。——[唐] 杜甫《白马》

丧乱嘉陵驿，尘埃贾岛诗。——[唐] 齐己《送吴守明先辈游蜀》

sǎng 嗓

嗓眸冰镜空。（我欲揽遗迹，嗓眸冰镜空。）——[宋] 戴表元《东阳方韶卿惠古意七篇久不得和五月二十六日》

sàng 丧

丧志嫌孤宦，忘机爱澹交。——[唐] 郑谷《池上》

丧车出东门，生时马无力。——[唐] 鲍溶《悼豆卢策先辈》

sāo 骚

骚人嗟不见，汉道盛于斯。——[唐] 杜甫《偶题》

骚客空传成相赋，晋人已负绝交书。——[唐] 顾况《闲居怀旧》

骚雅锵金掷，风流醉玉颓。——[唐] 齐己《寄答武陵幕中何支使》

骚人可煞无情思，何事当年不见收。——[宋] 李清照《鹧鸪天 · 桂花》

sǎo 扫

扫素写道经，笔精妙入神。——[唐] 李白《王右军》

扫雪开松径，疏泉过竹林。——[唐] 皇甫曾《送孔征士》

扫眉才子知多少，管领春风总不如。——[唐] 王建《寄蜀中薛涛校书》

扫石耕山旧子真，布衣草履自随身。——[唐] 詹敦仁《遣子访刘乙》

sào 埽

埽箪因松叶，篸瓜使竹枝。——[唐] 张祜《夏日梅溪馆寄庞舍人》

埽空黄叶晚风定，飞尽碧天晴鸟回。——[宋] 汪涯《江帆》

sè 色

色浓春草在，峰起夏云归。——[唐] 皎然《夏日同崔使君论登城楼赋

色如练，万里遍，我有所思兮不得见。——[唐] 权德舆《渡江秋怨》

色湛仙人露，香传少女风。——[唐] 李峤《萱》

色照鸣珂静，声连喷玉雄。——[唐] 严维《奉和刘祭酒伤白马》

sēn 森

森罗万木合，属对百花全。——[唐] 元稹《献荥阳公诗五十韵》

森森椿树下，白龙来嗅人。——[唐] 贯休《梦游仙》

森森移得自山庄，植向空庭野兴长。——[唐] 李中《竹》

森森直干百余寻，高入青冥不附林。——[宋] 王安石《古松》

sēng 僧

僧腊阶前树，禅心江上山。——[唐] 韩翃《题荐福寺衡岳暕师房》

僧归红叶林间寺，人唤斜阳渡口船。——[明] 马中锡《晚渡咸阳》

僧是愚氓犹可训，妖为鬼蜮必成灾。——[现代] 毛泽东《七律·和郭沫若同志》

shā 沙 杀

杀气三时作阵云，寒声一夜传刁斗。——[唐] 高适《燕歌行》

沙平关路直，碛广郡楼低。——[唐] 杨凝《送人出塞》

沙上见日出，沙上见日没。——[唐] 岑参《日没贺延碛作》

沙场竟殒命，壮志也无违。——[现代] 毛泽东《五律·挽戴安澜将军》

shǎ 傻

傻得唯新。刮鼓丛中第一人。——[元] 王哲《减字木兰花·自咏》

shà 煞 唼 歃

煞兔谁知吻胜刀。（穿云自怪身如电，煞兔谁知吻胜刀。）——[唐] 章孝标《鹰》

唼唼游鱼近烟岛。（茂陵仙去菱花老，唼唼游鱼近烟岛。）——[唐] 温庭筠《昆明池水战词》

歃血谁当豫此盟。（撚髭人尽嗤吾拙，歃血谁当豫此盟。）——[宋] 刘克庄《答傅监仓》

shāi 筛

筛寒洒白乱溟濛，祷请功兼造化功。——[唐] 罗隐《甘露寺看雪上周相公》

筛月牵诗兴，笼烟伴酒杯。——[唐] 李中《庭竹》

shǎi 色

色子玲珑嵌得否，相思入骨两难禁。——[清]樊增祥《望江南》

shài 晒

晒药竹斋暖，捣茶松院深。——[唐]皇甫冉《寻戴处士》

晒篆看沙鸟，磨刀绽海鲛。——[唐]元稹《江边四十韵》

晒药上小峰，庭深无日色。——[唐]刘驾《冯叟居》

晒久频移花影，暄侵小褪香罗。——[清]董以宁《画堂春·晒药》

shān 山

山不厌高，海不厌深。——[三国魏]曹操《短歌行》

山气日夕佳，飞鸟相与还。——[晋]陶渊明《饮酒》

山随平野尽，江入大荒流。——[唐]李白《渡荆门送别》

山回路转不见君，雪上空留马行处。——[唐]岑参《白雪歌送武判官归京》

山外青山楼外楼，西湖歌舞几时休？——[宋]林升《题临安邸》

山重水复疑无路，柳暗花明又一村。——[宋]陆游《游山西村》

山河破碎风飘絮，身世浮沉雨打萍。——[宋]文天祥《过零丁洋》

山舞银蛇，原驰蜡象，欲与天公试比高。——[现代]毛泽东《沁园春·雪》

山下旌旗在望，山头鼓角相闻。——[现代]毛泽东《西江月·井冈山》

shǎn 闪

闪怪千石形，异状安可量。——[唐] 孟郊《答卢仝》

闪闪灯背壁，胶胶鸡去埘。——[唐] 元稹《感梦》

闪灼虎龙神剑飞，好凭身事莫相违。——[唐] 吕岩《绝句》

闪闪酒帘招醉客，深深绿树隐啼莺。——[五代] 李中《江边吟》

shàn 善 擅

善士有余食，佳畦冬生苗。——[唐] 孟郊《寿安西渡奉别郑相公》

擅美玄光侧，传芳瀚海中。——[唐] 李峤《梨》

shāng 商 伤

商路雪开旗旆展，楚堤梅发驿亭春。——[唐] 张籍《送李司空赴镇襄阳》

商州南十里，有水名寿泉。——[唐] 白居易《重过寿泉，忆与杨九别时，因题店壁》

商女不知亡国恨，隔江犹唱后庭花。——[唐] 杜牧《泊秦淮》

伤心秦汉经行处，宫阙万间都做了土。——[元] 张养浩《山坡羊·潼关怀古》

shǎng 赏

赏异忽已远，探奇诚淹留。——[唐] 孟郊《越中山水》

赏心难久留，离念来相关。——[唐]柳宗元《构法华寺西亭》
赏花珠并缀，看雪壁常连。——[唐]元稹《酬窦校书二十韵》
赏心乐事四时同，又管甚、落花飞絮。——[宋]郭应祥《鹊桥仙·周监包会上作》

shàng 上 尚

上有六龙回日之高标，下有冲波逆折之回川。——[唐]李白《蜀道难》
上客佩双剑，东城喜再游。——[唐]韩翃《送监军李判官》
上马萧萧襟袖凉，路穿禾黍绕宫墙。——[唐]韦庄《秋日早行》
尚怜终南山，回首清渭滨。——[唐]杜甫《奉赠韦左丞丈二十二韵》

shāo 烧 捎

烧书灭国无暇日，铸剑佩玦惟将军。——[唐]李贺《白虎行》
烧成渐渐红。一丸延万纪，物外去冲冲。——[唐]吕岩《五言》
烧坞新云白，渔家众木凋。——[唐]贯休《秋晚泊石头驿有寄》
捎下相偎沙碛。小艇谁吹横笛。——[宋]朱敦儒《双鸂鶒》

sháo 韶 芍

韶光开令序，淑气动芳年。——[唐]李世民《春日玄武门宴群臣》
芍药吹欲尽，无奈晓风何。——[唐]孟郊《看花》

芍药绽红绡，巴篱织青琐。——[唐]元稹《红芍药》

芍药与君为近侍，芙蓉何处避芳尘。——[唐]罗隐《牡丹花》

shào 少 绍

少壮不努力，老大徒伤悲！——[汉]《乐府歌·长歌行》

少无适俗韵，性本爱丘山。——[晋]陶渊明《归园田居》

少小离家老大回，乡音无改鬓毛衰。——[唐]贺知章《回乡偶书》

少妇城南欲断肠，征人蓟北空回首。——[唐]高适《燕歌行》

少年不识愁滋味，爱上层楼。——[宋]辛弃疾《丑奴儿·书博山道中壁》

少年倜傥廊庙才，壮志未酬事堪哀。——[现代]毛泽东《七律·咏贾谊》

绍熙又见四番春，春日春盘节物新。——[宋]陆游《立春》

shē 奢 赊

奢者狼藉俭者安，一凶一吉在眼前。——[唐]白居易《草茫茫·惩厚葬也》

赊来半夏重熏尽，投著山中旧主人。——[唐]王建《寄刘蕡问疾》

赊得溪翁酒，闲寻道士棋。——[宋]戴复古《白鹤观》

shé 蛇

蛇皮细有纹，镜面清无垢。——[唐]白居易《泛春池》

蛇出燕巢盘斗栱，菌生香案正当衙。——[唐]元稹《连昌宫词》

蛇子蛇孙鳞蜿蜿，新香几粒洪崖饭。——[唐]李贺《五粒小松歌》

蛇鳞鹿迹尚莫到，安问樵老诸牛童。——[宋]梅尧臣《寄题周效美琨瑶洞》

shě 舍

舍施割肌肤，攀缘去亲爱。——[唐]高適《同马太守听九思法师讲金刚经》

舍酒去相语，共分一日光。——[唐]韩愈《此日足可惜赠张籍》

舍矢如破石可裂，应弦尽敌山为空。——[唐]独孤及《和李尚书画射虎图歌》

shè 社 射 涉 摄 舍

社稷安危在直言，须历尧阶挝谏鼓。——[唐]贯休《送张拾遗赴施州司户》

社过多来燕，花繁渐老莺。——[唐]齐己《春居寄友生》

射人先射马，擒贼先擒王。——[唐]杜甫《前出塞》

涉江采芙蓉，兰泽多芳草。——[汉]《古诗十九首·涉江采芙蓉》

摄提贞于孟陬兮，惟庚寅吾以降。——[战国]屈原《离骚》

舍南舍北皆春水，但见群鸥日日来。——[唐]杜甫《客至》

shēn 申 伸 身 深 参

申黜褒女进，班去赵姬升。——[南朝]鲍照《代白头吟》

伸眉一笑岂易得，神之报汝亦已丰。——[宋]苏轼《登州海市》

身当恩遇常轻敌，力尽关山未解围。——[唐] 高适《燕歌行》

身向云山那畔行，北风吹断马嘶声，深秋远塞若为情！——[清] 纳兰性德《浣溪沙·身向云山那畔行》

身不得，男儿列。心却比，男儿烈！——[清] 秋瑾《满江红·小住京华》

深林人不知，明月来相照。——[唐] 王维《竹里馆》

参商半夜起，琴瑟一声离。——[唐] 元稹《代九九》

shén 神

神龟虽寿，犹有竟时。——[三国魏] 曹操《龟虽寿》

神女应无恙，当惊世界殊。——[现代] 毛泽东《水调歌头·游泳》

shěn 沈 审

沈家园里花如锦，半是当年识放翁。——[宋] 陆游《春游》

沈沙舟畔千帆过，剪翮笼边百鸟翔。——[宋] 陆游《读胡基仲旧诗有感》

审谕留中密，开陈与上言。——[唐] 苏颋《故右散骑常侍舒国公褚公挽词》

审雨堂中知是梦，未须豪横诧衰翁。——[宋] 方回《七月初一日晚大恶风而雨》

shèn 甚 蜃

甚悦我皇心，得与王母对。——[唐] 王昌龄《宿灞上寄侍御玙弟》

甚愧丈人厚，甚知丈人真。——[唐]杜甫《奉赠韦左丞二十二韵》

蜃散云收破楼阁，虹残水照断桥梁。——[唐]白居易《江楼晚眺景物鲜奇吟玩成篇寄水部张员外》

shēng 升 生 声

升沉应已定，不必问君平。——[唐]李白《送友人入蜀》

升堂坐阶新雨足，芭蕉叶大栀子肥。——[唐]韩愈《山石》

生当作人杰，死亦为鬼雄。——[宋]李清照《夏日绝句》

声喧乱石中，色静深松里。——[唐]王维《过青溪水作》

shéng 绳

绳绳云步，穆穆天容。——[唐]张说《唐享太庙乐章·太和》

绳床独坐翁，默览有所传。——[唐]孟郊《偷诗》

绳烂金沙井，松干乳洞梯。——[唐]李商隐《昭州》

绳床有高隐，苦调起岑寂。——[宋]文同《题李处士月轩》

shěng 省

省中啼鸟吏人稀。晨摇玉佩趋金殿，夕奉天书拜琐闱。——[唐]王维《酬郭给事》

省客当此时，忽贻怀中琼。——[唐]皎然《酬薛员外谊苦热行见寄》

省得老僧留不住，重寻更可有因由。——[唐]王建《望定州寺》

省对流莺坐绮筵。今日寄来春已老，凤楼迢递忆秋千。——[唐]李商隐《评事翁寄赐饧粥走笔为答》

省署随清品，渔舟爽素期。——[唐]郑谷《投时相十韵》

shèng 圣 盛 胜 剩

圣代即今多雨露，暂时分手莫踌躇。——[唐]高适《送李少府贬峡中王少府贬长沙》

盛年不重来，一日难再晨。——[晋]陶渊明《杂诗》

胜日寻芳泗水滨，无边光景一时新。——[宋]朱熹《春日》

剩水残山无态度，被疏梅料理成风月。——[宋]辛弃疾《贺新郎·把酒长亭说》

shī 师 诗 狮 施

师称机械化，勇夺虎罴威。——[现代]毛泽东《五律·挽戴安澜将军》

诗界千年靡靡风，兵魂销尽国魂空。——[现代]梁启超《读<陆放翁集>》

狮子当觞且勿喧。（虎头锐视非无种，狮子当觞且勿喧。）——[宋]陈造《京口呈张合学》

施朱施粉色俱好，倾国倾城艳不同。——[宋]邵雍《二色桃》

shí 时 十 石 食

时暧暧其将罢兮，结幽兰而延伫。——[战国]屈原《离骚》

十五从军征，八十始得归。——[汉]《古诗·十五从军征》

十二门前融冷光，二十三丝动紫皇。——[唐]李贺《李凭箜篌引》

十年生死两茫茫，不思量，自难忘。——[宋]苏轼《江城子·乙卯正月二十日夜记梦》

石破天惊逗秋雨。（女娲炼石补天处，石破天惊逗秋雨。）——[唐]李贺《李凭箜篌引》

食野之苹。我有嘉宾，鼓瑟吹笙。——[三国魏]曹操《短歌行》

shǐ 史 豕 使 驶 始

史才司秘府，文哲今超古。——[唐]许孟容《答权载之离合诗》

豕犬有遗恨，麒麟空复情。——[宋]王翥《吴宣抚故宅》

使君自有妇，罗敷自有夫。——[汉]《乐府歌·陌上桑》

驶雨更冷风，长松十里中。——[宋]赵蕃《铅山道中怀故兴化令贾元放故郁林教授贾季承》

始知端正心，寐语尚不诳。——[宋]梅尧臣《和元之述梦见寄》

shì 示 似 世 市

示我数篇文，与古争驰突。——[宋]徐铉《酬郭先辈》

似此星辰非昨夜，为谁风露立中宵。——[清]黄景仁《绮怀》

世溷浊而嫉贤兮，好蔽美而称恶。——[战国]屈原《离骚》

世间行乐亦如此，古来万事东流水。——[唐]李白《梦游天姥吟留别》

世味年来薄似纱，谁令骑马客京华。——[宋]陆游《临安春雨初霁》

世上无难事，只要肯登攀。——[现代]毛泽东《水调歌头·重上井冈山》

市列珠玑，户盈罗绮，竞豪奢。——[宋]柳永《望海潮》

shōu 收

收兵铸金人，函谷正东开。——[唐]李白《古风》

收拾新琴谱，封题旧药方。——[唐]张籍《和陆司业习静寄所知》

收拾旧山河，朝天阙。——[宋]岳飞《满江红·写怀》

收拾金瓯一片，分田分地真忙。——[现代]毛泽东《清平乐·蒋桂战争》

shóu 熟

熟知茅斋绝低小，江上燕子故来频。——[唐]杜甫《绝句漫兴》

熟宜茶鼎里，餐称石瓯中。——[唐]姚合《病中辱谏议惠甘菊药苗，因以诗赠》

熟杏暖香梨叶老，草梢竹栅锁池痕。——[唐]李贺《南园》

熟寝初同鹤，含嘶欲并蝉。——[唐]李商隐《谢先辈防记念拙诗甚多，异日偶有此寄》

shǒu 手 守

手把文书口称敕，回车叱牛牵向北。——[唐] 白居易《卖炭翁》

守郡卧秋阁，四面尽荒山。——[唐] 韦应物《简郡中诸生》

守淡遗众俗，养疴念余生。——[唐] 孟郊《西斋养病夜怀多感因呈上从叔子云》

守着窗儿，独自怎生得黑？——[宋] 李清照《声声慢·寻寻觅觅》

shòu 受 授 瘦

受尽人间苦。欲指虚无问征路。——[宋] 朱敦儒《苏幕遮·酒壶空》

授玉骞骞雾霭，赠绡龙戏花娇。——[宋] 张镃《木兰花慢·七夕》

瘦妻僵前子仆后，攘攘盗贼森戈矛。——[宋] 王安石《杜甫画像》

shū 书 疏

书生意气，挥斥方遒。——[现代] 毛泽东《沁园春·长沙》

疏枝立寒窗，笑在百花前。——[现代] 毛泽东《卜算子·悼国际共产主义战士艾地同志》

shú 赎

赎死何由可百身，遗书犹足警来人。——[宋] 刘宰《书陈少阳遗墨后》

shǔ 蜀属暑

蜀相吟安在，羊公碣已磨。——[唐]张九龄《登襄阳岘山》

蜀酝天寒留客醉，陇禽山晓隔帘呼。——[唐]罗邺《赠东川梓桐县韦德孙长官》

属国归何晚，楼兰斩未还。——[唐]杜甫《秦州杂诗》

暑往寒来春复秋，夕阳西去水东流。——[宋]释慧远《颂古》

shù 戍树

戍城聊一望，花雪几参差。——[唐]卢照邻《和吴侍御被使燕然》

戍客望边色，思归多苦颜。——[唐]李白《横吹曲辞·关山月》

戍鼓断人行，边秋一雁声。——[唐]杜甫《月夜忆舍弟》

戍客戍清波，幽闺幽思多。——[唐]徐彦伯《春闺》

树树皆秋色，山山唯落晖。——[唐]王绩《野望》

shuā 刷

刷羽同摇漾，一举还故乡。——[南朝]沈约《咏湖中雁》

刷尾青江浦，交颈紫山岑。——[唐]陈子昂《鸳鸯篇》

刷羽思乔木，登龙恨失波。——[唐]钱起《长安落第作》

刷羽竞生堪画势，依泉各有取鱼心。——[唐]顾非熊《崔卿双白鹭》

shuǎ 耍

耍队相挨。管箫笙簧相间斗，远如声韵碧霄来。——[宋]吴潜《昼锦堂·己未元夕》

shuāi 衰

衰颜虽拂拭，蹇步尚低徊。——[唐]白居易《酬卢秘书二十韵》

衰老无多思，因君把笔毫。——[唐]姚合《答李频秀才》

衰兰送客咸阳道，天若有情天亦老。——[唐]李贺《金铜仙人辞汉歌》

衰草连天无意绪，雁声远向萧关去。——[清]纳兰性德《蝶恋花·又到绿杨曾折处》

shuǎi 甩

甩归脱征骖，柳叶半黄落。——[宋]杨冠卿《感事》

shuài 帅 率

帅言发硎罪，不使刃稍刓。——[唐]元稹《箭镞》

率土普天无不乐，河清海晏穷寥廓。——[唐]顾况《八月五日歌》

率怕人言谨，闲宜酒韵高。——[唐]司空图《漫题》

shuān 闩栓

闩了柴门下钓船。（渔翁半醉斜阳里，闩了柴门下钓船。）——[宋]林泳《建溪道间》

栓点笥中惟有此。（书囊无度半法骈，栓点笥中惟有此。）——[宋]王迈《墨歌寄林明叔》

shuàn 涮

涮尽嚏喋全无腥。（荷香菱香溪清泠，涮尽嚏喋全无腥。）——[唐]王质《水友辞·鱼燕子》

shuāng 霜双

霜简别来今始见，雪山归去又难逢。——[唐]皎然《同颜鲁公泛舟送皇甫侍御曾》

霜鬓不嫌杯酒兴，白头仍爱玉炉熏。——[唐]胡杲《七老会诗》

霜晨月，马蹄声碎，喇叭声咽。——[现代]毛泽东《忆秦娥·娄山关》

双兔傍地走，安能辨我是雄雌？——[北朝]《乐府民歌·木兰诗》

shuǎng 爽

爽气浮丹阙，秋光澹紫宫。——[唐]李世民《秋日即目》

爽合风襟静，高当泪脸悬。——[唐]杜甫《月》

爽气长空净，高吟觉思宽。——[唐]杨师道《初秋夜坐应诏》

爽气动心斗，千古照林峦。——[宋]朱熹《水调歌头·不见严夫子》

shuí 谁

谁家今夜扁舟子？何处相思明月楼？——[唐]张若虚《春江花月夜》

谁家玉笛暗飞声，散入春风满洛城。——[唐]李白《春夜洛城闻笛》

谁知盘中餐，粒粒皆辛苦。——[唐]李绅《悯农》

谁言寸草心，报得三春晖。——[唐]孟郊《游子吟》

谁见幽人独往来，缥缈孤鸿影。——[宋]苏轼《卜算子·黄州定慧院寓居作》

谁敢横刀立马？唯我彭大将军！——[现代]毛泽东《致彭德怀同志》

shuǐ 水

水何澹澹，山岛竦峙。——[三国魏]曹操《观沧海》

水寒手涩丝脆断，续来续去心肠烂。——[唐]王建《当窗织》

水蒲渐展书带叶，山榴半含琴轸房。——[唐]白居易《江亭玩春》

水光潋滟晴方好，山色空蒙雨亦奇。——[宋]苏轼《饮湖上初晴后雨》

shuì 睡 税

睡脸桃破风，汗妆莲委露。——[唐]元稹《梦游春七十韵》

睡少全无病，身轻乍去袍。——[唐]齐己《闲居》

睡觉东窗日已红。万物静观皆自得，四时佳兴与人同。——[宋]程颢《秋日》

税重多贫户，农饥足旱田。——[唐]白居易《别州民》

shǔn 吮

吮痈世所薄，挟纩恩难顾。——[唐]薛奇童《拟古》

吮毫兼叠简，占作南獠诗。——[宋]欧阳修《南獠》

shùn 顺 瞬 舜

顺时倾宴赏，亦以助文经。——[唐]李适《元日退朝观军仗归营》

顺水而行，云驰鸟疾。——[宋]苏轼《何公桥》

瞬息光阴便百年，壮时无谓此身坚。——[宋]胡宏《送友人归荆南》

舜德尧仁化犬戎，许提河陇款皇风。——[唐]马植《奉和白敏中圣道和平致兹休运岁终功就合咏盛明呈上》

shuō 说

说法动海岳，游方化公卿。——[唐]李白《赠僧崖公》

说尽向来无限事，相看摩捋白髭须。——[唐]张籍《逢故人》

说即非难说，行还不易行。——[唐]齐己《与聂尊师话道》

shuò 朔

朔气传金柝，寒光照铁衣。——[北朝]《乐府民歌·木兰诗》

朔风飘胡雁，惨澹带砂砾。——[唐]杜甫《遣兴》

朔方气乃苏，黎首见帝业。——[唐]杜甫《八哀诗·故司徒李公光弼》

朔风动地来，吹起沙上声。——[唐]陆龟蒙《鸣雁行》

sī 思司

思九州之博大兮，岂惟是其有女？——[战国]屈原《离骚》

思君令人老，岁月忽已晚。——[汉]《古诗十九首·行行重行行》

思来江山外，望尽烟云生。——[唐]张九龄《秋晚登楼望南江入始兴郡路》

思君达永夜，长乐闻疏钟。——[唐]李白《夕霁杜陵登楼，寄韦繇》

司空见惯浑闲事，断尽苏州刺史肠。——[唐]刘禹锡《赠李司空妓》

sǐ 死

死生不相及，花落实方荣。——[唐]王建《主人故亭》

死且不自觉，其余安可论。——[唐]刘禹锡《有感》

死地再生知德重，精兵连诛觉山移。——[唐]贯休《贺郑使君》

死去元知万事空，但悲不见九州同。——[宋]陆游《示儿》

sì 四 驷

四海无闲田，农夫犹饿死。——[唐]李绅《悯农》

四面边声连角起，千嶂里，长烟落日孤城闭。——[宋]范仲淹《渔家傲·秋思》

四十三年，望中犹记，烽火扬州路。——[宋]辛弃疾《永遇乐·京口北固亭怀古》

四面歌残终破楚，八年风味徒思浙。——[清]秋瑾《满江红·小住京华》

四海翻腾云水怒，五洲震荡风雷激。——[现代]毛泽东《满江红·和郭沫若同志》

四十八盘才走过，风驰又已到钱塘。——[现代]毛泽东《七绝·莫干山》

驷玉虬以桀鹥兮，溘埃风余上征。——[战国]屈原《离骚》

sōng 松

松风吹解带，山月照弹琴。——[唐]王维《酬张少府》

松门风自扫，瀑布雪难消。——[唐]皇甫曾《送少微上人东南游》

松际露微月，清光犹为君。——[唐]常健《宿王昌龄隐居》

松下问童子，言师采药去。——[唐]贾岛《寻隐者不遇》

sǒng 耸 竦

耸我残病骨，健如一仙人。——[唐]孟郊《游枋口》

耸地心才直，凌云操未全。——[唐]张祜《题小松》

耸势即空碧，时人看莫厌。——[唐]王贞白《冯氏书斋小松》
竦听荒鸡偏阒寂，起看星斗正阑干。——[现代]鲁迅《亥年残秋偶作》

sòng 讼 送 诵 颂

讼庭无事罗众宾，杳然如在丹青里。——[唐]李白《当涂赵炎少府粉图山水歌》
送君一醉天山郭，正见夕阳海边落。——[唐]岑参《热海行送崔侍御还京》
诵诗得非子夏学，紬史正作丘明书。——[宋]苏轼《次韵黄鲁直赤目》
颂琴不朽终流庆，石仲相看莫计年。——[元]艾性夫《拜五世祖妣墓》

sōu 搜

搜穷古今书，事事相酌量。——[唐]张籍《祭退之》
搜罗尔甚微，遁去将何入。——[唐]陆龟蒙《渔具诗·鸣根》
搜山得探卒，放火猎黄羊。——[唐]贯休《古塞下曲》
搜搅胸中万卷，还倾动、三峡词源。——[宋]黄庭坚《满庭芳·茶》

sǒu 叟 薮

叟读儒书五十年，一事不成今白首。——[宋]陆文圭《赠道人周大方》
薮丘水竹挥毫助，友爱朋从摄袂随。——[宋]苏籀《北榭》

sòu 嗽

嗽炼华池灌玉芝。（我今只忆徐灵期，嗽炼华池灌玉芝。）——[宋] 白玉蟾《南岳九真歌题寿宁冲和阁》

sū 苏

苏粪壤以充帏兮，谓申椒其不芳。——[战国] 屈原《离骚》

苏君年几许，状貌如玉童。——[唐] 李颀《赠苏明府》

苏武执节归，班超束书起。——[唐] 鲍溶《壮士行》

苏武节旄尽，李陵音信稀。——[唐] 杨衡《边思》

苏子黑貂将已尽，宋弘青鸟又空回。——[唐] 刘兼《命妓不至》

sú 俗

俗玩讵能近，道嬉方可淹。——[唐] 孟郊《喷玉布》

俗尚东皇祀，谣传义帝冤。——[唐] 刘禹锡《武陵书怀五十韵》

俗态虽多累，仙标发近狂。——[唐] 李商隐《崇让宅东亭醉后沔然有作》

俗子胸襟谁识我？英雄末路当磨折。——[清] 秋瑾《满江红 · 小住京华》

sù 宿 粟 谡 溯 素 簌

宿鸟归飞急。何处是归程？长亭更短亭。——[唐]李白《菩萨蛮·平林漠漠烟如织》

粟玉玲珑，雍酥浮动。——[宋]毛滂《踏莎行·蜡梅》

谡谡东风作雨寒。无言独自凭栏干。——[宋]赵长卿《鹧鸪天·春残》

溯源应太古，堕世又何年？——[清]曹雪芹《题自画石》

素衣莫起风尘叹，犹及清明可到家。——[宋]陆游《临安春雨初霁》

素月分辉，明河共影，表里俱澄澈。——[宋]张孝祥《念奴娇·过洞庭》

簌簌衣巾落枣花，村南村北响缲车。——[宋]苏轼《浣溪沙·簌簌衣巾落枣花》

suān 酸 狻

酸枣垂北郭，寒瓜蔓东篱。——[唐]李白《寻鲁城北范居士失道落苍耳中见范置酒摘苍耳》

酸辛犯葱岭，憔悴涉龙沙。——[唐]元稹《感石榴二十韵》

酸寒孟夫子，苦爱老叉诗。——[唐]刘叉《答孟东野》

狻猊断火香犹婉，促织催秋袂怯单。——[宋]陈起《秋夜怀康节》

suàn 蒜 算

蒜山东路春风绿，埋没谁知太守阡。——[宋]王安石《王中甫学士挽辞》

算得贞元旧朝士，几人同见太和春。——[唐]元稹《酬白乐天杏花园》

算棋默向孤云坐，随鹤闲穷片水回。——[唐]马戴《赠祠部令狐郎中》

算平生肝胆，因人常热。——[清]秋瑾《满江红·小住京华》

suī 虽

虽信美而无礼兮，来违弃而改求。——[战国]屈原《离骚》

虽未量岁功，既事多所欣。——[晋]陶渊明《癸卯岁始春怀古田舍》

虽去清秋远，朝朝见白云。——[唐]姚合《郡中西园》

虽无宾主意，颇得清净理。——[唐]丘为《寻西山隐者不遇》

suí 随 绥

随意春芳歇，王孙自可留。——[唐]王维《山居秋暝》

随风潜入夜，润物细无声。——[唐]杜甫《春夜喜雨》

随缘聊振锡，高步出东城。——[唐]吕温《送文畅上人东游》

绥绥如乱丝。梅生独抱愁，四顾无与期。——[宋]梅尧臣《五月十日雨中饮》

suǐ 髓

髓裂饵仙才。晋市飞樵札，燕郊落烧煤。——[宋]司马光《太行》

髓实自身坚。运满三田。刀圭服了得神仙。——[宋]宋先生《浪淘沙·铅汞要加添》

suì 岁 隧 穗 燧

岁暮阴阳催短景，天涯霜雪霁寒宵。——[唐]杜甫《阁夜》

岁去弦吐箭，忧来蚕抽纶。——[唐]孟郊《寿安西渡奉别郑相公》

岁久人无千日好，春深花有几时红。——[明]唐寅《警世》

隧碑无字雨苔荒。（殡阁有灯秋树暗，隧碑无字雨苔荒。）——[宋]赵肃远《岳王坟》

穗帷飘井干，樽酒若平生。——[南朝]谢朓《同谢谘议咏铜雀台》

燧谨寒更烽候朝，鸠工何暇尚逍遥。——[清]爱新觉罗·弘历《题宁远祖氏石坊》

sūn 孙 荪 飧

孙简下威凤，系霜琼玉枝。——[唐]许孟容《答权载之离合诗》

荪兰不惜手种植，萧艾依前力锄薙。——[宋]吴泳《寿范翁》

飧浆便北客，淖粥称衰翁。——[宋]陆游《午兴》

sǔn 损 笋

损躯报夫仇，万死不顾生。——[唐]李白《东海有勇妇》

损神终日谈虚空，不必归命于胎中。——[唐]刘叉《修养》

笋根雉子无人见，沙上凫雏傍母眠。——[唐]杜甫《绝句漫兴》

笋添南阶竹，日日成清閟。——[唐]韩愈《新竹》

suō 梭缩蓑

梭肚两头栾。（江南鼓，梭肚两头栾。）——[唐]伊用昌《忆江南·江南鼓》

缩衣节食勤耕桑。追思食不餍糟糠，匆使水旱忧尧汤。——[宋]陆游《秋获歌》

缩手未闲终坐巧，逾垣欲避转愁偏。——[明]李东阳《东山先生有两广之命奉寄》

蓑笠一钩丝。锦鳞正在深处，千尺也须垂。——[宋]黄庭坚《诉衷情·家风如何》

suǒ 索所

索琼茅以筳篿兮，命灵氛为余占之。——[战国]屈原《离骚》

索寞竟何事，徘徊只自知。——[唐]柳宗元《南涧中题》

所谓伊人，在水一方。——[先秦]《诗经·周南·关雎》

所守或匪亲，化为狼与豺。——[唐]李白《蜀道难》

刘松年《书罗汉图》

T

tā 它他

它时更欲求奇迹，画我溪头把钓缗。——[宋] 陆游《赠传神水监》

他人方寸间，山海几千重。——[唐] 李白《杂歌谣辞·箜篌谣》

他乡饶梦寐，失侣自屯邅。——[唐] 杜甫《寄岳州贾司马六丈、巴州严八使君两阁老》

他时相忆双航苇，莫问吴江深不深。——[唐] 独孤及《将还越留别豫章诸公》

tǎ 塔

塔势如涌出，孤高耸天宫。——[唐] 岑参《与高适薛据同登慈恩寺浮图》

塔形标海月，楼势出江烟。——[唐] 李白《春日归山，寄孟浩然》

塔影高群木，江声压暮钟。——[唐] 齐己《经安公寺》

塔上一铃独自语，明日颠风当断渡。——[宋] 苏轼《大风留金山两日》

tà 踏

踏沙掇水蔬，树下烝新粳。——[唐] 张籍《祭退之》

踏雾乘同归，撼玉山上闻。——[唐] 李贺《兰香神女庙》

踏遍天涯路，春三秋又三。——[宋] 胡仲参《试后书怀》

踏遍青山人未老，风景这边独好。——[现代] 毛泽东《清平乐·会昌》

tāi 胎

胎卵湿化类，蠢蠢难具陈。——[唐] 白居易《和微之诗》

胎息存思当黑处，井华悬绠取朝间。——[唐] 贾岛《赠温观主》

胎化呈仙质，长鸣在九皋。——[唐] 无名氏《鹤鸣九皋》

tái 台 抬

台头有酒莺呼客，水面无尘风洗池。——[唐] 白居易《奉和思黯自题南庄见示兼呈梦得》

台山初罢雾，岐海正分流。——[唐] 郑愚《幼作》

台上少年吹白雪，楼中思妇敛青蛾。——[唐] 翁绶《折杨柳》

抬望眼，仰天长啸，壮怀激烈。——[宋] 岳飞《满江红》

tài 太 泰

太岁只游桃李径，春风肯管岁寒枝。——[唐] 卢仝《悲新年》

太公悬命临刀几，忍取杯羹欲为谁。——[唐] 周昙《前汉门·高祖》

太平世界，环球同此凉热。——[现代] 毛泽东《念奴娇·昆仑》

泰山不要欺毫末，颜子无心羡老彭。——[唐] 白居易《放言》

tān 贪滩

贪将醉袖矜莺谷，不把瑶缄附鲤鱼。——[唐]罗隐《寄黔中王从事》

贪向深宫去，死同亡国休。——[唐]齐己《江令石》

贪看鹤阵笙歌举，不觉鸳鸯失却群。——[宋]佚名《鹧鸪天·月满蓬壶灿烂灯》

滩声秋更急，峡气晓多阴。——[唐]白居易《阴雨》

tán 谈弹

谈谐终日夕，觞至辄倾杯。——[晋]陶渊明《乞食》

谈天信浩荡，说剑纷纵横。——[唐]李白《赠韦秘书子春》

谈笑遏横流，苍生望斯存。——[唐]李白《登金陵冶城西北谢安墩》

弹指三十八年，人间变了，似天渊翻覆。——[现代]毛泽东《念奴娇·井冈山》

tǎn 坦

坦腹东床下，由来志气疏。——[唐]李白《送族弟凝之滁求婚崔氏》

坦腹江亭暖，长吟野望时。——[唐]杜甫《江亭》

tàn 叹

叹息此离别，悠悠江海行。——[唐]李颀《送王昌龄》

叹息复叹息，园中有枣行人食。——[唐]王建《当窗织》

叹年来踪迹，何事苦淹留？——[宋] 柳永《八声甘州 · 对潇潇暮雨洒江天》

叹门外楼头，悲恨相续。——[宋] 王安石《桂枝香 · 金陵怀古》

tāng 汤

汤休起我病，微笑索题诗。——[唐] 杜甫《大云寺赞公房四首（其一）》

汤年旱颇甚，今日醉弦歌。——[唐] 杜甫《白水明府舅宅喜雨》

汤沐三千赋，楼台十二重。——[唐] 李乂《高安公主挽歌》

汤武偶相逢，风虎云龙。——[宋] 王安石《浪淘沙令 · 伊吕两衰翁》

táng 唐 塘

唐州将士死生同，尽逐双旌旧镇空。——[唐] 王建《赠李愬仆射》

唐剑斩隋公，拳毛属太宗。——[唐] 李贺《马诗》

唐人亦何幸，处处觉花开。——[唐] 贯休《遇五天僧入五台》

唐宗宋祖，稍逊风骚。——[现代] 毛泽东《沁园春 · 雪》

塘上勾帘对晚香，半斜红日已侵床。——[宋] 黄庭坚《同景文丈咏莲塘》

tǎng 淌 躺

淌水声喧，远系孤舟没篙橹。——[清] 杨抡《罥马索 · 晓起渡河向兰山进发用竹坨韵》

躺游仙院睹灵台，罗绮分明塑匠裁。——[唐] 卢茂钦《无题》

tàng 趟

趟北方忧水，河阳尚用兵。——[清]张之洞《南归道中作时怀庆被困讷督部尔经额恩尚书华胜钦差保托将军明阿李抚部惠合兵援之》

tāo 涛

涛卷海门石，云横天际山。——[唐]李白《送王屋山人魏万还王屋》

涛落浙江秋，沙明浦阳月。——[唐]李白《送杨山人归天台》

涛声夜入伍员庙，柳色春藏苏小家。——[唐]白居易《杭州春望》

táo 桃 陶

桃花潭水深千尺，不及汪伦送我情。——[唐]李白《赠汪伦》

桃花一簇开无主，可爱深红爱浅红？——[唐]杜甫《江畔独步寻花》

陶令不知何处去，桃花源里可耕田？——[现代]毛泽东《七律·登庐山》

tǎo 讨

讨论穷义府，看核披经笥。——[唐]李世民《咏司马彪续汉志》

讨论实解颐，操割纷应手。——[唐]杜甫《奉赠李八丈判官》

讨论穷经深莫究，登山临水杳无看。——[唐]吕岩《七言》

讨论润色今为美，学问文章老更醇。——[宋] 王安石《上西垣舍人》

tào 套

套金蝉。负华年。——[宋] 郑楷《诉衷情·酒旗摇曳柳花天》

tè 特

特以专城贵，深惟列郡安。——[唐] 苏颋《奉和圣制漕桥东送新除岳牧》

特进三公下，台臣百揆先。——[唐] 徐彦伯《送特进李峤入都祔庙》

特统精兵御上游，笳吹先遁惊若鸥。——[清] 王绪《丁洲怀古》

tēng 鼟

鼟鼟番鼓将弦索。舞蹈民欢乐。——[清] 汪东《虞美人》

téng 腾

腾蛇乘雾，终为土灰。——[三国魏] 曹操《龟虽寿》

腾绛霄兮垂景祐，翘丹恳兮荷休征。——[唐] 武则天《唐大飨拜洛乐章·归和》

腾昆仑，历西极，四足无一蹶。——[唐] 李白《天马歌》

tī 梯 踢

梯山咸入款，驾海亦来思。——[唐]李世民《幸武功庆善宫》

梯航万国来，争先贡金帛。——[唐]王贞白《长安道》

梯山航海至，昼夜车相续。——[唐]齐己《煌煌京洛行》

踢倒飞来回首去，倒骑佛殿出皇都。——[宋]释了演《偈颂》

tí 啼

啼花戏蝶千门侧，碧树银台万种色。——[唐]卢照邻《长安古意》

啼莺绿树深，语燕雕梁晚。——[唐]王涯《闺人赠远五首》

啼时惊妾梦，不得到辽西。——[唐]金昌绪《春怨》

啼莺妒梦频催晓，飞絮钟情独殿春。——[宋]陆游《暮春》

tǐ 体

体弱春风早，丛长夜露多。——[唐]杜甫《蒹葭》

体彼自然道，寂观合大冥。——[唐]孟郊《列仙文·金母飞空歌》

体空得化元，观有遗细想。——[唐]柳宗元《法华寺石门精舍三十韵》

体轻唯有主人怜，堪羡好因缘。——[唐]牛峤《忆江南·衔泥燕》

tì 替

替饮觥筹知户小，助成书屋见家贫。——[唐]王建《书赠旧浑二曹长》

替霜严柏署，藏月上龙墀。——[唐]吴融《赋雪十韵》

替取秋兰纫佩好，忍随风雨受凄凉。——[宋]晁咏之《木香花》

替却燕姬皓齿，洗尽人间筝笛。——[宋]卓田《酹江月（寿詹守生日在武夷设醮）》

tiān 天

天苍苍，野茫茫，风吹草低见牛羊。——[北朝]《乐府民歌·敕勒歌》

天姥连天向天横，势拔五岳掩赤城。——[唐]李白《梦游天姥吟留别》

天门中断楚江开，碧水东流至此回。——[唐]李白《望天门山》

天生我材必有用，千金散尽还复来。——[唐]李白《将进酒·君不见》

天街小雨润如酥，草色遥看近却无。——[唐]韩愈《早春呈水部张十八员外》

天接云涛连晓雾，星河欲转千帆舞。——[宋]李清照《渔家傲·天接云涛连晓雾》

天下英雄谁敌手？曹刘。生子当如孙仲谋！——[宋]辛弃疾《南乡子·登京口北固亭有怀》

天连五岭银锄落，地动三河铁臂摇。——[现代]毛泽东《送瘟神》

天若有情天亦老，人间正道是沧桑。——[现代]毛泽东《七律·人民解放军占领南京》

tián 田

田园须暂往，戎马惜离群。——[唐] 杜甫《留别贾严二阁老两院补阙》

田家少闲月，五月人倍忙。——[唐] 白居易《观刈麦》

田文堕泪曲未终，子规啼血哀猿死。——[唐] 无名氏《听琴》

田夫抛秧田妇接，小儿拔秧大儿插。——[宋] 杨万里《插秧歌》

tiǎn 舔

舔談崟岌。危柯振石，骇胆栗魄，群呼而相号。——[唐] 李白《鸣皋歌送岑征君》

tiāo 佻

佻正嘉古弘以昌，休嘉砰隐溢四方。——[汉] 佚名《天门》

佻达凭豪族，疏狂自克家。——[宋] 郑樵《家园示弟槱》

tiáo 迢

迢迢牵牛星，皎皎河汉女。——[汉]《古诗十九首 · 迢迢牵牛星》

迢迢永夜梦难成，愁对小庭秋色，月空明。——[唐] 欧阳炯《南歌子 · 柳色遮楼暗》

迢迢芳园树，列映清池曲。——[唐] 韦应物《对芳树》

迢迢碧甃千余尺，竟日倚阑空叹息。——[唐] 李涉《六叹》

tiǎo 挑 窕

挑尽金灯红烬，人灼灼，漏迟迟，未眠时。——[唐] 韦庄《定西番》

挑锦字，记情事，惟愿两心相似。——[唐] 牛峤《更漏子》

挑得诗囊，抛了衣囊。——[宋] 刘克庄《一剪梅·余赴广东实之夜饯于风亭》

窕窈颜如玉。（轻薄儿郎为夫婿，爱新人、窕窈颜如玉。）——[宋] 蒋捷《贺新郎·括杜诗》

tiào 跳

跳沫鱼龙沸，垂藤猿狖攀。——[唐] 孟浩然《下赣石》

跳波谁揭厉，绝壁免扪摸。——[唐] 王维《燕子龛禅师》

跳踯诸峰险，回翔万里空。——[唐] 贯休《寄怀楚和尚》

跳出红尘恶风波，槐阴午梦谁惊破？——[元] 关汉卿《四块玉·闲适》

tiē 帖 贴

帖石防隤岸，开林出远山。——[唐] 杜甫《早起》

帖泰生灵寿，欢娱岁序长。——[唐] 杜牧《华清宫三十韵》

贴水初翻紫玉团，忽惊矗立傍阑干。——[宋] 岳珂《新荷出水》

贴衣琼佩冷，衫袜金莲小。——[宋] 陈允平《早梅芳·凤钗横》

tiě 铁

铁衣远戍辛勤久，玉箸应啼别离后。——[唐] 高适《燕歌行》

铁柔不为剑，木曲不为辕。——[唐] 白居易《养拙》

铁山碎，大漠舒。——[唐] 柳宗元《铁山碎》

tiè 餮

餮虱爷孙浩无数。（一裤着穿两膝露，餮虱爷孙浩无数。）——[宋] 邵定《脱却布袴》

餮殄文彝散玉烟。更拟此君亭子上，醉敧纱帽会群贤。——[明] 张师贤《次郭羲仲韵柬玉山人》

tīng 听

听中声滴沥，望处影徘徊。——[唐] 张九龄《和崔尚书喜雨》

听歌送离曲，且驻木兰船。——[唐] 李颀《送马录事赴永阳》

听歌舞银烛，把酒轻罗裳。——[唐] 李白《夜别张五》

听取蛙声一片。七八个星天外，两三点雨山前。——[宋] 辛弃疾《西江月·夜行黄沙道中》

tíng 停亭庭

停杯投箸不能食，拔剑四顾心茫然。——[唐]李白《行路难》

停车坐爱枫林晚，霜叶红于二月花。——[唐]杜牧《山行》

亭亭山上松，瑟瑟谷中风。——[三国魏]刘桢《赠从弟》

庭中有奇树，绿叶发华滋。——[汉]《古诗十九首·庭中有奇树》

tǐng 挺

挺身艰难际，张目视寇雠。——[唐]杜甫《送韦十六评事充同谷郡防御判官》

挺高二百尺，本末皆十围。——[唐]白居易《寓意诗》

挺剑刺乳虎，血溅貂裘殷。——[宋]陆游《怀昔》

tìng 梃

梃刃之所加，惨若在我肤。——[宋]陆游《戒杀》

梃杵肯遽施。（仆夫听使去，梃杵肯遽施。）——[宋]方回《修石山》

tōng 通

通波连马颊，迸水急龙门。——[唐]骆宾王《晚渡黄河》

通海便应将国信，到家犹自著朝衣。——[唐]张籍《送金少卿副使归新罗》

通津既能济，巨浸即横涉。——[唐]王周《志峡船具诗·橹》

通玄峰顶，不是人间。——[宋]释德韶《偈》

tóng 彤 童 铜 同

彤管有炜，说怿女美。——[先秦]《诗经·邶风·静女》

童孙未解供耕织，也傍桑阴学种瓜。——[宋]范成大《四时田园杂兴》

铜铁炉中翻火焰，为问何时猜得，不过几千寒热。——[现代]毛泽东《贺新郎·读史》

同行十二年，不知木兰是女郎。——[北朝]民歌《木兰诗》

tǒng 筒 桶

筒桶相沿久，风雷肯为神。——[唐]杜甫《黄鱼》

筒黍堆盘旧俗非。漫欲题诗还懒去，老来百事与心违。——[宋]陆游《新暑书事》

桶底脱时大地阔，命根断处碧潭清。——[宋]释宗杲《送超僧鉴》

tòng 痛

痛哉玄夜重，何遽青春姿。——[唐]沈佺期《伤王学士》

痛饮龙筇下，灯青月复寒。——[唐]李白《送殷淑》

痛饮狂歌空度日，飞扬跋扈为谁雄。——[唐]杜甫《赠李白》

痛饮又能诗，坐客无毡醉不知。——[宋]苏轼《南乡子·梅花词和杨元素》

tōu 偷

偷采白莲回。不解藏踪迹，浮萍一道开。——[唐]白居易《池上》

偷儿成大寇，处处起烟尘。——[唐]贯休《经士马中作》

偷来梨蕊三分白，借得梅花一缕魂。——[清]曹雪芹《咏白海棠》

偷素粉，写写描描？——[清]贺双卿《凤凰台上忆吹箫·寸寸微云》

tóu 头 投

头圆筋骨紧，两眼明且光。——[唐]杜牧《冬至日寄小侄阿宜诗》

头焦讵是焚，背汗宁关炙。——[唐]韦蟾《和柯古穷居苦日喜雨》

头上红冠不用裁，满身雪白走将来。——[明]唐寅《画鸡》

头上高山，风卷红旗过大关。——[现代]毛泽东《减字木兰花·广昌路上》

投我以木瓜，报之以琼琚。——[先秦]《诗经·卫风·木瓜》

tǒu 钭

钭谓众生苦。拜扫事如何，骨堆上添土。——[宋]释宗颐《偈》

tòu 透

透石飞梁下，寻云绝磴斜。——[唐]苏颋《经三泉路作》

透影灯耿耿，笼光月沈沈。——[唐]白居易《和元九悼往》

透树垂红叶，沾尘带落花。——[唐]薛能《夏雨》

透窗穿竹住还移，万类俱闲始见伊。——[唐]齐己《萤》

tū 突

突营射杀呼延将，独领残兵千骑归。——[唐]李白《从军行》

突兀压神州，峥嵘如鬼工。——[唐]岑参《与高适薛据同登慈恩寺浮图》

突围金甲破，趁贼铁枪飞。——[唐]贯休《古塞下曲》

突星名固夸，流传经古今。——[宋]刘子翚《江山突星石士特欲易为独醒有诗因次其韵》

tú 途 图

途遥日向夕，时晚鬓将秋。——[唐]卢照邻《晚渡渭桥寄示京邑游好》

途荒人行少，马迹犹可寻。——[唐]张籍《忆远曲》

途穷见交态，世梗悲路涩。——[唐]杜甫《送率府程录事还乡》

图形翻类狗，入梦肯非罴。——[唐]李商隐《咏怀寄秘阁旧僚二十六韵》

tǔ 土

土室延白光，松门耿疏影。——[唐] 杜甫《西枝村寻置草堂地，夜宿赞公土室》

土地卑湿饶虫蛇，连木为牌入江住。——[唐] 张籍《江南行》

土虚烦穴蚁，柱朽畏藏蛟。——[唐] 元稹《江边四十韵》

土花曾染湘娥黛，铅泪难消。——[清] 纳兰性德《采桑子·土花曾染湘娥黛》

tù 兔

兔从狗窦入，雉从梁上飞。——[汉]《古诗·十五从军征》

兔丝固无情，随风任颠倒。——[唐] 李白《相和歌辞·白头吟》

兔起马足间，苍鹰下平畴。——[唐] 李白《送族弟凝至晏堌》

tuān 湍

湍危不理辖，潭静欲留船。——[唐] 沈佺期《乐府杂曲·鼓吹曲辞·钓竿篇》

湍上急流声若箭，城头残月势如弓。——[唐] 高适《金城北楼》

湍高棹影没，岸近榜歌遒。——[唐] 李怀远《凝碧池侍宴看竞渡应制》

湍似黄牛去，涛从白马来。——[唐] 李峤《江》

tuán 团

团扇，团扇，美人病来遮面。——[唐]王建《宫中调笑·团扇》

团回六曲抱膏兰，将鬟镜上掷金蝉。——[唐]李贺《屏风曲》

团沙世所难，作垒明知苦。——[唐]于濆《长城》

团扇才人踞上游。避席畏闻文字狱，著书都为稻粱谋。——[清]龚自珍《咏史》

tuǎn 疃

疃处南山曲。寒烟淡，晴鸦浴。——[宋]白玉蟾《贺新郎·西湖作呈章判镇、留知县》

tuàn 彖

彖辞彖辞易之疏，孔子作之志其悟。——[宋]曾丰《题安子承读易堂》

彖辞六十四，三十四方贞。——[宋]方回《后天易吟》

tuī 推

推心辅王室，二叔反流言。——[三国魏]曹植《怨歌行》

推诚至玄化，天下期为公。——[唐]李适《丰年多庆，九日示怀》

推手从归去，无泪与君倾。——[宋]苏轼《水调歌头·昵昵儿女语》

推枕惘然不见，但空江、月明千里。——[宋]苏轼《水龙吟·闾丘大夫孝终公显尝守黄州》

tuí 颓

颓墉满故墟，喜返将安宅。——[唐]韦应物《使云阳寄府曹》

颓阳落何处，升魄衔疏岭。——[唐]孟郊《石淙》

颓恩诚已矣，覆水难重荐。——[唐]徐惠《长门怨》

颓垣短短，曲水湾湾。——[清]张惠言《风流子·出关见桃花》

tuǐ 腿

腿脚不长身懒拥，当头金线叫喽啰。——[宋]贾似道《论灶鸡形》

腿脚班黄牙似炭，当场健战众皆惊。——[宋]贾似道《草三段》

tuì 退

退衙归逼夜，拜表出侵晨。——[唐]白居易《晚归早出》

退鹢已经三十载，登龙曾见一千人。——[唐]许棠《献独孤尚书》

tūn 吞

吞讨破万象，搴窥临众芳。——[唐]李白《安州般若寺水阁纳凉，喜遇薛员外乂》

吞鹊之肝啄鹊脑，窃食偷居还自保。——[唐]韦应物《鸢夺巢》

吞并宁唯汉，凄凉莫问陈。——[唐]贯休《秋末江上望》

tún 屯忳

屯余车其千乘兮，齐玉轪而并驰。——[战国]屈原《离骚》

屯兵凤凰山，帐殿泾渭辟。——[唐]杜甫《八哀诗·赠司空王公思礼》

屯田布锦周千里，牧马攒花溢万群。——[唐]卢纶《送饯从叔辞丰州幕归嵩阳旧居》

忳郁邑余侘傺兮，吾独穷困乎此时也。——[战国]屈原《离骚》

tǔn 氽

氽素手低搴，湿了香袂。——[清]戴延介《绿盖舞风轻荷珠》

tùn 褪

褪暖蚕初卧，巢昏燕欲归。——[唐]徐彦伯《闺怨》

褪花新绿渐团枝。扑人风絮飞。——[宋]秦观《阮郎归·褪花新绿渐团枝》

tuō 托脱

托心自有处，但怪傍人愚。——[唐]李白《陌上桑》

托交从剧孟，买醉入新丰。——[唐]李白《结客少年场行》

托身言同穴，今日事乖违。——[唐]张籍《离妇》

托洛斯基到远东，不战不和逞英雄。——[现代]毛泽东《七律·读报有感》

脱我战时袍，著我旧时裳。——[北朝]民歌《木兰诗》

tuó 沱

沱水流中座，岷山到此堂。——[唐]杜甫《奉观严郑公厅事岷山沱江画图十韵》

沱江不向秦。五陵花满眼，传语故乡春。——[唐]杜甫《赠别何邕》

沱江水绿波，喧鸟去乔柯。——[唐]武元衡《送柳郎中裴起居》

tuǒ 妥

妥帖力排奡。（横空盘硬语，妥帖力排奡。）——[唐]韩愈《荐士》

妥侑惟乾，氛氲夜澄。——[宋]赵恒《高宗郊祀前庙朝享太庙》

妥尾定惊胆，馀魂渐能收。——[宋]郑刚中《寓灵峰寺感怀》

tuò 拓

拓地勋未赏，亡城律岂宽。——[唐] 虞世南《饮马长城窟行》

拓境功未已，元和辞大炉。——[唐] 杜甫《遣怀》

拓开天外无穷景，望尽坤维到处山。——[宋] 何熙志《句》

拓跋小羌行国字，钟山丞相著新书。——[宋] 罗公升《读史》

W

wā 蛙

蛙声篱落下，草色户庭间。——[唐]张籍《过贾岛野居》

蛙鸣蒲叶下，鱼入稻花中。——[唐]王建《汴路水驿》

蛙跳蛾舞仰头笑，焉用鹍鹏鳞羽多。——[唐]白居易《禽虫十二章》

蛙声近过社，农事忽已忙。——[唐]崔道融《春墅》

wá 娃

娃馆松江北，稽城浙水东。——[唐]白居易《秋寄微之十二韵》

娃宫无限风流事，好遣孙心暂学来。——[唐]白居易《戏和贾常州醉中二绝句》

娃馆已空人世隔，帝乡何许客心劳。——[宋]章伉《如归亭》

wǎ 瓦

瓦砾难追琢，刍荛分弃捐。——[唐]元稹《献荥阳公诗五十韵》

瓦滴残松雨，香炉匝印文。——[唐]齐己《题明公房》

瓦砾文章岂有媒，两三年只在金台。——[唐]贯休《别冯使君》

瓦砾明珠一例抛，何曾石尉重娇娆？——[清]曹雪芹《五美吟·绿珠》

wà 袜

袜污君相谑，鞋穿我自哈。——[唐]白居易《携诸山客同上香炉峰遇雨而还沾

濡狼藉互相笑》

袜颂趋时献，台云取巧传。所须惟饱耳，延颈看丰年。——[宋] 张炜《辛丑长至》

袜材有派分洋谷，绷锦无心斗马嵬。——[明] 李东阳《谢原博惠笋叠前韵》

wāi 歪

歪答灵贶，茂事方丘。——[隋] 佚名《绍兴祀皇地祇》

wài 外

外物寂无扰，中流澹自清。——[唐] 张九龄《西江夜行》

外人不见见应笑，天宝末年时世妆。——[唐] 白居易《上阳白发人 · 愍怨旷也》

外杜三千里，谁人数雁行。——[唐] 温庭筠《旅次盱眙县》

外侮需人御，将军赋采薇。——[现代] 毛泽东《五律 · 挽戴安澜将军》

wān 弯 湾

弯弓若转月，白雁落云端。——[唐] 李白《横吹曲辞 · 幽州胡马客歌》

弯弯月出挂城头，城头月出照梁州。——[唐] 岑参《凉州馆中与诸判官夜集》

弯弧五百步，长戟八十斤。——[唐] 杜牧《史将军》

弯弯竹迳霏霏雪，小小溪桥淡淡云。——[宋] 陈鉴之《探梅》

湾头见小怜，请上琵琶弦。——[唐] 李贺《冯小怜》

wán 纨

纨绔不饿死，儒冠多误身。——[唐] 杜甫《奉赠韦左丞二十二韵》

纨袖呈瑶瑟，冰容启玉堂。——[唐] 杨巨源《和汴州令狐相公白菊》

纨绮杂杂，钟鼓合合。——[唐] 贯休《富贵曲》

纨缟缤纷，翠眉红妆。——[唐] 夷陵女郎《空馆夜歌》

wǎn 晚

晚来江门失大木，猛风中夜吹白屋。——[唐] 杜甫《后苦寒行》

晚烟洲雾并苍苍，河雁惊飞不作行。——[唐] 杨凭《寄别》

晚桧清蝉咽，寒江白鸟飞。——[唐] 齐己《酬微上人》

晚风拂柳笛声残，夕阳山外山。——[现代] 李叔同《送别》

wàn 万

万里赴戎机，关山度若飞。——[北朝] 民歌《木兰诗》

万里悲秋常作客，百年多病独登台。——[唐] 杜甫《登高》

万籁此俱寂，但余钟磬音。——[唐] 常建《题破山寺后禅院》

万围千寻妨道路，东西蹶倒山火焚。——[唐] 柳宗元《杂曲歌辞·行路难》

万里归船弄长笛，此心吾与白鸥盟。——[宋] 黄庭坚《登快阁》

万里江山知何处。回首对床夜语。——[宋] 张元干《贺新郎·送胡邦衡待制赴新州》

万里长江横渡，极目楚天舒。——[现代] 毛泽东《水调歌头·游泳》

万木霜天红烂漫，天兵怒气冲霄汉。——[现代] 毛泽东《渔家傲·反第一次大“围剿”》

wāng 汪

汪生面北阜，池馆清且幽。——[唐] 李白《过汪氏别业》

汪汪积水光连空，重叠细纹晴漾红。——[唐] 温庭筠《昆明池水战词》

汪汪日可挹，未羡黄金篚。——[唐] 陆龟蒙《奉和袭美酒中十咏·酒篘》

汪汪美化，垂范今王。——[唐] 萧仿《享太庙乐章》

wáng 王 亡

王城富且乐，曷不事光辉。——[唐] 韩愈《烽火》

王章莫耻牛衣泪，潘岳休惊鹤鬓霜。——[唐] 刘兼《中春登楼》

王师北定中原日，家祭无忘告乃翁。——[宋] 陆游《示儿》

亡国生春草，离宫没古丘。——[唐] 李白《金陵》

wǎng 往

往昔初阳岁，谢家来贵门。——[汉]《乐府歌·孔雀东南飞》

往事隔年如过梦，旧游回首谩劳思。——[唐] 李群玉《湘阴江亭却寄友人》

往事不知多少梦，夜来和酒一时醒。——[唐] 罗隐《京中晚望》

往事越千年，魏武挥鞭，东临碣石有遗篇。——[现代]毛泽东《浪淘沙·北戴河》

wàng 望

望瑶台之偃蹇兮，见有娀之佚女。——[战国]屈原《离骚》

望西都，意踌躇。伤心秦汉经行处，宫阙万间都做了土。——[元]张养浩《山坡羊·潼关怀古》

望长城内外，惟余莽莽；大河上下，顿失滔滔。——[现代]毛泽东《沁园春·雪》

wēi 微危

微君之故，胡为乎中露！——[先秦]《诗经·邶风·式微》

危楼高百尺，手可摘星辰。——[唐]李白《夜宿山寺》

微风起新絮，小雨落余花。——[元]陈德永《暮春》

微微风簇浪，散作满河星。——[清]查慎行《舟夜书所见》

wéi 为唯惟

为余驾飞龙兮，杂瑶象以为车。——[战国]屈原《离骚》

为有牺牲多壮志，敢教日月换新天。——[现代]毛泽东《七律·到韶山》

唯有春风最相惜，一年一度一归来。——[宋]王安石《梅花》

惟觉时之枕席，失向来之烟霞。——[唐]李白《梦游天姥吟留别》

wěi 韦委

韦编断仍续，缥帙舒还卷。——[唐]李世民《帝京篇》

韦生堪继相，孟子愿依邻。——[唐]孟郊《题韦承总吴王故城下幽居》

韦郎好兄弟，叠玉生文翰。——[唐]李贺《送韦仁实兄弟入关》

韦编屡绝铁砚穿，口诵手钞那计年。——[宋]陆游《寒夜读书》

委厥美以从俗兮，苟得列乎众芳。——[战国]屈原《离骚》

wèi 渭为

渭城朝雨浥轻尘，客舍青青柳色新。——[唐]王维《送元二使安西》

渭北春天树，江东日暮云。——杜甫《春日忆李白》

为报倾城随太守，亲射虎，看孙郎。——[宋]苏轼《江城子·密州出猎》

为篱下、黄花开遍，秋容如拭。——[清]秋瑾《满江红·小住京华》

wēn 温

温恭朝夕，念兹在兹。——[晋]陶渊明《命子》

温池下绝涧，栈道接危峦。——[唐]虞世南《相和歌辞·饮马长城窟行》

温泉曾浴日，华馆旧迎风。——[唐]皇甫冉《华清宫》

温泉决决出宫流，宫使年年修玉楼。——[唐]王建《温泉宫行》

wén 闻

闻道高阳会，愚公谷正愚。——[唐]王维《过崔驸马山池》

闻道仙郎歌白雪，由来此曲和人稀。——[唐]岑参《和祠部王员外雪后早朝即事》

闻说双溪春尚好，也拟泛轻舟。——[宋]李清照《武陵春·春晚》

闻鸡久听南天雨，立马曾挥北地鞭。——[现代]毛泽东《七律·洪都》

wěn 稳

稳上青云勿回顾，的应胜在白家时。——[唐]白居易《送鹤与裴相临别赠诗》

稳暖皆如我，天下无寒人。——[唐]白居易《新制布裘》

稳放骅骝步，高安翡翠巢。——[唐]李商隐《送从翁从东川弘农尚书幕》

稳眠彭蠡浪，好醉岳阳楼。——[唐]郑谷《赠别》

wèn 问

问君何能尔？心远地自偏。——[晋]陶渊明《饮酒》

问女何所思，问女何所忆。——[北朝]《乐府民歌·木兰诗》

问君西游何时还？畏途巉岩不可攀。——[唐]李白《蜀道难》

问君能有几多愁？恰似一江春水向东流。——[五代]李煜《虞美人》

问渠那得清如许，为有源头活水来。——[宋]朱熹《观书有感》

问讯吴刚何所有，吴刚捧出桂花酒。——[现代]毛泽东《蝶恋花·答李淑一》

wēng 翁

翁云贯属新丰县，生逢圣代无征战。——[唐] 白居易《新丰折臂翁》

翁居山下年空老，我得人间事校多。——[唐] 白居易《偶题邓公》

翁言野父何分别，耳闻眼见为君说。——[唐] 元稹《连昌宫词》

wěng 蓊

蓊胡沙而四塞，始滔天于燕齐。——[唐] 李白《万愤词投魏郎中》

蓊匌川气黄，群流会空曲。——[唐] 杜甫《三川观水涨二十韵》

蓊郁新栽四五行，常将劲节负秋霜。——[唐] 薛涛《竹离亭》

wèng 瓮

瓮余不尽酒，膝有无声琴。——[唐] 杜甫《过津口》

瓮间聊共酌，莫使宦情阑。——[唐] 韦应物《陪王郎中寻孔征君》

瓮眠思毕卓，糟籍忆刘伶。——[唐] 元稹《饮致用神麹酒三十韵》

瓮澄雪水酿春寒，蜜点梅花带露餐。——[宋] 杨万里《蜜渍梅花》

wō 喔 窝

喔喔鸡下树，辉辉日上梁。——[唐] 白居易《新秋晓兴》

喔喔鸡鸣晓，萧萧马辞枥。——[唐]鲍溶《途中旅思》
喔喔晨鸡满树霜，喧喧晓渡簇舟航。——[唐]罗邺《冬夕江上言事》
窝中老康节，龛里活弥陀。——[宋]刘克庄《记颜》

wǒ 我

我有嘉宾，鼓瑟吹笙。——[三国魏]曹操《短歌行》
我欲因之梦吴越，一夜飞度镜湖月。——[唐]李白《梦游天姥吟留别》
我欲乘风归去，又恐琼楼玉宇，高处不胜寒。——[宋]苏轼《水调歌头·明月几时有》
我报路长嗟日暮，学诗谩有惊人句。——[宋]李清照《渔家傲·天接云涛连晓雾》
我家洗砚池头树，朵朵花开淡墨痕。——[元]王冕《墨梅》
我劝天公重抖擞，不拘一格降人才。——[清]龚自珍《己亥杂诗》
我失骄杨君失柳，杨柳轻飏直上重霄九。——[现代]毛泽东《蝶恋花·答李淑一》
我欲因之梦寥廓，芙蓉国里尽朝晖。——[现代]毛泽东《七律·答友人》

wò 握

握手一长叹，泪为生别滋。——[汉]苏武《留别妻》
握手凉风至，当歌秋日微。——[唐]沈佺期《李舍人山园送庞邵》
握雪海上餐，拂沙陇头寝。——[唐]李白《塞下曲》
握手苦相问，竟不言后期。——[唐]元稹《相和歌辞·决绝词》

wū 巫屋

巫咸将夕降兮，怀椒糈而要之。——[战国]屈原《离骚》

屋上春鸠鸣，村边杏花白。——[唐]王维《春中田园作》

屋湿唯添漏，泥深未放朝。——[唐]张籍《酬韩祭酒雨中见寄》

屋上些些薄，池心旋旋融。——[唐]元稹《生春》

屋老多鼠窠，窗卑露山脊。——[唐]贯休《冬末病中作》

wú 无吾吴梧

无为在歧路，儿女共沾巾。——[唐]王勃《送杜少府之任蜀州》

无边落木萧萧下，不尽长江滚滚来。——[唐]杜甫《登高》

无可奈何花落去，似曾相识燕归来。——[宋]晏殊《浣溪沙·一曲新词酒一杯》

无意苦争春，一任群芳妒。——[宋]陆游《卜算子·咏梅》

无限山河泪，谁言天地宽？——[明]夏完淳《别云间》

无端散出一天愁，幸被东风吹万里。——[现代]毛泽东《送纵宇一郎东行》

吾令凤鸟飞腾兮，继之以日夜。——[战国]屈原《离骚》

吴楚东南坼，乾坤日夜浮。——[唐]杜甫《登岳阳楼》

吴丝蜀桐张高秋，空山凝云颓不流。——[唐]李贺《李凭箜篌引》

梧桐更兼细雨，到黄昏、点点滴滴。——[宋]李清照《声声慢》

wǔ 五舞

五井碑前，黄洋界上，车子飞如跃。——[现代]毛泽东《念奴娇·井冈山》

五岭逶迤腾细浪，乌蒙磅礴走泥丸。——[现代]毛泽东《七律·长征》

舞榭歌台，风流总被雨打风吹去。——[宋]辛弃疾《永遇乐·京口北固亭怀古》

wù 误雾

误落尘网中，一去三十年。——[晋]陶渊明《归园田居》

误落闻见中，忧喜伤形神。——[唐]白居易《题赠定光商上人》

误入尘埃牵吏役，羞将簿领到君家。——[唐]包佶《答窦拾遗卧病见寄》

雾失楼台，月迷津渡。桃源望断无寻处。——[宋]秦观《踏莎行·郴州旅舍》

X

xī 夕 西 昔 惜 溪

夕阳无限好，只是近黄昏。——[唐]李商隐《乐游原》

西当太白有鸟道，可以横绝峨眉巅。——[唐]李白《蜀道难》

西北望长安，可怜无数山。——[宋]辛弃疾《菩萨蛮·书江西造口壁》

西风烈，长空雁叫霜晨月。——[现代]毛泽东《忆秦娥·娄山关》

昔人已乘黄鹤去，此地空余黄鹤楼。——[唐]崔颢《黄鹤楼》

昔闻洞庭水，今上岳阳楼。——[唐]杜甫《登岳阳楼》

惜秦皇汉武，略输文采；唐宗宋祖，稍逊风骚。——[现代]毛泽东《沁园春·雪》

溪云初起日沉阁，山雨欲来风满楼。——[唐]许浑《咸阳城东楼》

xí 习

习习谷风，维风及雨。——[先秦]《诗经·小雅·谷风》

习俗问黎人，亲巡慰里闾。——[唐]李隆基《过晋阳宫》

习之势翩翩，东南去遥遥。——[唐]孟郊《送李翱习之》

习俗难尽去，聊用去其尤。——[唐]元稹《竞舟》

xǐ 喜 洗

喜逢金马客，同饮玉人杯。——[唐]孟浩然《夏日与崔二十一同集卫明府宅》

喜见淳朴俗，坦然心神舒。——[唐]杜甫《五盘》

喜君来白社，值我在青谿。——[唐]李德裕《山居遇雪喜道者相访》

洗眼看旧书，怡然忘宇内。——[宋]梅尧臣《河南受代前一日希深示诗》

xì 细

细草微风岸，危樯独夜舟。——[唐]杜甫《旅夜书怀》

细柳肃军令，条侯信殊伦。——[唐]权德舆《细柳驿》

细光穿暗隙，轻白驻寒条。——[唐]温庭筠《雪》

细飞斑户牖，干洒乱松筠。——[唐]薛能《新雪八韵》

xiā 虾

虾蟆得其志，快乐无以加。——[唐]白居易《虾蟆》

虾蟆蟆，叩头莫语人闻声。——[唐]卢仝《萧宅二三子赠答诗二十首·客请虾蟆》

虾蟆虽水居，水特变形貌。——[唐]韩愈《答柳柳州食虾蟆》

虾蟆故堪浴水，问云何玉兔解沉浮？——[宋]辛弃疾《木兰花慢·中秋饮酒》

xiá 峡

峡石入水花，碧流日更长。——[唐]李白《送崔氏昆季之金陵》

峡里闻猿叫，山头见月时。——[唐]张籍《送友生游峡中》

峡深明月夜，江静碧云天。——[唐]张祜《送杨秀才游蜀》

峡猿失侣方独宿，沙雁垂翅犹遐征。——[宋]陆游《夜闻湖中渔歌》

xià 夏

夏桀之常违兮，乃遂焉而逢殃。——[战国] 屈原《离骚》

夏莲开剑水，春桃发绶花。——[唐] 虞世南《门有车马客》

夏早日初长，南风草木香。——[唐] 白居易《早夏游平原回》

夏水漾天末，晚旸依岸村。——[唐] 元稹《送王十一南行》

夏日消溶，江河横溢，人或为鱼鳖。——[现代] 毛泽东《念奴娇 · 昆仑》

xiān 纤 仙

纤云弄巧，飞星传恨，银汉迢迢暗度。——[宋] 秦观《鹊桥仙 · 纤云弄巧》

纤笔一枝谁与似？三千毛瑟精兵。——[现代] 毛泽东《临江仙 · 给丁玲同志》

仙境若在梦，朝云如可亲。——[唐] 李颀《寄焦炼师》

仙人如爱我，举手来相招。——[唐] 李白《焦山望寥山》

xián 闲

闲来垂钓碧溪上，忽复乘舟梦日边。——[唐] 李白《行路难》

闲听竹枝曲，浅酌茱萸杯。——[唐] 白居易《九日登巴台》

闲思往事在湖亭，亭上秋灯照月明。——[唐] 雍陶《忆江南旧居》

闲登小阁看新晴。古今多少事，渔唱起三更。——[宋] 陈与义《临江仙 · 夜登小阁，忆洛中旧游》

xiǎn 险

险力此独壮，猛兽亦不停。——[唐]孟郊《游石龙涡》

险中更险何曾失，山鼠悬头猿挂膝。——[唐]王建《寻橦歌》

险心露山岳，流语翻波涛。——[唐]元稹《酬刘猛见送》

险韵诗成，扶头酒醒，别是闲滋味。——[宋]李清照《念奴娇·春情》

xiàn 羡 线

羡君齿牙牢且洁，大肉硬饼如刀截。——[唐]韩愈《赠刘师服》

羡君还旧里，归念独悠哉。——[唐]贾至《送夏侯子之江夏》

羡春来双燕，飞到玉楼，朝暮相见。——[唐]欧阳炯《贺明朝·忆昔花间初识面》

羡鱼犹未已，临水欲垂钩。——[唐]李沛《四水合流》

线作长江扇作天，靸鞋抛向海东边。——[唐]谭峭《大言诗》

xiāng 乡 相

乡书不可寄，秋雁又南回。——[唐]韦庄《章台夜思》

乡心坐如此，秋风仍飒然。——[唐]白居易《忆洛下故园》

乡村四月闲人少，才了蚕桑又插田。——[宋]翁卷《乡村四月》

相看白刃血纷纷，死节从来岂顾勋。——[唐]高适《燕歌行》

相见时难别亦难，东风无力百花残。——[唐]李商隐《无题·相见时难别亦难》

相顾无言，惟有泪千行。——[宋]苏轼《江城子·乙卯正月二十日夜记梦》

xiáng 翔 祥

翔禽鸣我侧，旅兽过我前。——[唐]卢照邻《于时春也，慨然有江湖之思，寄赠柳九陇》

翔云列晓阵，杀气赫长虹。——[唐]李白《登广武古战场怀古》

翔风一何厉，中道伤其雌。——[唐]戴叔伦《孤鸿篇》

祥云缭绕，玉炉频爇。——[宋]霍安人《醉蓬莱·正朱明时候》

xiǎng 想

想到京国日，懒放亦如斯。——[唐]白居易《自问行何迟》

想到长安诵佳句，满朝谁不念琼枝。——[唐]窦叔向《酬李袁州嘉祐》

想见读书头已白，隔溪猿哭瘴溪藤。——[宋]黄庭坚《寄黄几复》

想当年，金戈铁马，气吞万里如虎。——[宋]辛弃疾《永遇乐·京口北固亭怀古》

xiàng 向

向浦回舟萍已绿，分林蔽殿槿初红。——[唐]沈佺期《兴庆池侍宴应制》

向晚苍苍南北望，穷阴旅思两无边。——[唐]白居易《岁晚旅望》

向晚意不适，驱车登古原。——[唐]李商隐《乐游原》

向人微露丁香颗，一曲清歌，暂引樱桃破。——[五代]李煜《一斛珠·晓妆初过》

xiāo 箫 萧

箫鼓聒川岳，沧溟涌涛波。——[唐]李白《发白马》

箫鼓追随春社近，衣冠简朴古风存。——[宋]陆游《游山西村》

萧关逢候骑，都护在燕然。——[唐]王维《使至塞上》

萧瑟秋风今又是，换了人间。——[现代]毛泽东《浪淘沙·北戴河》

xiáo 淆

淆之不可浊，凝然如自省。——[宋]陆九韶《试茗泉》

淆之不必一斗泥。人情旦暮有翻覆，平地倏忽成山溪。——[明]刘基《梁甫吟》

xiǎo 晓 小

晓看红湿处，花重锦官城。——[唐]杜甫《春夜喜雨》

晓镜但愁云鬓改，夜吟应觉月光寒。——[唐]李商隐《无题·相见难时别亦难》

晓来谁染霜林醉？总是离人泪。——[元]王实甫《长亭送别》

晓来百念皆灰烬，倦极身无凭。——[现代]毛泽东《虞美人·赠杨开慧》

小时不识月，呼作白玉盘。——[唐]李白《古朗月行》

小山重叠金明灭，鬓云欲度香腮雪。——[唐]温庭筠《菩萨蛮·小山重叠金明灭》

小楼昨夜又东风，故国不堪回首月明中。——[五代]李煜《虞美人·春花秋月何时了》

小楼一夜听春雨，深巷明朝卖杏花。——[宋]陆游《临安春雨初霁》
小荷才露尖尖角，早有蜻蜓立上头。——[宋]杨万里《小池》
小小寰球，有几个苍蝇碰壁。——[现代]毛泽东《满江红·和郭沫若同志》

xiào 笑

笑揽清溪月，清辉不厌多。——[唐]张旭《清溪泛舟》
笑我无媒生鹤发，知君有意忆渔竿。——[唐]方干《赠会稽张少府》
笑呼明镜上遥天，醉倚银床弄秋影。——[唐]唐彦谦《咏葡萄》
笑渐不闻声渐悄。多情却被无情恼。——[宋]苏轼《蝶恋花·春景》

xiē 歇

歇鞍憩古木，解带挂横枝。——[唐]李白《秋日鲁郡尧祠亭上宴别杜补阙、范侍御》
歇鞍在地底，始觉所历高。——[唐]杜甫《飞仙阁》
歇马独来寻故事，逢人唯说岘山碑。——[唐]李涉《过襄阳上于司空頔》
歇把傍云泉，归将挂烟树。——[唐]皮日休《茶中杂咏·茶籝》

xié 斜

斜月沉沉藏海雾，碣石潇湘无限路。——[唐]张若虚《春江花月夜》
斜风闪灯影，迸雪打窗声。——[唐]刘禹锡《酬乐天小亭寒夜有怀》

斜雨飞丝织晓空，疏帘半卷野亭风。——[唐]李群玉《北亭》

斜阳草树，寻常巷陌，人道寄奴曾住。——[宋]辛弃疾《永遇乐·京口北固亭怀古》

xiě 写

写月含珠缀，从风薄绮疏。——[唐]苏颋《游禁苑幸临渭亭遇雪应制》

写水山井中，同泉岂殊波。——[唐]李白《寄远》

写照今谁下笔亲，喜君分得卧云身。——[宋]陆游《赠传神水监》

写不了相思，又蘸凉波飞去。——[清]朱彝尊《长亭怨慢·雁》

xiè 谢泻

谢公宿处今尚在，渌水荡漾清猿啼。——[唐]李白《梦游天姥吟留别》

谢庄今病眼，无意坐通宵。——[唐]温庭筠《雪》

谢公待醉消离恨，莫惜临川酒一杯。——[唐]赵嘏《同州南亭陪刘侍郎送刘先辈》

谢鲲吟未废，张硕梦堪思。——[唐]韩偓《春闷偶成十二韵》

泻水置平地，各自东西南北流。——[南朝]鲍照《拟行路难》

xīn 心辛新馨

心犹豫而狐疑兮，欲自适而不可。——[战国]屈原《离骚》

心非木石岂无感？吞声踯躅不敢言。——[南朝]鲍照《拟行路难》

辛苦遭逢起一经，干戈寥落四周星。——[宋]文天祥《过零丁洋》

新帖绣罗襦，双双金鹧鸪。——[唐]温庭筠《菩萨蛮·小山重叠金明灭》

新闻岁岁寻常出，独有今年出得殊。——[现代]毛泽东《七律·读报有感》

馨香盈怀袖，路远莫致之。——[汉]《古诗十九首·庭中有奇树》

xǐn 伈

伈伈遵阳虎。及觉一礼亡，翩然遂违鲁。——[宋]曾巩《杂诗》

伈伈睍睍吾曹耻。世间不平事有几，且挂床头遇知己。——[清]刘敦元《咏宝刀同一飞作》

xìn 信

信知生男恶，反是生女好。——[唐]杜甫《兵车行》

信士三公作，灵踪四绝推。——[唐]黄滔《和王舍人、崔补阙题天王寺》

信回人自老，梦到月应沈。——[唐]常衮《逢南中使寄岭外故人》

信知鬼神助此道，墨池未尽书已好。——[唐]鲁收《怀素上人草书歌》

xīng 星

星汉灿烂，若出其里。——[三国魏]曹操《观沧海》

星垂平野阔，月涌大江流。——[唐]杜甫《旅夜书怀》

星辰有其位，岂合离帝傍。——[唐]王建《寄李益少监兼送张实游幽州》

星宿别从天畔出，莲花不向水中芳。——[唐]张萧远《观灯》

xíng 行

行路难！行路难！多歧路，今安在？——[唐]李白《行路难》

行役留三楚，思归又一春。——[唐]戴叔伦《将巡郴永途中作》

行人莫问当年事，故国东来渭水流。——[唐]许浑《咸阳城东楼》

行殿秋未晚，水宫风初凉。——[唐]水神《霅溪夜宴诗》

xǐng 醒

醒时同交欢，醉后各分散。——[唐]李白《月下独酌》

醒时不可过，愁海浩无涯。——[唐]孟郊《招文士饮》

醒馀和未散，起坐澹无事。——[唐]白居易《和微之诗二十三首·和尝新酒》

醒也无聊，醉也无聊，梦也何曾到谢桥。——[清]纳兰性德《采桑子·谁翻乐府凄凉曲》

xìng 兴杏幸

兴洽林塘晚，重岩起夕烟。——[唐]王勃《圣泉宴》

兴来每独往，胜事空自知。——[唐]王维《终南别业》

兴云致雨会有时，莫遣红妆秽灵迹。——[唐]薛逢《灵台家兄古镜歌》

兴尽晚回舟，误入藕花深处。——[宋]李清照《如梦令·常记溪亭日暮》

杏花疏影里，吹笛到天明。——[宋]陈与义《临江仙·夜登小阁，忆洛中旧游》

幸甚至哉，歌以咏志。——[三国魏]曹操《龟虽寿》

xiōng 胸

胸中悬明镜，照耀无巨细。——[唐]岑参《送狄员外巡按西山军》

胸襟积忧愁，容鬓复凋枯。——[唐]孟郊《旅次湘沅有怀灵均》

胸中有誓深于海，肯使神州竟陆沉？——[宋]郑思肖《二砺》

胸罗文章兵百万，胆照华国树千台。——[现代]毛泽东《七律·咏贾谊》

xióng 雄 熊

雄兔脚扑朔，雌兔眼迷离。——[北朝]《乐府民歌·木兰诗》

雄关漫道真如铁，而今迈步从头越。——[现代]毛泽东《忆秦娥·娄山关》

雄英无计倾圣主，高节终竟受疑猜。——[现代]毛泽东《七律·咏贾谊》

熊咆龙吟殷岩泉，栗深林兮惊层巅。——[唐]李白《梦游天姥吟留别》

xiòng 敻 诇

敻无禽影，寂无人音。——[唐]吴融《风雨吟》

敻为胜事垂千古，题作新诗启七微。——[唐]黄滔《奉和翁文尧十九员外中谢

日蒙恩赐金紫之什》

诇敌二旗摩虎穴，寄帑八宝制云衣。——[清]严遂成《吴少保兑》

xiū 休

休光连雪净，瑞气杂炉香。——[唐]张叔良《长至日上公献寿》

休美繁华事，百年能几时。——[唐]沈廷瑞《寄袁州陈智周》

休说鲈鱼堪脍，尽西风、季鹰归未。——[宋]辛弃疾《水龙吟·登建康赏心亭》

休言女子非英物，夜夜龙泉壁上鸣。——[清]秋瑾《鹧鸪天·祖国沉沦感不禁》

xiǔ 朽

朽骨穴蝼蚁，又为蔓草缠。——[唐]杜甫《遣兴》

朽株难免蠹，空穴易来风。——[唐]白居易《病中诗十五首·初病风》

朽关生湿菌，倾屋照斜阳。——[唐]薛能《题逃户》

xiù 秀

秀色空绝世，馨香为谁传。——[唐]李白《古风》

秀作神仙宅，灵为风雨根。——[唐]李咸用《庐山》

秀似谷中花媚日，清如潭底月圆时。——[唐]罗隐《和禅月大师见赠》

秀眉青目树花衣，一钵随缘智不知。——[唐]贯休《送少年禅师》

xū 须

须知不动念，照出万重源。——[唐]皎然《禅诗》

须臾日射燕脂颊，一朵红苏旋欲融。——[唐]元稹《离思》

须倩东风吹散雨，明朝却待入华园。——[唐]张旭《春游值雨》

须晴日，看红装素裹，分外妖娆。——[现代]毛泽东《沁园春·雪》

xú 徐

徐市载秦女，楼船几时回。——[唐]李白《古风》

徐步移班杖，看山仰白头。——[唐]杜甫《晓望白帝城盐山》

徐抽寸寸刃，渐屈弯弯肘。——[唐]元稹《说剑》

xǔ 许 栩

许国分忧日，荣亲色养时。——[唐]岑参《送严黄门拜御史大夫再镇蜀川兼觐省》

许送自身归华岳，待来朝暮拂瓶盂。——[唐]齐己《怀体休上人》

许国敢辞千里役，忍寒还耐五更风。——[现代]郁达夫《元旦因公赴槟榔屿闻有汪电主和之谣车中赋示友人》

栩栩幽人梦，夭夭老者居。——[宋]王安石《独饭》

xù 旭

旭日千门起，初春八舍归。——[唐]沈佺期《自考功员外授给事中》

旭日朱楼光，东风不惊尘。——[唐]孟郊《长安早春》

旭日高山上，秋天大海隅。——[唐]李群玉《九日越台》

旭日照原野，万物皆欣荣。——[元]赵孟頫《题耕织图二十四首奉懿旨撰》

xuān 喧 宣

喧鸟覆春洲，杂英满芳甸。——[南朝]谢朓《晚登三山还望京邑》

喧阗里闾隘，凶酗日夜频。——[唐]元稹《赛神》

喧滑尽消城漏滴，窗扉初掩岳茶香。——[唐]齐己《宿沈彬进士书院》

宣室求贤访逐臣，贾生才调更无伦。——[唐]李商隐《贾生》

xuán 悬

悬胡青天上，埋胡紫塞旁。——[唐]李白《胡无人》

悬知陌上柳，应妒手中春。——[唐]裴延《咏剪花》

悬灯千嶂夕，卷幔五湖秋。——[唐]孙逖《宿云门寺阁》

悬圃清虚乍过秋，看山寻水上兹楼。——[宋]徐铉《陪王庶子游后湖涵虚阁》

xuǎn 选

选客虚前馆，徵声遍后堂。——[唐]沈佺期《李员外秦援宅观妓》

选得闲坊住，秋来草树肥。——[唐]张籍《和左司元郎中秋居》

选胜相留开客馆，寻幽更引到僧房。——[唐]张籍《赠商州王使君》

选壮军兴不为用，坐狂朝论无由陪。——[唐]韩愈《感春》

xuàn 炫 眩

炫日浪纹金影，连云岸草青莎。——[宋]曹冠《西江月·泛舟》

眩俗杂良苦，乘时知重轻。——[唐]刘禹锡《相和歌辞·贾客词》

眩醉眼尽，游丝乱绪。——[宋]陈允平《瑞龙吟·长安路》

xuē 薛

薛公十一鹤，皆写青田真。——[唐]杜甫《通泉县署屋壁后薛少保画鹤》

薛刘相次埋新垄，沈谢双飞出故乡。——[唐]白居易《忆杭州梅花，因叙旧游，寄萧协律》

薛公龙泉姿，其气在斗牛。——[唐]李群玉《将之京国赠薛员外》

薛侯本贵胄，射策一矢中。——[宋]黄庭坚《薛乐道自南阳来入都留宿会饮作诗饯行》

xué 学

学道三十年，未免忧死生。——[唐]孟郊《听琴》

学道初从此处修，断除贪爱别娇柔。——[唐]吕岩《渔父词》

学问更当穷广大，友朋谁与共磨砻？——[宋]陆游《示友》

学问思辨行，上定静安虑。——[宋]魏了翁《次韵李参政湖上杂咏录寄龙鹤坟庐》

xuě 雪

雪暗凋旗画，风多杂鼓声。——[唐]杨炯《从军行》

雪岭界天白，锦城曛日黄。——[唐]杜甫《怀锦水居止》

雪英开复落，红药植还移。——[宋]徐铉《太傅相公深感庭梅再成绝唱曲垂借示倍认知怜》

雪压冬云白絮飞，万花纷谢一时稀。——[现代]毛泽东《七律·冬云》

xuè 血

血战乾坤赤，氛迷日月黄。——[唐]杜甫《送灵州李判官》

血虫化为疠，夷俗多所神。——[唐]柳宗元《种白蘘荷》

血渗两枯心，情多去未得。——[唐]李商隐《景阳宫井双桐》

血沃中原肥劲草，寒凝大地发春华。——[现代]鲁迅《无题》

xūn 薰 熏

薰风虚听曲，薤露反成歌。——[唐]骆宾王《丹阳刺史挽词》

薰炉御史出神仙，云鞍羽盖下芝田。——[唐]上官仪《和太尉戏赠高阳公》

薰风自南至，吹我池上林。——[唐]白居易《首夏南池独酌》

熏天意气连宫掖，明眸皓齿无人惜。——[清]吴伟业《圆圆曲》

xún 寻

寻声暗问弹者谁？琵琶声停欲语迟。——[唐]白居易《琵琶行》

寻艳复寻香，似闲还似忙。——[唐]郑谷《赵璘郎中席上赋蝴蝶》

寻蛛穷屋瓦，探雀遍楼椽。——[唐]路德延《小儿诗》

寻寻觅觅，冷冷清清，凄凄惨惨戚戚。——[宋]李清照《声声慢·寻寻觅觅》

xùn 徇 训

徇义在匹夫，报恩犹一餐。——[唐]张九龄《荆州作》

徇禄仍怀橘，看山免采薇。——[唐]王维《留别钱起》

徇禄期代耕，受任亦量力。——[唐]崔湜《景龙二年余自门下平章事削阶授江州员外司马》

徇主从昏可自尤。今日始知辜付托，当时齧指血空流。——[宋]石介《李英公勣》

训喻青衿子，名惭白首郎。——[唐]杜甫《元日示宗武》

Y

yā 鸦压

鸦黄粉白车中出，含娇含态情非一。——[唐]卢照邻《长安古意》

鸦翎羽箭山桑弓，仰天射落衔芦鸿。——[唐]李贺《野歌》

鸦噪暮云归古堞，雁迷寒雨下空壕。——[唐]许浑《登洛阳故城》

压树早鸦飞不散，到窗寒鼓湿无声。——[唐]薛逢《长安夜雨》

yá 牙

牙璋辞凤阙，铁骑绕龙城。——[唐]杨炯《从军行》

牙樯迎海舶，铜鼓赛江神。——[唐]白居易《送客春游岭南二十韵》

牙根舌根水滴寒，珊瑚捶打红琅玕。——[唐]齐己《赠念<法华经>僧》

牙签万轴裹红绡，王粲书同付火烧。——[五代]李煜《题金楼子后》

yǎ 雅

雅量涵高远，清襟照等夷。——[唐]杜甫《移居公安敬赠卫大郎钧》

雅调乘清晓，飞声向远空。——[唐]张濛《晓过南宫闻太常清乐》

雅韵人间满，多惭穷和难。——[唐]吕温《奉和李相公早朝于中书候传点偶书所怀奉呈门》

雅志困轩冕，遗恨寄沧洲。——[宋]苏轼《水调歌头·安石在东海》

yà 亚

亚夫得剧孟，敌国空无人。——[唐] 李白《赠张相镐》

亚相勤王甘苦辛，誓将报主静边尘。——[唐] 岑参《轮台歌奉送封大夫出师西征》

亚树牵藤阁，横查压石桥。——[唐] 元稹《和友封题开善寺十韵》

亚夫营畔柳濛濛，隋主堤边四路通。——[唐] 汪遵《杨柳》

yān 烟

烟笼寒水月笼沙，夜泊秦淮近酒家。——[唐] 杜牧《泊秦淮》

烟舟撑晚浦，雨屐剪春蔬。——[唐] 郑谷《闻进士许彬罢举归睦州怅然怀寄》

烟含细叶交加碧，露拆寒英次第黄。——[唐] 李山甫《刘员外寄移菊》

烟霞空送景，水木苦无情。——[唐] 章孝标《上太皇先生》

烟雨莽苍苍，龟蛇锁大江。——[现代] 毛泽东《菩萨蛮 · 黄鹤楼》

yán 言

言动任天真，未觉农人恶。——[唐] 白居易《观稼》

言下辨曲直，笔端破交争。——[唐] 刘禹锡《早夏郡中书事》

言将身报国，敢望禄荣家。——[唐] 修睦《送边将》

言多思寂默，酒醒悔猖狂。——[宋] 陆游《东窗遣兴》

yǎn 眼

眼前无长物，窗下有清风。——[唐]白居易《销暑》

眼窥薄雾行殊倦，身怯寒风坐未禁。——[唐]殷尧藩《九日病起》

眼见的吹翻了这家，吹伤了那家，只吹的水尽鹅飞罢！——[明]王磐《朝天子·咏喇叭》

眼角眉梢都似恨，热泪欲零还住。——[现代]毛泽东《贺新郎·别友》

yàn 滟 艳

滟滟随波千万里，何处春江无月明！——[唐]张若虚《春江花月夜》

滟滪既没孤根深，西来水多愁太阴。——[唐]杜甫《滟滪》

滟滟流光浅，娟娟泛露轻。——[唐]李群玉《初月》

滟滪分高仞，瞿塘露浅痕。——[唐]齐己《送周秀游峡》

艳色天下重，西施宁久微。——[唐]王维《西施咏》

yāng 秧

秧开五叶，蚕长三眠。——[唐]萧结《批州符》

秧根未牢莳未匝，照管鹅儿与雏鸭。——[宋]杨万里《插秧歌》

秧新谷。闲日永，眠黄犊。——[宋]辛弃疾《满江红·山居即事》

yáng 阳 杨 扬

阳春布德泽，万物生光辉。——[汉]《乐府歌·长歌行》

阳台隔楚水，春草生黄河。——[唐]李白《寄远》

阳和发生均孕育，鸟兽有情知不足。——[唐]孟郊《覆巢行》

杨花榆荚无才思，惟解漫天作雪飞。——[唐]韩愈《晚春》

扬云霓之晻蔼兮，鸣玉鸾之啾啾。——[战国]屈原《离骚》

yǎng 养

养怡之福，可得永年。——[三国魏]曹操《龟虽寿》

养鸟恶羽翮，剪翮不待高。——[唐]元稹《酬刘猛见送》

养身成好事，此外更空虚。——[唐]姚合《武功县中作》

养得儿形似我形，我身枯悴子光精。——[唐]吕岩《绝句》

yàng 漾

漾漾泛菱荇，澄澄映葭苇。——[唐]王维《青溪》

漾漾动行舫，亭亭远相望。——[唐]韦应物《发广陵留上家兄兼寄上长沙》

漾舟雪浪映花颜，徐福携将竟不还。——[唐]汪遵《咏东海》

漾漾浮轻波，悠悠汇远浦。——[清]郑燮《泜水》

yāo 夭妖

夭促万涂尽，哀伤百虑新。——[唐]王维《过太乙观贾生房》

夭桃花薄暮，游女红粉故。——[唐]孟郊《相和歌辞·杂怨》

夭夭日放花，荣耀将安穷。——[唐]柳宗元《酬贾鹏山人郡内新栽松寓兴见赠》

夭桃秾李不可比，又况无此清淡香。——[宋]梅尧臣《资政王侍郎命赋梅花用芳字》

妖童宝马铁连钱，娼妇盘龙金屈膝。——[唐]卢照邻《长安古意》

yáo 遥

遥知兄弟登高处，遍插茱萸少一人。——[唐]王维《九月九日忆山东兄弟》

遥望洞庭山水色，白银盘里一青螺。——[唐]刘禹锡《望洞庭》

遥想公瑾当年，小乔初嫁了，雄姿英发。——[宋]苏轼《念奴娇·赤壁怀古》

遥知不是雪，为有暗香来。——[宋]王安石《梅花》

yǎo 咬窈

咬咬嘎嘎水禽声，露洗松阴满院清。——[唐]李山甫《方干隐居》

咬定青山不放松，立根原在破岩中。——[明]郑燮《竹石》

窈窕淑女，君子好逑。——[先秦]《诗经·周南·关雎》

窈窕晴江转，参差远岫连。——[唐]李白《送王孝廉觐省》

窈窕云雁没，苍茫河汉横。——[唐]韦应物《答崔主簿倬》

yào 药 要

药草诚多喻，沧溟在一毫。——[唐] 耿湋《题藏公院》

药囊随卧起，诗句杂吟呻。——[宋] 陆游《病中戏书》

要扫除一切害人虫，全无敌。——[现代] 毛泽东《满江红 · 和郭沫若同志》

要似昆仑崩绝壁，又恰像台风扫寰宇。——[现代] 毛泽东《贺新郎 · 别友》

yē 椰

椰子味从今日近，鹧鸪声向旧山闻。——[唐] 柳珪《送莫仲节状元归省》

椰花好为酒，谁伴醉如泥。——[唐] 殷尧藩《醉赠刘十二》

椰榆杓子木瘤杯，烂煮鲈鱼满案堆。——[唐] 李梦符《渔父引》

椰子微躯有百穷，平生风际转枯蓬。——[宋] 陆游《居室甚隘而藏书颇富率终日不出户》

yé 爷

爷娘闻女来，出郭相扶将。——[北朝]《乐府民歌 · 木兰诗》

爷娘妻子走相送，尘埃不见咸阳桥。——[唐] 杜甫《兵车行》

yě 野

野旷天低树，江清月近人。——[唐] 孟浩然《宿建德江》

野径云俱黑，江船火独明。——[唐] 杜甫《春夜喜雨》

野火烧不尽，春风吹又生。——[唐] 白居易《赋得古原草送别》

野渡苍松横古木，断桥流水动连环。——[现代] 毛泽东《游学即景》

yè 夜 叶 业

夜来风雨声，花落知多少。——[唐] 孟浩然《春晓》

夜来幽梦忽还乡，小轩窗，正梳妆。——[宋] 苏轼《江城子 · 乙卯正月二十日夜记梦》

夜阑卧听风吹雨，铁马冰河入梦来。——[宋] 陆游《十一月四日风雨大作》

叶上初阳干宿雨、水面清圆，一一风荷举。——[宋] 周邦彦《苏幕遮》

业未就，身躯倦，鬓已秋；你我之辈，忍将夙愿，付与东流？——[现代] 毛泽东《诉衷情 · 赠人》

yī 一 依

一封朝奏九重天，夕贬潮州路八千。——[唐] 韩愈《左迁至蓝关示侄孙湘》

一上高城万里愁，蒹葭杨柳似汀洲。——[唐] 许浑《咸阳城东楼》

一曲新词酒一杯，去年天气旧亭台。夕阳西下几时回？——[宋] 晏殊《浣溪沙 · 一曲新词酒一杯》

一水护田将绿绕，两山排闼送青来。——[宋] 王安石《书湖阴先生壁》

一抹晚烟荒戍垒，半竿斜日旧关城。古今幽恨几时平！——[清] 纳兰性德《浣溪沙 · 身向云山那畔行》

一唱雄鸡天下白，万方乐奏有于阗，诗人兴会更无前。——[现代]毛泽东《浣溪沙·和柳亚子先生》

一阵风雷惊世界，满街红绿走旌旗。——[现代]毛泽东《七律·有所思》

依前圣以节中兮，喟凭心而历兹。——[战国]屈原《离骚》

yí 宜遗

宜春院里驻仙舆，夜宴笙歌总不如。——[唐]王涯《宫词》

宜男生楚巷，栀子发金墉。——[唐]李贺《恼公》

宜阳南面路，下岳又经过。——[唐]齐己《宜阳道中作》

宜将剩勇追穷寇，不可沽名学霸王。——[现代]毛泽东《七律·人民解放军占领南京》

遗民泪尽胡尘里，南望王师又一年。——[宋]陆游《秋夜将晓出篱门迎凉有感》

yǐ 已倚

已是伤离客，仍逢靳尚祠。——[唐]顾况《题歙山栖霞寺》

已是黄昏独自愁，更著风和雨。——[宋]陆游《卜算子·咏梅》

已知泉路近，欲别故乡难。——[明]夏完淳《别云间》

已是悬崖百丈冰，犹有花枝俏。——[现代]毛泽东《卜算子·咏梅》

倚杖望晴雪，溪云几万重。——[唐]贾岛《雪晴晚望》

yì 忆异亦抑驿羿意毅

忆昔午桥桥上饮，坐中多是豪英。——[宋]陈与义《临江仙·夜登小阁，忆洛中旧游》

忆往昔峥嵘岁月稠。——[现代]毛泽东《沁园春·长沙》

异日图将好景，归去凤池夸。——[宋]柳永《望海潮》

亦余心之所善兮，虽九死其犹未悔。——[战国]屈原《离骚》

抑志而弭节兮，神高驰之邈邈。——[战国]屈原《离骚》

驿外断桥边，寂寞开无主。——[宋]陆游《卜算子·咏梅》

羿淫游以佚畋兮，又好射夫封狐。——[战国]屈原《离骚》

意欲捕鸣蝉，忽然闭口立。——[清]袁枚《所见》

毅魄归来日，灵旗空际看。——[明]夏完淳《别云间》

yīn 阴因

阴火潜烧天地炉，何事偏烘西一隅？——[唐]岑参《热海行送崔侍御还京》

阴山道，阴山道，纥逻敦肥水泉好。——[唐]白居易《阴山道—疾贪虏也》

阴阳无停机，造化渺莫测。——[唐]苏涣《变律》

阴崖水赖松梢直，藓壁苔侵画像愁。——[唐]罗隐《秦望山僧院》

因思杜陵梦，凫雁满回塘。——[唐]温庭筠《商山早行》

yín 银

银鞍照白马，飒沓如流星。——[唐]李白《侠客行》

银瓶乍破水浆迸，铁骑突出刀枪鸣。——[唐]白居易《琵琶行》

银地无尘金菊开，紫梨红枣堕莓苔。——[唐]贯休《招友人宿》

银蟾借与金波路，得入重轮伴羿妻。——[唐]徐夤《上阳宫词》

yǐn 引 饮

引领还入房，泪下沾裳衣。——[汉]《古诗十九首·明月何皎皎》

引猿秋果熟，藏鹤晓云深。——[唐]尚颜《送徐道人东游》

引客闲垂钓，看僧静灌瓶。——[唐]顾非熊《题永福寺临淮亭》

饮余马于咸池兮，总余辔乎扶桑。——[战国]屈原《离骚》

饮茶粤海未能忘，索句渝州叶正黄。——[现代]毛泽东《七律·和柳亚子先生》

yìn 荫

荫松散发逢异人，寂寞旷然口不言。——[唐]萧祜《游石堂观》

荫林簟光冷，照流簪影欹。——[唐]畅甫《偶宴西蜀摩诃池》

荫绿围红，梦琼家在桃源住。——[五代]冯延巳《点绛唇·荫绿围红》

荫泉栽美木。潺湲无春冬，日夜响山曲。——[宋]欧阳修《幽谷泉》

yīng 鹰 嘤 应

鹰击长空，鱼翔浅底，万类霜天竞自由。——[现代] 毛泽东《沁园春·长沙》

嘤其鸣矣，求其友声。暴虎入门，懦夫奋臂。——[现代] 毛泽东《懦夫奋臂》

应见鄱阳虎符守，思归共指白云乡。——[唐] 李颀《送从弟游江淮兼谒鄱阳刘太守》

应怜屐齿印苍苔，小扣柴扉久不开。——[宋] 叶绍翁《游园不值》

应念岭表经年，孤光自照，肝胆皆冰雪。——[宋] 张孝祥《念奴娇·过洞庭》

yíng 盈

盈盈一水间，脉脉不得语。——[汉]《古诗十九首·迢迢牵牛星》

盈缩之期，不但在天；养怡之福，可得永年。——[三国魏] 曹操《龟虽寿》

盈盈粉署郎，五日宴春光。——[唐] 沈佺期《李员外秦援宅观妓》

盈盈汉水若可越，可惜凌波步罗袜。——[唐] 李白《寄远》

yǐng 影

影乱铜乌吹，光销玉马津。——[唐] 骆宾王《咏雪》

影闭重门静，寒生独树秋。——[唐] 钱起《书斋望月》

影笼沼沚修篁密，声透笙歌羯鼓干。——[唐] 韩偓《再和》

影摇绿波水，彩绚丹霞岑。——[唐] 司马逸客《雅琴篇》

yìng 映

映门淮水绿，留骑主人心。——[唐] 王昌龄《送郭司仓》

映阶碧草自春色，隔叶黄鹂空好音。——[唐] 杜甫《蜀相》

映日华冠动，迎风绣羽开。——[唐] 张何《织鸟》

映月论心处，偎花见面时。——[宋] 孙光宪《南歌子》

yōng 拥

拥怀累代下，言尽意不舒。——[晋] 陶渊明《赠羊长史·并序》

拥肿寒山木，嵌空成酒樽。——[唐] 李白《咏山樽》

拥红妆，翻翠盖，花影暗南浦。——[宋] 高观国《祝英台近·荷花》

yóng 喁

喁喁鱼闯萍，落落月经宿。——[唐] 韩愈《南山诗》

喁喁百万生齿，何处不沾恩。——[宋] 廖行之《水调歌头·祥起玉龙甲》

喁喁鹣鲽波涛阻，独有联翩天马来。——[清] 黄遵宪《羊城感赋》

喁喁似诉。有几许哀丝，佐伊机杼。——[现代] 王国维《蟋蟀用姜白石原韵》

yǒng 永

永结无情游，相期邈云汉。——[唐] 李白《月下独酌》

永日若为度，独游何所亲。——[唐]白居易《闲园独赏》

永无人迹到，时有鸟行过。——[唐]司空曙《望水》

永诀从今始，午夜惊鸣鸡。——[现代]毛泽东《挽易昌陶》

yòng 用

用才荣入幕，扶病喜同樽。——[唐]刘长卿《送严维赴河南充严中丞幕府》

用世空悲闻道浅，入山偏喜识僧多。——[唐]戴叔伦《寄孟郊》

用兹送日月，君以为何如。——[唐]白居易《马上作》

用舍由时，行藏在我，袖手何妨闲处看。——[宋]苏轼《沁园春·孤馆灯青》

yōu 呦 忧 悠

呦呦鹿鸣，食野之苹。——[三国魏]曹操《短歌行》

忧国天涯去，思乡岁暮同。——[唐]刘长卿《送梁侍御巡永州》

忧来上北楼，左右但军营。——[唐]韦应物《京师叛乱寄诸弟》

悠哉悠哉，辗转反侧。——[先秦]《诗经·周南·关雎》

悠然心会，妙处难与君说。——[宋]张孝祥《念奴娇·过洞庭》

yóu 犹 游

犹凭少君术，仿佛睹容辉。——[唐]沈佺期《天官崔侍郎夫人卢氏挽歌》

犹言雨色斜拂座，乍似水凉来入襟。——[唐]皎然《观王右丞维沧洲图歌》

犹记当时烽火里，九死一生如昨。——[现代]毛泽东《念奴娇·井冈山》

游女泛江晴，莲红水复清。——[唐]张敬徽《采莲曲》

yǒu 有

有弟皆分散，无家问死生。——[唐]杜甫《月夜忆舍弟》

有山有水堪吟处，无雨无风见景时。——[唐]杜荀鹤《登石壁禅师水阁有作》

有三秋桂子，十里荷花。——[宋]柳永《望海潮》

有约不来过夜半，闲敲棋子落灯花。——[宋]赵师秀《约客》

yòu 又

又闻子规啼夜月，愁空山。——[唐]李白《蜀道难》

又送王孙去，萋萋满别情。——[唐]白居易《赋得古原草送别》

又如石罅堆叶下，泠泠沥沥苍崖泉。——[唐]吴融《李周弹筝歌》

又见桐花发旧枝，一楼烟雨暮凄凄。——[五代]李煜《感怀》

yú 余鱼榆于

余既滋兰之九畹兮，又树蕙之百亩。——[战国]屈原《离骚》

余虽好修姱以鞿羁兮，謇朝谇而夕替。——[战国]屈原《离骚》

鱼戏莲叶东，鱼戏莲叶西，鱼戏莲叶南，鱼戏莲叶北。——[汉]《乐府歌·江南》

榆柳荫后檐，桃李罗堂前。——[晋] 陶渊明《归园田居》

于人曰浩然，沛乎塞苍冥。——[宋] 文天祥《正气歌》

yǔ 雨与羽

雨灭龙蛇火，春生鸿雁天。——[唐] 王昌龄《寒食即事》

雨后复斜阳，关山阵阵苍。——[现代] 毛泽东《菩萨蛮·大柏地》

与君离别意，同是宦游人。——[唐] 王勃《送杜少府之任蜀州》

与君歌一曲，请君为我倾耳听。——[唐] 李白《将进酒·君不见》

羽扇纶巾，谈笑间，樯橹灰飞烟灭。——[宋] 苏轼《念奴娇·赤壁怀古》

yù 玉郁浴欲豫

玉户帘中卷不去，捣衣砧上拂还来。——[唐] 张若虚《春江花月夜》

玉界琼田三万顷，着我扁舟一叶。——[宋] 张孝祥《念奴娇·过洞庭》

郁孤台下清江水，中间多少行人泪。——[宋] 辛弃疾《菩萨蛮·书江西造口壁》

浴血东瓜守，驱倭棠吉归。——[现代] 毛泽东《五律·挽戴安澜将军》

欲穷千里目，更上一层楼。——[唐] 王之涣《登鹳雀楼》

欲渡黄河冰塞川，将登太行雪满山。——[唐] 李白《行路难》

欲把西湖比西子，淡妆浓抹总相宜。——[宋] 苏轼《饮湖上初晴后雨》

欲说还休，却道天凉好个秋！——[宋] 辛弃疾《丑奴儿·书博山道中壁》

豫章西望彩云间，九派长江九叠山。——[现代] 毛泽东《七绝·戏改李攀龙 < 怀明卿 >》

yuān 鸳渊

鸳鸯瓦冷霜华重，翡翠衾寒谁与共。——[唐]白居易《长恨歌》

鸳鸯有路高低去，鸿雁南飞一两行。——[唐]姚合《欲别》

鸳瓦冻危金距趫，夸雄斗气争相高。——[唐]李咸用《鸡鸣曲》

渊明久负东篱醉，犹分低心事折腰。——[宋]王安石《九日登东山寄昌叔》

yuán 元

元君理庭内，左右桃花蹊。——[唐]元稹《青云驿》

元戎阃外略，才子握中筹。——[唐]郎士元《送郑正则徐州行营》

元知造物心肠别，老却英雄似等闲！——[宋]陆游《鹧鸪天·家住苍烟落照间》

元嘉草草，封狼居胥，赢得仓皇北顾。——[宋]辛弃疾《永遇乐·京口北固亭怀古》

yuǎn 远

远看山有色，近听水无声。——[唐]王维《画》

远芳侵古道，晴翠接荒城。——[唐]白居易《赋得古原草送别》

远上寒山石径斜，白云生处有人家。——[唐]杜牧《山行》

远远围墙，隐隐茅堂。——[宋]秦观《行香子》

yuàn 愿 怨

愿君多采撷，此物最相思。——[唐]王维《相思》

愿得苦寒枝，与君比颜色。——[唐]皎然《答黎士曹黎生前适越后之楚》

愿此为东风，吹起枝上春。——[唐]陆龟蒙《奉和袭美太湖诗》

怨灵修之浩荡兮，终不察夫民心。——[战国]屈原《离骚》

yuē 曰

曰既醉止，威仪幡幡。——[先秦]《诗经·小雅·宾之初筵》

曰黄昏以为期兮，羌中道而改路。——[战国]屈原《离骚》

曰予轻皎洁，坦率宾混元。——[唐]储光羲《舟中别武金坛》

曰我旧梁氏，辑绥艰难。——[唐]柳宗元《乐府杂曲·鼓吹铙歌·苞枿》

yuě 哕

哕作平常事已差。——[宋]释宗印《颂古》

哕起匆作难，解缆破秋色。——[宋]李流谦《月夜泛舟》

yuè 月 越

月明星稀，乌鹊南飞。——[三国魏]曹操《短歌行》

月下飞天镜，云生结海楼。——[唐] 李白《渡荆门送别》

月落乌啼霜满天，江枫渔火对愁眠。——[唐] 张继《枫桥夜泊》

月黑雁飞高，单于夜遁逃。——[唐] 卢纶《塞下曲》

越陌度阡，枉用相存。——[三国魏] 曹操《短歌行》

yūn 晕

晕入轻潮，刚爱微风醒。——[清] 纳兰性德《鬓云松令·咏浴》

yún 云

云青青兮欲雨，水澹澹兮生烟。——[唐] 李白《梦游天姥吟留别》

云横秦岭家何在？雪拥蓝关马不前。——[唐] 韩愈《左迁至蓝关示侄孙湘》

云树绕堤沙，怒涛卷霜雪，天堑无涯。——[宋] 柳永《望海潮》

云横九派浮黄鹤，浪下三吴起白烟。——[现代] 毛泽东《七律·登庐山》

yǔn 陨

陨叶鸟不顾，枯茎虫莫吟。——[宋] 张耒《秋日》

陨泪多如雨。拟题双叶问离忧。——[宋] 向子諲《虞美人·濛濛烟树无重数》

yùn　运

运筹帷幄荷时来，职掌图籍滥蓬莱。——[唐] 李显《十月诞辰内殿宴群臣效柏梁体联句》

运阔英达稀，同风遥执袂。——[唐] 李白《答高山人兼呈权、顾二侯》

运移汉祚终难复，志决身歼军务劳。——[唐] 杜甫《咏怀古迹》

运交华盖欲何求，未敢翻身已碰头。——[现代] 鲁迅《自嘲》

Z

zá 杂

杂申椒与菌桂兮，岂惟纫夫蕙茝！——[战国]屈原《离骚》

杂彩三百匹，交广市鲑珍。——[汉]《乐府歌·孔雀东南飞》

杂虏忽猖狂，无何敢乱常。——[唐]李隆基《平胡》

杂合两京春，喧阗众禽护。——[唐]元稹《梦游春七十韵》

zāi 栽

栽成五柳吟归去，漉酒巾边伴菊闲。——[唐]汪遵《彭泽》

栽花比绿珠，花落还相似。——[唐]苏拯《金谷园》

栽培得地近皇宫，瑞烟浓。——[唐]毛文锡《柳含烟·御沟柳》

栽植恩深雨露同，一丛浅淡一丛浓。——[清]秋瑾《秋海棠》

zǎi 宰

宰相作霖雨，农夫得耕犁。——[唐]李白《登黄山凌歊台送族弟溧阳尉济充泛舟赴华阴》

宰邑分甸服，夙驾朝上京。——[唐]韦应物《朝请后还邑，寄诸友生》

宰府初开忝末尘，四年谈笑隔通津。——[唐]罗隐《春晚寄钟尚书》

宰相有权能割地，孤臣无力可回天。——[清]丘逢甲《离台诗》

zài 在

在昔同门友，如今出处非。——[唐]李颀《东京寄万楚》

在家相见熟，新归欢不足。——[唐]王建《远将归》

在天愿作比翼鸟，在地愿为连理枝。——[唐]白居易《长恨歌》

在齐太史简，在晋董狐笔。在秦张良椎，在汉苏武节。——[宋]文天祥《正气歌》

zān 簪

簪冷夜龙穿碧洞，枕寒晨虎卧银城。——[唐]吕岩《七言》

簪茱泛菊俯平阡，饮过三杯却惆然。——[唐]郑絪《九日登高怀邵二》

簪嫌红玳瑁，社念金芙蕖。——[唐]齐己《荆渚病中，因思匡庐，遂成三百字，寄梁先辈》

簪花初欲罢，柳外正莺声。——[明]叶小鸾《春日晓妆》

zán 咱

咱也今知晓。只这喃喃说底人，又被傍人笑。——[宋]沈瀛《卜算子·只管要参禅》

咱为甚妆妆频觑，怕有那新雁儿寄来书。——[元]白朴《得胜乐》

zǎn 攒

攒眉缉缕思纷纷，对影穿针魂悄悄。——[唐] 刘希夷《捣衣篇》

攒峦丛崿射朱光，丹霞翠雾飘奇香。——[唐] 柳宗元《行路难》

攒虫锼古柳，蝉子鸣高邃。——[唐] 李贺《昌谷诗》

zàn 暂 赞

暂伴月将影，行乐须及春。——[唐] 李白《月下独酌》

暂去还来此，幽期不负言。——[唐] 贾岛《题李凝幽居》

暂对杉松如结社，偶同麋鹿自成群。——[唐] 温庭筠《重游圭峰宗密禅师精庐》

赞国经纶更有谁，蔡公相叹亦相师。——[唐] 孙元晏《吴·顾雍》

zāng 臧

臧叟隐中壑，垂纶心浩然。——[唐] 吴筠《高士咏·臧丈人》

臧否事如云，何须说。——[金] 蔡松年《满江红·和高子文春津道中》

zǎng 驵

驵侩权征输。郁郁多大姓，儒冠颇诗书。——[宋] 黄庭坚《癸丑宿早禾渡僧舍》

驵骏蹙万蹄，势若敌场赴。——[宋] 陈造《至喜铺》

zàng 葬

葬于不毛地，咸谓楚先贤。——[唐] 张说《过汉南城叹古坟》

葬时贫卖马，远日哭惟妻。——[唐] 贾岛《吊孟协律》

葬骨知无地，论心更有谁。——[宋] 文天祥《寄惠州弟》

葬我于高山之上兮，望我故乡。——[现代] 于右任《望大陆》

zāo 糟 遭

糟床带松节，酒腻肥如羜。——[唐] 皮日休《酒中十咏·酒床》

糟粕所传非粹美，丹青难写是精神。——[宋] 王安石《读史》

遭逢圣明主，敢进兴亡言。——[唐] 李白《书情题蔡舍人雄》

遭遇同众流，低回愧相见。——[唐] 李益《游子吟》

zǎo 早

早是相思肠欲断，忍教频梦见。——[唐] 薛昭蕴《谒金门·满春院》

早知名是幻，不敢绣为衣。——[唐] 张叔卿《空灵岸》

早岁那知世事艰，中原北望气如山。——[宋] 陆游《书愤》

早已森严壁垒，更加众志成城。——[现代] 毛泽东《西江月·井冈山》

zào 造

造天关，闻天语，长云河车载玉女。——[唐]李白《飞龙引》

造化辟川岳，了然楚汉分。——[唐]李白《九日登巴陵，置酒望洞庭水军》

造化钟神秀，阴阳割昏晓。——[唐]杜甫《望岳》

造化可能偏有意，故教明月玲珑地。——[宋]李清照《渔家傲·雪里已知春信至》

zé 泽 咋

泽国龙蛇冻不伸，南山瘦柏消残翠。——[唐]岑参《冬夕》

泽被鱼鸟悦，令行草木春。——[唐]李白《赠张相镐》

泽国相逢话一宵，云山偶别隔前朝。——[唐]齐己《荆渚逢禅友》

泽国气候晚，仲冬雪犹悭。——[宋]陆游《怀昔》

咋舌吞声过十年。（动非求进静非禅，咋舌吞声过十年。）——[唐]韩偓《即目》

zè 仄

仄步下危曲，攀枯闻孀啼。——[唐]孟郊《寒溪》

仄雪踏为平，涩行变如飞。——[唐]孟郊《立德新居》

仄席三旌切，移山万里来。——[唐]贯休《寿春进祝圣七首·搜扬草泽》

仄闻长者言，婞直非养寿。——[宋] 苏轼《次韵答章传道见赠》

zéi 贼

贼壕连白翟，战瓦落丹墀。——[唐] 杜甫《夔府书怀四十韵》

贼城破后先锋入，看著红妆不敢收。——[唐] 王建《田侍郎归镇》

贼骨化为土，贼垒犁为田。——[唐] 白居易《题裴晋公女几山刻石诗后》

贼徒崩腾望旗拜，有若群蛰惊春雷。——[唐] 刘禹锡《平蔡州》

zěn 怎

怎奈向、欢娱渐随流水，素弦声断，翠绡香减。——[宋] 秦观《八六子·倚危亭》

怎奈向、一缕相思，隔溪山不断。——[宋] 周邦彦《拜星月·高平秋思》

怎生图画如何绣。宜推萧史伴，消得东阳瘦。——[宋] 李之仪《千秋岁·万红暄昼》

怎敌他晚来风急！雁过也，正伤心，却是旧时相识。——[宋] 李清照《声声慢·寻寻觅觅》

zèn 谮

谮始竟背。岂曰不极，伊胡为慝？——[先秦]《诗经·大雅·瞻卬》

zēng 增

增冰峨峨，飞雪千里些。——[战国] 屈原《招魂》

增辉延宝历，发曜起祥经。——[唐] 赵蕃《老人星》

增怅望，新欢易失，往事难猜。——[宋] 秦观《满庭芳·碧水惊秋》

zèng 赠

赠君芳杜草，为植建章台。——[唐] 张说《岳州宴别潭州王熊》

赠君一法决狐疑，不用钻龟与祝蓍。——[唐] 白居易《放言》

赠诗全六义，出镇越千峰。——[唐] 姚合《和门下李相饯西蜀相公》

赠君双佩刀，日夕视来期。——[唐] 崔湜《饯唐州高使君赴任》

赠别留匹布，今岁天早霜。——[宋] 苏轼《游灵隐高峰塔》

zhā 扎

扎扎得盈尺，轻素何人衣。——[唐] 王周《采桑女》

扎扎机中练。（鲜鲜歌者衣，扎扎机中练。）——[宋] 李泳《拟古》

zhá 轧

轧用蜀竹弦楚丝，清哇宛转声相随。——[唐]皎然《观李中丞洪二美人唱歌轧筝歌》

zhǎ 眨

眨上眉毛行大道，莫於平地起风波。——[宋]释了一《颂古》

zhà 乍

乍可狂歌草泽中，宁堪作吏风尘下。——[唐]高适《封丘作》

乍看皓腕映罗袖，微听清歌发杏梁。——[唐]权德舆《放歌行》

乍入洞中天，更移云外步。——[唐]司马扎《沧浪峡·山下水声深》

乍暖还寒时候，最难将息。——[宋]李清照《声声慢·寻寻觅觅》

zhāi 摘

摘花不插发，采柏动盈掬。——[唐]杜甫《佳人》

摘却正开花，暂言花未发。——[唐]李端《九日赠司空文明》

摘桑春陌上，踏草夕阳间。——[唐]李端《春游乐》

摘瓜抱蔓，此事真毫发。——[元]李孝光《念奴娇·江南春暮》

zhái 宅

宅近青山同谢朓，门垂碧柳似陶潜。——[唐]李白《题东谿公幽居》

宅占凤城胜，窗中云岭宽。——[唐]岑参《左仆射相国冀公东斋幽居》

宅边青桑垂宛宛，野蚕食叶还成茧。——[唐]张籍《废居行》

宅边秋水浸苔矶，日日持竿去不归。——[唐]赵嘏《长安月夜与友人话故山》

zhǎi 窄

窄转深啼狖，虚随乱浴凫。——[唐]杜甫《大历三年春白帝城放船出瞿塘峡久居夔府将适》

窄罗衫子薄罗裙，小腰身，晚妆新。——[唐]张泌《江城子·碧阑干外小中庭》

窄袖轻罗，暗露双金钏。——[宋]欧阳修《蝶恋花·越女采莲秋水畔》

窄窄柴门短短篱，山家随分有园池。——[宋]陆游《小园》

zhài 寨

寨将来相问，儿童竞启关。——[唐]郑谷《峡中寓止二首（其二）》

寨长过我庐，意气甚雄粗。——[宋] 尤袤《淮民谣》

zhān 瞻 邅

瞻前而顾后兮，相观民之计极。——[战国] 屈原《离骚》

瞻望邈难逮，转欲志长勤。——[晋] 陶渊明《癸卯岁始春怀古田舍》

瞻光惜颓发，阅水悲徂年。——[唐] 李白《秋登巴陵望洞庭》

瞻望阳台云，惆怅不敢前。——[唐] 岑参《阻戎泸间群盗》

邅吾道夫昆仑兮，路修远以周流。——[战国] 屈原《离骚》

zhǎn 斩

斩鲸澄碧海，卷雾扫扶桑。——[唐] 李世民《宴中山》

斩胡血变黄河水，枭首当悬白鹊旗。——[唐] 李白《送外甥郑灌从军》

斩得名王献桂宫，封侯起第一日中。——[唐] 张籍《杂曲歌辞·少年行》

斩鲸清海沸，炼石补天迤。——[元] 雅琥《上执政四十韵》

zhàn 战 湛

战争有古迹，壁垒颓层穹。——[唐] 李白《登广武古战场怀古》

战士军前半死生，美人帐下犹歌舞。——[唐] 高适《燕歌行》

战士说辛勤，书生不忍闻。——[唐] 杜荀鹤《塞上伤战士》

战士指看南粤，更加郁郁葱葱。——[现代]毛泽东《清平乐·会昌》

湛湛长空黑。更那堪、斜风细雨，乱愁如织。——[宋]刘克庄《贺新郎·九日》

zhāng 张

张范善终始，吾等岂不慕。——[唐]王昌龄《郑县宿陶太公馆中赠冯六元二》

张旭三杯草圣传，脱帽露顶王公前，挥毫落纸如云烟。——[唐]杜甫《饮中八仙歌》

张生手持石鼓文，劝我试作石鼓歌。——[唐]韩愈《石鼓歌》

张翰一杯酒，荣期三乐歌。——[唐]白居易《偶作》

zhǎng 掌

掌运职既大，摧邪名更雄。——[唐]孟郊《赠转运陆中丞》

掌珠一颗儿三岁，鬓雪千茎父六旬。——[唐]白居易《哭崔儿》

掌中舞罢箫声绝，三十六宫秋夜长。——[唐]徐凝《汉宫曲》

掌前流水驻无尘，掌下轩车日日新。——[唐]罗隐《仙掌》

zhàng 丈

丈夫会应有知己，世上悠悠何足论。——[唐]刘昚虚《赠乔琳》

丈人试静听，贱子请具陈。——[唐]杜甫《奉赠韦左丞二十二韵》

丈夫不感恩，感恩宁有泪。——[唐] 陈润《阙题》

丈夫何事足萦怀，要将宇宙看稊米。——[现代] 毛泽东《送纵宇一郎东行》

zhāo 朝

朝发轫于苍梧兮，夕余至乎县圃。——[战国] 屈原《离骚》

朝辞白帝彩云间，千里江陵一日还。——[唐] 李白《早发白帝城》

朝避猛虎，夕避长蛇；磨牙吮血，杀人如麻。——[唐] 李白《蜀道难》

朝雾弥琼宇，征马嘶北风。——[现代] 毛泽东《五律·张冠道中》

zhǎo 找

找从湖上归，散发醉吹笛。——[宋] 陆游《作雪未成自湖中归寒甚饮酒作短歌》

找聒丛林，元来是你。——[宋] 释慧开《颂古》

zhào 照

照影玉潭里，刷毛琪树间。——[唐] 李白《赠黄山胡公求白鹇》

照花前后镜，花面交相映。——[唐] 温庭筠《菩萨蛮·小山重叠金明灭》

照梁初有情，出水旧知名。——[唐] 李商隐《无题》

照影翻窗绮，层纹滉额波。——[唐] 王周《和程刑部·清涟阁》

zhē 遮

遮莫枝根长百丈，不如当代多还往。——[唐] 李白《少年行》

遮莫江头柳色遮，日浓莺睡一枝斜。——[唐] 郑谷《曲江红杏》

遮时留取城西塔，篷底归人要认家。——[宋] 刘克庄《归至武阳渡作》

遮莫临行念我频，竹枝留涴泪痕新。——[清] 黄景仁《感旧》

zhé 折

折琼枝以为羞兮，精琼靡以为粻。——[战国] 屈原《离骚》

折枝为赠君莫惜，纵君不折风亦吹。——[唐] 元稹《辛夷花》

折戟沉沙铁未销，自将磨洗认前朝。——[唐] 杜牧《赤壁》

折松晓拂天坛雪，投简寒窥玉洞云。——[唐] 马戴《宿王屋天坛》

zhě 者 赭

者边走，那边走，只是寻花柳。——[唐] 李衍《醉妆词》

者也之乎真太错，甘心吞棘吞蓬。——[宋] 王千秋《临江仙·者也之乎真太错》

赭圻将赤岸，击汰复扬舲。日落江湖白，潮来天地青。——[唐] 王维《送邢桂州》

赭白何曾变，玄黄岂得知。——[唐] 白居易《有小白马乘驭多时奉使东行至稠桑驿溘然而毙》

赭黄缴底望龙章，不断惟闻蜡炬香。——[宋]秦观《次韵东坡上元扈从三绝》

zhè 鹧这

鹧鸪惊鸣绕篱落，橘柚垂芳照窗户。——[唐]刘禹锡《龙阳县歌》

鹧鸪啼别处，相对泪沾衣。——[唐]李涉《杂曲歌辞·鹧鸪词》

鹧鸪声里数家村，潇湘逢故人。——[宋]辛弃疾《阮郎归·耒阳道中为张处父推官赋》

鹧鸪声里夕阳西，陌上征人首尽低。——[清]尤侗《闻鹧鸪》

鹧鸪偏向井边啼。（任重途修坡又陡，鹧鸪偏向井边啼。）——[现代]聂绀弩《挑水》

这度自知颜色重，不消诗里弄溪翁。——[唐]王建《酬柏侍御答酒》

这个道，非常道。——[唐]吕岩《三字诀》

这回相见不无缘，满院风光小洞天。——[唐]吕岩《潭州鹤会》

这次第，怎一个愁字了得！——[宋]李清照《声声慢·寻寻觅觅》

这个女人不是人，九天仙女下凡尘。——[明]唐寅《女人》

zhēn 真针

真成穷辙鲋，或似丧家狗。——[唐]杜甫《奉赠李八丈判官》

真宰多情巧思新，固将能事送残春。——[唐]唐彦谦《牡丹》

真个别离难，不似相逢好。——[宋]晏几道《生查子·关山魂梦长》

针头不解愁眉结，线缕难穿泪脸珠。——[唐]白居易《绣妇叹》

zhěn 枕

枕前闻雁去，楼上送春归。——[唐]杜牧《为人题赠》

枕上数声鼓，衡门已如市。——[唐]曹邺《杏园即席上同年》

枕上梦方残，月光铺水寒。——[唐]尹鹗《菩萨蛮·陇云暗合秋天白》

枕上诗书闲处好，门前风景雨来佳。——[宋]李清照《摊破浣溪沙·病起萧萧两鬓华》

枕上初残柏子香，鸟声帘外已斜阳。——[元]黄溍《夏日漫书》

zhèn 阵 镇

阵解星芒尽，营空海雾消。——[唐]李白《塞下曲》

阵开都护道，剑聚伏波营。——[唐]杨师道《陇头水》

阵云忽向沙中起，探得胡兵过辽水。——[唐]贯休《边上作》

阵阵轻寒细马骄，竹林茅店小帘招。——[宋]范成大《自横塘桥过黄山》

镇输与、沙边鸥鹭。——[宋]高观国《祝英台近·荷花》

zhēng 征 蒸

征蓬出汉塞，归雁入胡天。——[唐]王维《使至塞上》

征战何年定，家家有画旗。——[唐]戎昱《入剑门》

征虏亭边月，鸡鸣伴客行。——[宋]徐铉《送吴郎中为宣州推官知泾县》

蒸茗气从茅舍出，缫丝声隔竹篱闻。——[唐]项斯《山行》

zhěng 整

整顿舞衣呈玉腕，动摇歌扇露金钿。——[唐] 王建《田侍中宴席》

整驾升车望寥廓，垂阴荐祉荡昏氛。——[唐] 包佶《郊庙歌辞·祀雨师乐章·送神》

整顿金钿呼小玉，排红烛，待潘郎。——[唐] 和凝《江城子·初夜含娇入洞房》

整纶巾，少年鞍马尘。——[宋] 辛弃疾《阮郎归·耒阳道中为张处父推官赋》

zhèng 政 正

政宽思济猛，疑罪必从轻。——[唐] 虞世南《赋得慎罚》

政成多暇日，诗思动先秋。——[唐] 于瑰《和绵州于中丞登越王楼作》

政入万山围子里，一山放出一山拦。——[宋] 杨万里《过松源晨炊漆公店》

正是江南好风景，落花时节又逢君。——[唐] 杜甫《江南逢李龟年》

正是神都有事时，又来南国踏芳枝。——[现代] 毛泽东《七律·有所思》

正西风落叶下长安，飞鸣镝。——[现代] 毛泽东《满江红·和郭沫若同志》

zhī 枝 知

枝弱不胜雪，势高常惧风。——[唐] 白居易《有木诗》

枝上鸟惊朱槿落，池中鱼戏绿蘋翻。——[唐] 蔡瑰《夏日闺怨》

枝上柳绵吹又少。天涯何处无芳草！——[宋] 苏轼《蝶恋花·春景》

知汝远来应有意，好收吾骨瘴江边。——[唐] 韩愈《左迁至蓝关示侄孙湘》

zhí 执 值

执契静三边，持衡临万姓。——[唐] 李世民《执契静三边》

执手复执手，唯道无枯凋。——[唐] 孟郊《送李翱习之》

执戟君乡里，荣华竟若为。——[唐] 罗隐《升仙桥》

执手相看泪眼，竟无语凝噎。——[宋] 柳永《雨霖铃・寒蝉凄切》

值欢无复娱，每每多忧虑。——[晋] 陶渊明《杂诗》

zhǐ 只 指

只应如过客，病去老迎来。——[唐] 白居易《南院》

只在此山中，云深不知处。——[唐] 贾岛《寻隐者不遇》

只见草萧疏，水萦纡。——[元] 张养浩《山坡羊・骊山怀古》

指九天以为正兮，夫惟灵修之故也。——[战国] 屈原《离骚》

指点江山，激扬文字，粪土当年万户侯。——[现代] 毛泽东《沁园春・长沙》

zhì 制 至 陟 鸷

制芰荷以为衣兮，集芙蓉以为裳。——[战国] 屈原《离骚》

至今思项羽，不肯过江东。——[宋] 李清照《夏日绝句》

至今遗恨迷烟树。列国周齐秦汉楚。——[元] 张养浩《山坡羊・骊山怀古》

陟升皇之赫戏兮，忽临睨夫旧乡。——[战国] 屈原《离骚》

鸷鸟之不群兮，自前世而固然。——[战国] 屈原《离骚》

zhōng 中 终 钟

中庭生旅谷，井上生旅葵。——[汉]《古诗·十五从军征》

中岁颇好道，晚家南山陲。——[唐]王维《终南别业》

中军置酒饮归客，胡琴琵琶与羌笛。——[唐]岑参《白雪歌送武判官归京》

中华儿女多奇志，不爱红装爱武装。——[现代]毛泽东《七绝·为女民兵题照》

终古高云簇此城，秋风吹散马蹄声。——[清]谭嗣同《潼关》

钟鼓馔玉不足贵，但愿长醉不复醒。——[唐]李白《将进酒》

钟山风雨起苍黄，百万雄师过大江。——[现代]毛泽东《七律·人民解放军占领南京》

zhǒng 冢 踵

冢妇独守礼，群妾互奇邪。——[唐]白居易《续古诗》

冢头莫种有花树，春色不关泉下人。——[唐]熊孺登《寒食野望》

冢花沾酒落，林鸟学人啼。——[唐]贯休《寒食郊外》

zhòng 仲 众

仲冬边风急，云汉复霜棱。——[唐]陈子昂《登蓟城西北楼送崔著作融入都》

仲月期角巾，饭僧嵩阳寺。——[唐]王昌龄《缑氏尉沈兴宗置酒南溪留赠》

仲宣楼上望重湖，君到潇湘得健无。——[唐]齐己《怀体休上人》

仲尼称天厌，季路犹行行。——[宋]梅尧臣《和元之述梦见寄》

众女嫉余之蛾眉兮，谣诼谓余以善淫。——[战国] 屈原《离骚》

众毛飞骨，上凌青天。——[唐] 李白《雪谗诗赠友人》

众里寻他千百度。蓦然回首，那人却在，灯火阑珊处。——[宋] 辛弃疾《青玉案・元夕》

zhōu 舟 周

舟楫功须著，盐梅望匪疏。——[唐] 李隆基《饯王晙巡边》

舟浮潇湘月，山倒洞庭波。——[唐] 李白《书情题蔡舍人雄》

舟子相呼起，长江未五更。——[唐] 齐己《江行早发》

舟行复陆行，始得到咸京。——[唐] 尚颜《送陆肱入关》

周公吐哺，天下归心。——[三国魏] 曹操《短歌行》

周纲凌迟四海沸，宣王愤起挥天戈。——[唐] 韩愈《石鼓歌》

周鼎列瓶罂，荆璧横抛掇。——[唐] 杜牧《池州送孟迟先辈》

周郎怀抱好知音，常爱山僧物外心。——[唐] 贯休《酬张相公见寄》

zhóu 妯 轴

妯仕任固小，会计未可失——[宋] 曾巩《杂诗》

轴磨骍角冰光滑，轮卷春丝水面平。——[唐] 徐夤《钓车》

轴犹插高架，檠已弃低墙。——[宋] 刘克庄《理故书》

zhǒu 肘帚

肘后符应验，囊中药未陈。——[唐]杜甫《寄张十二山人彪三十韵》

肘后看金碧，腰间笑水苍。——[唐]皎然《因游支硎寺寄邢端公》

肘痹宜生柳，头旋剧转蓬。——[唐]白居易《病中诗》

肘传丹篆千年术，口诵黄庭两卷经。——[唐]吕岩《绝句》

帚卜拖裙验，箕诗落笔惊。——[宋]范成大《上元纪吴中节物俳谐体三十二韵》

zhòu 昼骤

昼景彻云树，夕阴澄古逵。——[唐]李颀《不调归东川别业》

昼短欲将清夜继，西园自有月裴回。——[唐]武元衡《摩诃池宴》

昼公此去应相问，为说沾巾忆旧游。——[唐]许浑《送元昼上人归苏州兼寄张厚》

昼出耘田夜绩麻，村庄儿女各当家。——[宋]范成大《四时田园杂兴》

骤雨东风对远湾，滂然遥接石龙关。——[现代]毛泽东《游学即景》

zhū 朱猪

朱瑀空偷御沟水，锦鳞红尾属严光。——[唐]温庭筠《薛氏池垂钓》

朱邸平台隔禁闱，贵游陈迹尚依稀。——[唐]罗隐《岐王宅》

朱门处处若相似，此命到头通不通。——[唐]杜荀鹤《秋日湖外书事》

朱弦已为佳人绝，青眼聊因美酒横。——[宋]黄庭坚《登快阁》

猪肝累人真可作，以笋累公端不恶。——[宋]杨万里《谢唐德明惠笋》

zhú 竹

竹喧归浣女，莲动下渔舟。——[唐]王维《山居秋暝》

竹树夹流水，孤城对远山。——[唐]高适《自淇涉黄河途中作》

竹露冷烦襟，杉风清病容。——[唐]白居易《题杨颖士西亭》

竹外桃花三两枝，春江水暖鸭先知。——[宋]苏轼《惠崇春江晚景》

竹杖芒鞋轻胜马，谁怕？一蓑烟雨任平生。——[宋]苏轼《定风波·莫听穿林打叶声》

zhǔ 主 煮

主人何为言少钱，径须沽取对君酌。——[唐]李白《将进酒·君不见》

主人卧磻石，心耳涤清晖。——[唐]钱起《天门谷题孙逸人石壁》

主人恩则厚，客子才自薄。——[唐]李端《长安书事寄薛戴》

煮豆持作羹，漉豉以为汁。——[三国魏]曹植《七步诗》

zhù 伫 住

伫望应三接，弥留忽几旬。——[唐]苏颋《先是新昌小园期京兆尹一访兼郎官数子自顷沉》

伫逢春律后，阴谷始堪看。——[唐] 施肩吾《早春残雪》

伫倚危楼风细细，望极春愁，黯黯生天际。——[宋] 柳永《蝶恋花·伫倚危楼风细细》

住近湓江地低湿，黄芦苦竹绕宅生。——[唐] 白居易《琵琶行》

zhuā 抓

抓拏巨灵手，擘裂少室峰。——[唐] 孟郊《品松》

抓著衲僧痒处，赏伊一枚荔枝。——[宋] 释绍昙《禅房十事·痒和子》

zhuǎ 爪

爪毛吻血百鸟逝，独立四顾时激昂。——[唐] 柳宗元《笼鹰词》

爪痕入木欲数寸，观者心掉不敢哗。——[宋] 陆游《龙湫歌》

爪尾蜿蜒凝华岳，角牙狞恶结嵩高。——[宋] 吕公著《留题龙门》

zhuān 砖 专

砖瓦片片落，朽烂不堪停。——[唐] 寒山《诗三百》

砖排古砌春苔干，殷勤寄我清明前。——[唐] 李咸用《谢僧寄茶》

砖瓦贱微物，得厕笔墨间。——[宋] 欧阳修《古瓦砚》

专权意气本豪雄，青虬紫燕坐春风。——[唐] 卢照邻《长安古意》

zhuǎn 转

转头向户里，渐见愁煎迫。——[汉]《乐府歌·孔雀东南飞》

转轴拨弦三两声，未成曲调先有情。——[唐]白居易《琵琶行》

转面流花雪，登床抱绮丛。——[唐]元稹《会真诗三十韵》

转烛飘蓬一梦归，欲寻陈迹怅人非。——[五代]李煜《浣溪沙·转烛飘蓬一梦归》

转朱阁，低绮户，照无眠。——[宋]苏轼《水调歌头·明月几时有》

转眼葵肌初绣，又红欹栏角。——[清]陈维崧《好事近·分手柳花天》

zhuàn 篆 撰

篆香烧尽，日影下帘钩。——[宋]李清照《满庭芳·小阁藏春》

撰日岩廊暇，需云宴乐初。——[唐]李隆基《同二相已下群官乐游园宴》

撰日瞻景，诚陈乐张。——[唐]冯伉《享文敬太子庙乐章》

zhuāng 庄 装

庄生晓梦迷蝴蝶，望帝春心托杜鹃。——[唐]李商隐《锦瑟》

装檐玳瑁随风落，傍岸鸡鹡逐暖眠。——[唐]王建《故梁国公主池亭》

装束赵飞燕，教来掌上舞。——[唐]聂夷中《杂曲歌辞·大垂手》

装点此关山，今朝更好看。——[现代]毛泽东《菩萨蛮·大柏地》

zhuàng 壮 撞

壮志死不息，千年如隔晨。——[唐] 韩愈《送惠师》

壮日苦曾惊岁月，长年都不惜光阴。——[唐] 白居易《岁暮道情》

壮岁旌旗拥万夫，锦襜突骑渡江初。——[宋] 辛弃疾《鹧鸪天》

壮志饥餐胡虏肉，笑谈渴饮匈奴血。——[宋] 岳飞《满江红·写怀》

撞金止行阵，鸣鼓兴士卒。——[隋] 杨广《饮马长城窟行》

zhuī 追

追思应不远，赏爱谅难偏。——[唐] 张籍《和令狐尚书平泉东庄近居李仆射有寄十韵》

追思昔日行，感伤故游处。——[唐] 白居易《重到渭上旧居》

追往事，去无迹。少年自负凌云笔。——[宋] 刘克庄《贺新郎·九日》

追想当年事，殆天数，非人力，洙泗上，弦歌地，亦膻腥。——[宋] 张孝祥《六州歌头·长淮望断》

zhuì 缀 坠

缀条深浅色，点露参差光。——[唐] 李世民《咏桃》

缀叶归烟晚，乘花落照春。——[唐] 王勃《他乡叙兴》

缀景未及郊，穑人先耦耕。——[唐] 柳宗元《首春逢耕者》

缀玉联珠六十年，谁教冥路作诗仙。——[唐]李忱《吊白居易》

坚素翻红各自伤，青楼烟雨忍相忘。——[宋]宋祁《落花》

zhūn 窀

窀穸同晨符吉卜，亲朋分夜别灵帷。——[宋]薛嵎《林景云令祖夫妻随其子各居同日葬》

zhǔn 准

准拟百年千岁，能得几许多时。——[唐]王建《江南三台》

准拟三年后，青丝拂绿波。——[唐]白居易《种柳三咏》

准拟东还海道，扶病入西州。——[宋]苏轼《水调歌头·安石在东海》

准拟乘风归去，错向槐安回首，何日得投簪。——[清]纳兰性德《水调歌头·题西山秋爽图》

zhuō 捉 拙

捉襟见肘贫无敌，耸膊成山瘦可知。——[宋]陆游《衰疾》

拙薄谢明时，栖闲归故园。——[唐]李白《答从弟幼成过西园见赠》

拙政自多暇，幽情谁与同？——[唐]白居易《卧小斋》

zhuó 酌浊斫

酌酒以自宽，举杯断绝歌路难。——[南朝] 鲍照《拟行路难》

浊酒一杯家万里。燕然未勒归无计。——[唐] 范仲淹《渔家傲·秋思》

斫去桂婆娑，人道是，清光更多。——[宋] 辛弃疾《太常引·建康中秋夜为吕叔潜赋》

zī 孜资

孜孜日求益，犹恐业未博。——[唐] 王建《励学》

孜孜营甘旨，辛苦久所冒。——[唐] 韩愈《荐士》

孜孜戒吾属，天物不可暴。——[唐] 陆龟蒙《南泾渔父》

孜孜莫患劳心力，富国安民理道长。——[唐] 韩偓《朝退书怀》

资此永幽栖，岂伊年岁别。——[南朝] 谢灵运《邻里相送至方山》

zǐ 姊子

姊妹相携心正苦，不见路人唯见土。——[唐] 戴叔伦《女耕田行》

姊妹弟兄皆列土，可怜光彩生门户。——[唐] 白居易《长恨歌》

姊妹无多兄弟少，举家钟爱年最小。——[唐] 施肩吾《效古词》

姊姊教人且抱儿，逐他女伴卸头迟。——[唐] 司空图《灯花》

子期竟早亡，牙琴从此绝。——[现代] 毛泽东《挽易昌陶》

zì 自

自牧归荑，洵美且异。——[先秦]《诗经 · 邶风 · 静女》

自经丧乱少睡眠，长夜沾湿何由彻？——[唐] 杜甫《茅屋为秋风所破歌》

自古逢秋悲寂寥，我言秋日胜春朝。——[唐] 刘禹锡《秋词》

自胡马窥江去后，废池乔木，犹厌言兵。——[宋] 姜夔《扬州慢 · 淮左名都》

zōng 宗 踪

宗之潇洒美少年，举觞白眼望青天，皎如玉树临风前。——[唐] 杜甫《饮中八仙歌》

踪舞玉烟节，高歌碧霜词。——[唐] 陆龟蒙《奉和袭美太湖诗》

踪迹未辞鸳鹭客，梦魂先到鹧鸪村。——[唐] 伍彬《句》

踪迹诸峰匝，衣裳老虱多。——[唐] 贯休《寄清泠山道人》

踪迹随风叶，程途犯斗槎。——[宋] 范成大《道中》

zǒng 总

总角之宴，言笑晏晏，信誓旦旦，不思其反。——[先秦]《诗经 · 卫风 · 氓》

总为浮云能蔽日，长安不见使人愁。——[唐] 李白《登金陵凤凰台》

总无篱缴绕，尤怕虎咆哮。——[唐] 元稹《江边四十韵》

总被天公沾雨露，等头成长尽生涯。——[唐] 元稹《放言》

总向春园看花去，独于深院笑人声。——[唐] 王涯《宫词》

zòng 纵

纵我不往，子宁不来？——[先秦]《诗经·郑风·子衿》

纵待三五时，终为千里别。——[唐] 顾况《望初月简于吏部》

纵使相逢应不识，尘满面，鬓如霜。——[宋] 苏轼《江城子·乙卯正月二十日夜记梦》

纵豆蔻词工，青楼梦好，难赋深情。——[宋] 姜夔《扬州慢》

zōu 邹

邹子一吹律，能回天地心。——[唐] 李白《邹衍谷》

邹律寒气变，郑琴祥景奔。——[唐] 元稹《酬东川李相公十六韵》

邹律有风吹不变，郄枝无分住应难。——[唐] 罗隐《东归别所知》

邹容吾小弟，被发下瀛州。——[清] 章炳麟《狱中赠邹容》

zǒu 走

走马红阳城，呼鹰白河湾。——[唐] 李白《南都行》

走马西来欲到天，辞家见月两回圆。——[唐] 岑参《碛中作》

走马台边人不见，拂云堆畔战初酣。——[唐] 王涯《秋思赠远》

走马看花拂绿杨，曲江同赏牡丹香。——[宋]杨万里《和同年李子西通判》

zòu 奏

奏鼓简简，衎我烈祖。——[先秦]《诗经·商颂·那》

奏《九歌》而舞《韶》兮，聊假日以媮乐。——[战国]屈原《离骚》

奏夏登列，歌雍撤肆。——[唐]武则天《唐大飨拜洛乐章·禋和》

奏曲风嘶马，衔悲月伴人。——[唐]苏颋《奉和送金城公主适西蕃应制》

zū 租

租税辽东田。乘兴忽复起，棹歌溪中船。——[唐]李白《留别广陵诸公》

租地仍分浴鹤泉。处世堪惊又堪愧，一坡山色不论钱。——[唐]李洞《废寺闲居寄怀一二罢举知己》

租园输岁赋，守吏占官丁。——[宋]苏颂《谢太傅杜相公惠吴柑》

租船满载候开仓，粒粒如珠白似霜。——[宋]范成大《秋日田园杂兴》

zú 足

足下蹑丝履，头上玳瑁光。——[汉]《乐府歌·孔雀东南飞》

足下远游履，凌波生素尘。——[唐]李白《江上送女道士褚三清游南岳》

足蒸暑土气，背灼炎天光。——[唐]白居易《观刈麦》

足知造化力，不给使君须。——[唐]李贺《感讽》

zǔ 祖

祖席驻征棹，开帆候信潮。——[唐]皇甫松《怨回纥》

祖帐临伊水，前旌指渭河。——[唐]刘禹锡《将之官留辞裴令公留守》

祖岂无言去，心因断臂传。——[唐]贾岛《赠绍明上人》

祖国沉沦感不禁，闲来海外觅知音。——[清]秋瑾《鹧鸪天·祖国沉沦感不禁》

zuān 钻

钻龟得雨卦，上山烧卧木。——[唐]刘禹锡《畬田行》

钻骨神明应，酬恩感激重。——[唐]徐夤《龟》

钻火巴东岸，摐金峡口船。——[宋]范成大《初入巫峡》

钻入安乐窝，闲快活。——[元]关汉卿《四块玉·闲适》

zuǎn 纂

纂尧付启，亿万熙熙。——[唐]牛僧孺《享太庙乐章》

纂业光文祖，贻谋属孝孙。——[唐]权德舆《德宗神武孝文皇帝挽歌词》

纂圣德重光，建元功载刊。——[唐]萧华《扈从回銮应制》

纂组断碎，倚托媚时。——[宋]王柏《畴依》

zuàn 赚

赚杀唱歌楼上女，伊州误作石州声。——[唐]施肩吾《望骑马郎》

赚得武皇心力尽，忍看烟草茂陵秋。——[唐]吴融《王母庙》

赚得小鸿眉黛，也低颦。——[宋]晏几道《虞美人·小梅枝上东君信》

zuī 朘

朘我赤子血，上敝十二旒。——[元]杨维桢《奉使歌，美答理麻氏也》

朘削痛入髓。生当剥肌肉，死则长已矣。——[明]佚名《悯黎咏》

zuǐ 觜

觜爪虽欲敝，心力不知疲。——[唐]白居易《燕诗示刘叟》

觜钝鱼难啄，心空火自燃。——[唐]徐夤《香鸭》

zuì 最 醉

最怜吟苜蓿，不及向桑榆。——[唐]戴叔伦《口号》

最是一年春好处，绝胜烟柳满皇都。——[唐]韩愈《早春呈水部张十八员外》

最爱湖东行不足，绿杨阴里白沙堤。——[唐]白居易《钱塘湖春行》

最喜诗人高唱至，正和前线捷音联，妙香山上战旗妍。——[现代] 毛泽东《浣溪沙 · 和柳亚子先生》

醉卧沙场君莫笑，古来征战几人回。——[唐] 王翰《凉州词》

醉从赵女舞，歌鼓秦人盆。——[唐] 杜甫《贻华阳柳少府》

醉多已任家人厌，病久还甘吏道疏。——[唐] 皮日休《新秋即事》

醉里挑灯看剑，梦回吹角连营。——[宋] 辛弃疾《破阵子 · 为陈同甫赋壮词以寄之》

zūn 尊

尊酒相逢十载前，君为壮夫我少年。——[唐] 韩愈《赠郑兵曹》

尊有乌程酒，劝君千万寿。——[唐] 李贺《拂舞辞》

尊前拟把归期说，欲语春容先惨咽。——[宋] 欧阳修《玉楼春 · 尊前拟把归期说》

尊前谈笑人依旧，域外鸡虫事可哀。——[现代] 毛泽东《七律 · 和周世钊同志》

zuó 昨

昨夜见军帖，可汗大点兵，军书十二卷，卷卷有爷名。——[北朝]《乐府民歌 · 木兰诗》

昨夜闲潭梦落花，可怜春半不还家。——[唐] 张若虚《春江花月夜》

昨夜西风凋碧树，独上高楼，望尽天涯路。——[宋] 晏殊《蝶恋花 · 槛菊愁烟兰泣露》

昨夜雨疏风骤。浓睡不消残酒。——[宋] 李清照《如梦令 · 昨夜雨疏风骤》

zuǒ 左

左盘右蹙如惊电，状同楚汉相攻战。——[唐]李白《草书歌行》

左盘右射红尘中，鹘入鸦群有谁敌。——[唐]韩翃《寄哥舒仆射》

左挥右洒繁暑清，孤松一枝风有声。——[唐]韦应物《棕榈蝇拂歌》

左牵黄，右擎苍。——[宋]苏轼《江城子·密州出猎》

zuò 坐 座

坐观垂钓者，徒有羡鱼情。——[唐]孟浩然《望洞庭湖赠张丞相》

坐啸青枫晚，行吟白日长。——[唐]皇甫冉《又送陆潜夫茅山寻友》

坐甘冰抱晚，永谢酒怀春。——[唐]孟郊《自惜》

坐地日行八万里，巡天遥看一千河。——[现代]毛泽东《送瘟神》

座中泣下谁最多？江州司马青衫湿。——[唐]白居易《琵琶行》

座中亦有江南客，莫向春风唱鹧鸪。——[唐]郑谷《席上贻歌者》

南宋，佚名《晴春蝶戏图》

州盡在彩霞中

吴广《有幸神州是我居图》

编者简介

顾问：

赵宗乙，男，山东龙口人，1986年毕业于哈尔滨师范大学中文系。曾任齐齐哈尔师范学院黑河分校副校长，黑河市二届政协副主席，九届全国人大代表，1997年晋升为教授，先后于国家及省级学术刊物上发表论文40多篇。出版专著《淮南子译注》《淮南子札记》《论语解读》《论语札记》《说文解字部首详解》5部，另有主编、副主编《通假大字典》等6部图书。

赵榕生，男，福建福州人，1980年毕业于福建师范大学政教系，曾任乡镇副镇长、镇长、镇党委书记、副区长、区委常委、区委副书记、纪委书记等职。2012年任宁德市教育局党组副书记、局长，2016年任宁德市教育局党组书记、局长，现任中共宁德市委教育工委书记，宁德市教育局党组书记、局长。

陈更，女，陕西咸阳人，《中国诗词大会》第四季冠军，北京大学一般力学与力学基础专业在读博士生，全国妇联家庭和儿童工作部"'书香飘万家'亲子阅读活动推广大使"。畅销书《几生修得到梅花》作者，作品曾发表于《光明日报》等媒体，现为《北京晚报》《意林》专栏作者。

彭敏，男，湖南衡阳人，北京大学中文系硕士毕业，现为《诗刊》杂志社编辑部副主任。曾获人民文学短篇小说年度新人奖、《中国成语大会》冠军、《中国诗词大会》第五季冠军。出版励志散文集《被嘲笑过的梦想，总有一天会让你闪闪发光》，经营公众号"彭敏先森"。

主编：

阮蔚蕉，男，福建罗源人，主任编辑，1960年毕业于福建师范学院中文系。长期坚持中国古诗词研究。已出版编著《不读诗何以解茶 · 历代茶诗选注》《诗出有茗 · 福建茶诗选注》等8部图书。论文《唐五代福建诗人初识》《关于中国最早的涉茶诗》等30余篇散见于海内外报刊。

常务副主编：

谢兆文，男，福建罗源人，1991 年毕业于福建师范大学教育系，历任大中专教师，长期坚持中国汉字规范书写与中国古诗词研究。现任宁德市人民政府教育督导室督学，宁德市语言文字工作委员会办公室主任。多次组织、辅导并带队参加《中国诗词大会》《中国汉字听写大会》《汉字风云会》等。

副主编：

杨秀芳，女，福建古田人，福建省作家协会会员，海子诗社、北美国际诗社等十多家诗社会员。高级教师，专长古诗词和地方古楹联研究，长期致力于散文和诗歌创作，一千多件作品发表于各杂志、刊物以及网络媒体。

温志拔，男，南京大学文学博士，福建师范大学福清分校汉语言文学专业主任，副教授，硕士生导师。曾主持 2013 年度国家社会科学基金项目《南宋考据学研究》，第 54 批中国博士后科学基金一等面上资助项目《两宋之际的学术世界》，并于 2014 年、2017 年先后入选“福建省青年杰出科研人才支持培育计划”“福建省高校新世纪优秀人才支持计划”。

主要参考书目

【1】逯钦立．先秦汉魏晋南北朝诗 [M]. 北京：中华书局，1983.

【2】[清] 彭定求．全唐诗 [M]. 上海：上海辞书出版社，1986.

【3】陈尚君．全唐诗补编 [M]. 北京：中华书局，1992.

【4】张璋，黄畬．全唐五代词 [M]. 上海：上海古籍出版社，1986.

【5】傅璇琮．全宋诗 [M]. 北京：北京大学出版社，1991.

【6】吴之振．宋诗钞 [M]. 北京：中华书局，1986.

【7】唐圭璋．全宋词 [M]. 北京：中华书局，1986.

【8】[清] 张豫章．御选宋金元明四朝 四库全书钞本．

【9】钱仲联，章培恒，陈祥耀，等．元明清诗鉴赏辞典 (清．近代)[M]. 上海：上海辞书出版社，1994.

【10】周振甫．诗经译注 [M]. 北京：中华书局，2002.

【11】姜亮夫，夏传才，赵逵夫，等．先秦诗鉴赏辞典 [M]. 上海：上海辞书出版社，1998.

【12】吴小如，王运熙，章培恒，等．汉魏六朝诗鉴赏辞典 [M]. 上海：上海辞书出版社，1992.

【13】萧涤非，程千帆，马茂元，等．唐诗鉴赏辞典 [M]. 上海：上海辞书出版社，1983.

【14】缪钺，霍松林，周振甫，等．宋诗鉴赏辞典 [M]. 上海：上海辞书出版社，1986.

【15】贺新辉，霍松林，等．宋诗鉴赏辞典 [M]. 北京：北京燕山出版社，1987.

【16】周汝昌，唐圭璋，宛敏灏，等．唐宋词鉴赏辞典 [M]. 上海：上海

辞书出版社，1988.

【17】钱仲联，章培恒，陈祥耀，等 . 元明清诗鉴赏辞典 (辽 . 金 . 元 . 明) [M]. 上海：上海辞书出版社，1994.

图书在版编目(CIP)数据

诗词接龙/谢兆文,杨秀芳编著.—福州:海峡文艺出版社,2019.8(2022.10 重印)
(《诗词大赛系列宝典》丛书)
ISBN 978-7-5550-1876-6

Ⅰ.①诗… Ⅱ.①谢…②杨… Ⅲ.①古典诗歌—诗歌欣赏—中国 Ⅳ.①I207.2

中国版本图书馆 CIP 数据核字(2019)第 100630 号

《诗词大赛系列宝典》丛书
诗词接龙

谢兆文 杨秀芳 编著
责任编辑 何 莉
出版发行 海峡文艺出版社
经　　销 福建新华发行(集团)有限责任公司
社　　址 福州市东水路 76 号 14 层 **邮编** 350001
发 行 部 0591—87536797
印　　刷 中闻集团福州印务有限公司 **邮编** 350001
厂　　址 福州市鼓楼区鼓屏路 33 号
开　　本 720 毫米×1000 毫米 1/16
字　　数 560 千字
印　　张 29.25
版　　次 2019 年 8 月第 1 版
印　　次 2022 年 10 月第 5 次印刷
书　　号 ISBN 978-7-5550-1876-6
定　　价 68.00 元